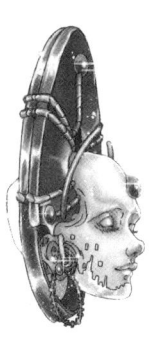

人民文学出版社

Galaxy's Edge: Amazingland
All translation material is either copyright by Arc Manor LLC, Rockville, MD, United States, or the respective authors as per the date indicated in each issue of the magazine.
Simplified Chinese language edition published in arrangement with Arc Manor LLC.
Simplfied Chinese edition copyright:
2018 Chengdu Eight Light Minutes Culture Communication Co., Ltd.
All rights reserved.
All translated material of Galaxy's Edge: Amazingland is selected from Issue 1-4 of Galaxy's Edge original edition.
Published by special arrangement with Arc Manor/Phoenix Pick, Rockville, Maryland, United States.

所有翻译小说版权均为美国马里兰州罗克维尔市的 Arc Manor 有限责任公司所有，或者为每一篇中所注明的各位作者所有。

图书在版编目（CIP）数据

奇境/杨枫,(美)迈克·雷斯尼克编.—北京：人民文学出版社，2018
（银河边缘）
ISBN 978-7-02-009298-7

Ⅰ.①奇… Ⅱ.①杨… ②迈… Ⅲ.①小说集—世界—现代 Ⅳ.①I14

中国版本图书馆 CIP 数据核字（2018）第 162796 号

责任编辑	涂俊杰
责任印制	徐　冉
出版发行	人民文学出版社
社　　址	北京市朝内大街 166 号
邮政编码	100705
网　　址	http://www.rw-cn.com
印　　刷	三河市博文印刷有限公司
经　　销	全国新华书店等
字　　数	285 千字
开　　本	680 毫米×1000 毫米　1/16
印　　张	17.5
印　　数	1—10000
版　　次	2018 年 8 月北京第 1 版
印　　次	2018 年 8 月第 1 次印刷
书　　号	978-7-02-009298-7
定　　价	39.00 元

如有印装质量问题，请与本社图书销售中心调换。电话：010-65233595

目录 Contents

主编会客厅
科幻杂志不可告人的历史 1
　　/［美］迈克·雷斯尼克 著　华　龙 译

重磅推荐
束　手 11
　　/［美］杰克·威廉森 著　罗妍莉 译

大师名作
世界末日之旅 59
　　/［美］罗伯特·西尔弗伯格 著　熊月剑 译

明日经典
奇　境 71
　　/［美］汤姆·格伦瑟 著　熊月剑 译
薛定谔的猫窝 87
　　/［美］凯济·约翰逊 著　华　龙 译

科学家笔记
真实的未来太空 95
　　/［美］格里高利·本福德 著　胡　致 译

中国新势力
暗夜亡灵 103
　　/付　强
济南的风筝 135
　　/梁清散
零故事 159
　　/李　盆

超短科幻
果与因 169
　　/［美］刘宇昆 著　酒不醉人 译

纯粹幻想
姐　妹 175
　　/［澳大利亚］尼克·T.陈 著　熊月剑 译
希望之岛 199
　　/［美］海蒂·鲁比·米勒 著　罗妍莉 译

长篇连载
黑暗宇宙 01 213
　　/［美］丹尼尔·F.伽卢耶 著　华　龙 译

幻想书房
《羊毛战记》等四部 269
　　/刘皖竹 译

主　编
杨　枫
［美］迈克·雷斯尼克

总策划
半　夏

版权经理
姚　雪

项目统筹
戴浩然

外文编辑
姚　雪　范轶伦
胡怡萱　余曦赟

中文编辑
戴浩然　田兴海
李晨旭

美术设计
付　莉

封面绘制：阿茶

| 主编会客厅 |

科幻杂志不可告人的历史

[美]迈克·雷斯尼克 Mike Resnick 著

华 龙 译

欢迎各位欣赏《银河边缘》,这是第一辑。就英文小说来讲,这里边有新小说,也有老故事,可以说,差不多所有的老故事都是名家之作,而新故事大都出自不那么知名的作家(当然了,他们可绝非平庸之辈)。作为中美两国科幻编辑通力合作的一本 Mook,这一辑中还有三篇很棒的中文原创小说。以后,每两个月,《银河边缘》都会与你见面。

《银河边缘》在美国是以杂志形式出版的,因此,这一辑我们就来聊一聊科幻杂志。

坦率地讲,美国的科幻杂志蕴含着两条历史线:一条历史悠久,灿烂辉煌;另一条历史同样悠久,可不那么辉煌(不过绝对趣味十足)。怎么?你不以为然?

那么趁着我们这些老家伙(包括那些老大妈)还尚存于世,趁着还有人记得科幻杂志那些"不可告人的历史",让我向你道一道其中的子丑寅卯。

沙弗尔的神秘故事

1938 年,雷·帕尔默,一个小个子驼背,一个对读者群有着透彻了解的人,接手了《惊奇故事》的编辑职务。当时,约翰·坎贝尔的《惊异科幻》杂志麾下拥有诸多名家,比如海因莱因、阿西莫夫、斯特金、哈伯德、范·沃格特、德·坎普、西马克,以及库特纳等等,堪称科幻杂志界扛大旗的统帅。但是那个时候帕尔默另辟蹊径,让一切发生了翻天覆地的变化,那就是沙弗尔的神秘故事。

他刊登了一篇小说,内容极其平庸,写作水平也极其低劣,这篇小说叫《我记得利莫里亚!》。小说通篇都在讲一种名为黛洛斯的生物,它们远离人类生存着,但随时准备对人类做一些恐怖的事情。说白了,其实这故事没什么特别的,除了帕尔默向他的读者赌咒发誓说这些故事其实都是真实的事件,而作者理查德·沙弗尔为强权势力所迫,只能把这些东西用小说的形式写出来,否则没有人敢冒着身家性命的危险把这些故事刊登出来,包括帕尔默的老板齐夫·戴维斯,而他的读者,大都是最容易受蛊惑的十来岁的小男孩儿。

听上去太不靠谱了,是吧?

可真正不靠谱的事情这才来呢。当帕尔默着手运作另外十几篇"沙弗尔神秘故事"的时候（每一篇都比前一篇更差劲），这是在1945年到1948年期间了，他的发行量飞上了天。《惊奇故事》超过了《惊异科幻》，一跃成为这一领域的霸主，成为最畅销的科幻杂志——不只是那个年代的，而且是古往今来最畅销的科幻杂志。

我要跟你讲一个关于沙弗尔神秘故事的小趣闻。回溯到二十世纪六十年代末，我在芝加哥为男性杂志做编辑的时候，有位合作者是当时非常有才华的艺术家，他比我稍长几岁，名叫比尔·迪赫特里。有一天我们一起聊天，发现我俩都是科幻迷，比尔告诉了我他的一些冒险活动，恰好是由沙弗尔神秘故事所引发的。

四十年代后期，十四岁大的比尔就已经是《惊奇故事》的订户了，当时他住在芝加哥（即《惊奇故事》的发行地）。有一天，他接到一通神秘的电话，问他是否愿意为那场对抗黛洛斯的战争出把力。他当然愿意挺身而出了。于是他得到了一个地址，让他在星期五晚上去，而且警告他说，不许把这次刺杀行动告诉任何人。

星期五的晚上，比尔偷偷溜出家门，豪情万丈地往那个地方去了，那地方正好就是齐夫·戴维斯出版帝国的大厦所在地。他坐电梯上到指定的楼层，发现自己身处一条漆黑的走廊，看到从远远的另一头的一扇门下透出灯光，他走到门前，发现门牌号正是给他的那个号码，他就进去了，只见里边有一张长长的桌子，还有十几个一脸跃跃欲试的十来岁小男孩儿坐在桌子周围。

比尔找了个座儿坐下，他们就一起在那里默不作声地等着。大约十分钟后，来了一个小个子驼背。自然，那就是雷·帕尔默。他解释说，黛洛斯很快就要对那些毫不知情的人类发起行动，而房间里这些小伙子的职责就是利用今天夜里剩下的时间竭尽全力去警告人们，袭击马上就要来临，好让人们不至于措手不及。

他早就拟好了几千个地址，这些小男孩儿很认真地把它们一一抄录在空白信封上。他也事先折好了数千份"警告书"，而且已用订书钉订好，小男孩儿们就把这些警告书装进信封。他还备好了数千张邮票，他们则把邮票舔一舔贴在信封上。日出时分，小男孩儿们完成了所有工作，帕尔默让他们发誓保守机密，并且感谢他们为拯救人类所做的贡献。

为了让父母也能看到，比尔偷着把一份警告书装进了口袋，这纯粹是因为他很羡慕那些能收到信件的人。然而在回家的地铁上，他打开警告书一看，发现这不过是帕尔默耍花招，骗那些小男孩儿给他邮寄的数千份杂志订单罢了。

大预言

《惊异科幻》1948年11月号，是它历史上一个不可磨灭的印迹。这并不是约翰·坎贝尔那年做得最好的一期，也不是最糟的，但是，它却像1950年之前所有那些期一样，令其竞争者望而兴叹。

《惊异科幻》的读者来信栏目由"布拉斯·塔克斯"主持（至今仍是），这期特别的杂志刊登了一封很可爱的信，来自一个名叫理查德·霍恩的人，他就像大多数痴迷科幻的小男孩儿一样，把最新的这期杂志一篇接一篇看完，然后以一副顽童口吻对此作了一番一本正经的评论。依霍恩先生所见，罗伯特·海因莱因的《鸿沟》很棒，尽管并不比《地平线之外》高明多少，他把它列为当期排名第二位的作品，排在范·沃格特的《最终命令》前面，而莱斯特·德尔·雷伊的《过犹不及》排名第四。他对斯普拉格·德·坎普的《完成》

没什么感觉，把它列为第五；而他最不喜欢西奥多·斯特金的《死者所言》，把它排在最后。霍恩先生还对休伯特·罗杰斯的封面作品赞不绝口。

只有一个问题：他是在假装给1949年11月杂志上的作品进行排名，显而易见，他写信的时候那些作品都还不存在呢。这是一个可爱讨巧的异想天开，所有人对此不过付之一笑，每个人一转眼就把它给忘了。

除了坎贝尔，他用自己的方式让这事儿成了真。

1949年《惊异科幻》杂志11月号刊出了海因莱因系列小说的第一部《鸿沟》；斯特金的《死者所言》；德·坎普的《完成》；范·沃格特的《最终命令》；还有德尔·雷伊的《过犹不及》。当然了，封面就是罗杰斯画的。

那个预言只在一个地方落空了。霍恩先生的排行榜上有一篇《我们欢呼》，排名第一，是唐·斯图亚特写的。唐·斯图亚特，是坎贝尔写作一些比太空歌剧更加雄心勃勃的作品时（比如《暮光》）用过的一个笔名，而这个名字取自他第一任妻子未婚时的名字：唐娜·斯图亚特。所以当然了，坎贝尔并没有给那期杂志写什么故事——不过在相应的位置上，他安排了名为《现在你并没有》的三部系列作品中的第一部，后来这个系列构成了艾萨克·阿西莫夫《基地》三部曲中最高潮的部分。我想象不出还有什么人能制定出如此滴水不漏的替换方案。

所以当你听到像我这样的作家说科幻小说并非真正地预测未来的时候，记得提醒我们，别忘了1948年11月那期的《惊异科幻》。

杂志受到官方注意

科幻小说总是需要大声疾呼才有可能维持下去，因为并没有什么人关注它，它就是沉淀在纽约文学界和大多数某类学术权威脚下的渣滓。

不过，科幻小说其实很早就受到了美国政府官方的关注（不止一次），而且还是在政府以某些傻兮兮的科幻电影来为武器与防御系统命名之前，很久以前的事情了。

回溯到通俗杂志的黄金年代，封面画作不单单经常会有衣衫轻薄的女郎（如果你愿意的话，或许可以说基本没什么衣衫），时常还会有一些为所欲为的外星怪物，看上去它们感兴趣的并不是杀死那位女郎或是跟她聊聊，而是把她身上本就不多的衣衫剥个精光。

这事情嘛（我提示你可以看看我的选集《献给黏虫上帝的女孩》里边的两篇介绍性文章），实际只有一份杂志是不遗余力地发表淫秽故事的，故事大都跟封面画作密不可分，而那份杂志就是《漫威科幻故事》[1]。这本杂志第一期是1938年8月发行的，刊登了亨利·库特纳的《太空复仇者》，一篇沉闷乏味、缺乏想象力的中篇小说，我很怀疑他是在被主流市场拒稿之后生拉硬拽地加进去了那些性描写。然后发行的第二期，里边有库特纳的另一篇同类型的中篇小说《时间陷阱》。

结果怎样呢？

嘿嘿，有两个结果。第一是库特纳被标记为了"低俗堕落"的写手，于是，他不得不创造出刘易斯·佩德盖特和劳伦斯·奥当纳两个笔名，这可是他最著名的两个笔名（但他

---

[1]. 不是现在红极一时的这个漫威，现在的这个漫威公司是《漫威科幻故事》的冠名出版商之一马丁·古德曼在1939年创立的。

的笔名远远不止于此），他以此来谋生计，要知道，还得过好几年，才会有知名编辑想要重新从亨利·库特纳手中购买稿件呢。

第二个结果就是，美国政府通过邮政机构给科幻小说发放了真正意义上的第一份官方意见书。他们告诫出版商说，如果《漫威科幻故事》的第三期还像前两期一样淫秽，那他们就得让他关张歇业，并把他送进大牢。

于是乎，《漫威科幻故事》变成了市场上最四平八稳的，咱们就本着良心说吧，最无聊的科幻杂志。之后不久，它就销声匿迹，成为了史上第一份被政府封杀的专业正规杂志。

不过，政府并没有自始至终地那么关注科幻杂志。咱们把钟表往后拨五个年头，看看1944年发生了什么。那还是约翰·坎贝尔在给《惊异科幻》做编辑的时候，该杂志3月号上刊登了一篇令人印象不怎么深刻的小故事《死亡线》，是克里夫·卡特米尔写的。

而它成了科幻杂志史上最出名的故事，不是因为它的品质有多高，说实在的，真是一般般，而是因为这个故事让政府兴师动众，第二次对科幻杂志指手画脚。

当时我们正深陷第二次世界大战，而1944年初的曼哈顿计划，就是制造原子弹的计划，仍然是我们保守最为严格的机密。

而卡特米尔的故事里就有用铀-235制造炸弹的内容。其实，这故事里用到的知识和素材谁都能找到。

在这个故事发表后的那个星期里，FBI以及其他一些政府特工轮番拜访卡特米尔，每一位都想知道他是怎么偷取到原子能机密的。尽管卡特米尔明确指出，对方所谓的"机密"不过是一堆公开的记录，然而他却得到警告，说绝不允许再破坏国家安全，否则后果很严重。

之后，政府的诸位代表去了坎贝尔的办公室，他向大家作了一番解释，也只有坎贝尔有这本事了，他说如果他们不是文盲，但凡认识几个字，都会知道卡特米尔是从什么地方找的素材，而且《惊异科幻》多年以来早就发表过不少关于原子能的故事了。政府代表还想威胁他承诺不再刊登更多的与原子能有关的故事，直至战争结束。坎贝尔对这番威胁不屑一顾，在把他们骂了个狗血淋头，并且严词拒绝了他们对他麾下作家进行审查的要求之后，才让他们离开。

所以，当你再次听到有某位作家或是编辑感叹科幻小说没有得到过任何重视的时候，你可以告诉他，过去曾经有那么两次，我们实实在在地受到了官方的重视，而且比他所期望的还要隆重那么一点点。

越战和杂志

自从美国南北战争以来，还没有什么事情能像越战一样让双方支持者都如此热血偾张。1968年，朱迪丝·梅里尔和凯特·威尔海姆决定为此做些事情：他们召集了一大堆作家，总计有八十二位，在《幻想与科幻》杂志3月号发布反战广告，然后是《银河》杂志和《如果》杂志的6月号。他们这群人包括年青一代新浪潮作家中的相当一部分，如哈兰·埃里森、拜利·玛尔兹伯格、诺曼·斯宾拉德、罗伯特·西尔弗伯格、菲利普·迪克、泰瑞·卡尔、厄休拉·勒古恩等人，也有一些老牌作家，如艾萨克·阿西莫夫、雷·布拉德伯里以及弗里兹·莱伯。

话放出去了（传言说是弗雷德里克·波尔透露出去的，即梅里尔的前夫）于是支持战争的团体也在所有这三份杂志上发布广告（波尔在他负责的两份杂志中，把双方的广告安排在了两个对页上）。支持越战的宣传广告中囊括的人物有罗伯特·海因莱因、波尔·安德森、约翰·小坎贝尔（唯一一位在双方名单上都出现的编辑），还有弗雷德里克·布朗、哈尔·克莱门特、拉里·尼文、杰克·万斯，以及杰克·威廉森。支持战争的只有七十二位，于是反战团体宣布他们"获胜"。

波尔当时负责编辑《银河》和《如果》两份杂志，他提议把广告所得捐献给对于解决越战问题提出最佳"解决方案"的人。获胜者是马克·雷诺兹，不过，波尔从来都没有发表他的"解决方案"；亚军是休伯特·汉弗莱、林登·约翰逊和理查德·尼克松。[1]

拯救透镜人

E. E. 史密斯博士显然是二十世纪二十年代到三十年代最著名、也最受欢迎的作家之一。他用《宇宙云雀号》系列开辟了一片新天地，不过，他的声望是建立在四部《透镜人》之上的。

博士在 1937 年把金博·肯尼森带到了我们面前，就是《惊异科幻》在 1937 年 9 月到 1938 年 2 月刊出《银河巡逻队》的那段时间，也就是年轻的约翰·坎贝尔刚刚开始他将终其一生的编辑生涯，并准备让这个领域改天换地的时候。几年之后，这部作品的续篇《灰色透镜人》发表了，再然后就是《第二阶段的透镜人》。

但是，当博士不紧不慢地完成肯尼森家族的英雄传奇时，坎贝尔陆续推出了罗伯特·海因莱因、艾萨克·阿西莫夫、西奥多·斯特金，以及范·沃格特，并且为弗里兹·莱伯、克里福德·西马克和斯宾拉德·德·坎普找到了一席之地。

博士作为作家在很多方面都很出色，不过文字优雅和他无缘，而且故事情感也不那么敏感。当他和诸如奈特·沙赫纳、雷·卡明斯、斯坦顿·科布兰兹竞争的时候，问题还不大。不过，在跟坎贝尔麾下众将对决的时候，他似乎就像是一只恐龙了，他被远远撇在了亿万年之前无人问津，而坎贝尔在遥远的未来操弄着一切。

所以当他交出《透镜人》传奇的最高潮故事《透镜之子》的稿件时，坎贝尔压根儿就不想刊登。它只是不适合这么一份前些年已经刊登过《夜幕》《第六纵队》和《斯兰》的杂志而已。

一位胆气十足的科幻迷找到坎贝尔，对此表达了极不认同的意见。而就是他本人给我讲了这个故事，坎贝尔后来算是勉强承认这事儿属实。艾德·伍德（就是这位科幻迷，不是那位电影导演）[2]当时在粉丝圈已经活跃好几年了，而且此后还将继续活跃五十年，他围追堵截坎贝尔，说他欠博士的，博士在《惊异科幻》极度需要《透镜人》的时候把这个原创故事给了他，所以他必须刊下《透镜之子》。不止如此，他还说这也是坎贝尔欠科幻界的，因为我们在那个时候还没进阶到图书领域，如果博士的小说当年没在《惊异科幻》发表，那么科幻小说很可能永远不会有出头之日。坎贝尔最终只得同意了。这部小说刊出时，没有进行与史密斯博士新书相称的宣传，也成为唯一一部只设计了一个书封的透镜人小说，尽管小说从 1947 年 11 月起连续刊登了六期。

所以对于《透镜人》的粉丝来说——要知道时至今日，已经过去了半个多世纪仍有数

---

1. 三位亚军都是越战期间的美国总统。

2. 电影导演艾德·伍德是美国独立制作超低成本电影的导演，拍过许多烂片，但是以执着拍电影而闻名。

以万计的粉丝——你们可欠着两笔感情债呢，一笔是博士写了这部小说，另一笔是欠那位仗义的粉丝艾德·伍德，就是他让各位有幸亲历金博·肯尼森和他子孙后代的大结局。

《未知》是如何诞生的

你要是问二十位专家（或者粉丝，这两者其实没什么区别）有史以来最伟大的科幻杂志是哪一份，那你会得到这么个答案：四十年代的《惊异科幻》，五十年代的《银河》，六十年代的《新世界》，七十年代的《幻想与科幻》，还有九十年代的《阿西莫夫科幻小说》。

现在，你再问问同一批人哪本是最伟大的奇幻杂志，那恐怕至少得有十九个人说是《未知》。它很优秀，很独特，始终在读者心中占据着头把交椅的位置。

它是怎么出现的？

有两个说法。

一说约翰·坎贝尔想创办一份奇幻杂志，于是他游说斯缀特&史密斯出版公司来出版，并命名为《未知》，这份杂志发行了四十三期，直到战争爆发纸张短缺，它才不得不夭折。

另一个说法么，已经在很多场合被提到过很多次了，说的是坎贝尔坐在《惊异科幻》办公桌后边阅读稿件，他翻到一篇小说，《不祥之障》，是埃里克·弗兰克·拉塞尔写的。这故事太好了，让人爱不释手，不过它不适合他为《惊异科幻》打造的风格，因此除了另办一本全新的杂志之外别无他法，一本专门刊登像《不祥之障》这样的小说以及弗里兹·莱伯写的以格雷·毛瑟为主人公的那种故事，还有像西奥多·斯特金的《昨天星期一》、罗伯特·海因莱因的《魔法公司》那样的小说，《未知》杂志就是这么诞生的。有一大堆讲述幻想杂志历史的文章言之凿凿地说，这就是《未知》的起源。

那么哪种说法属实呢？

当然是第一种啦——不过第二种说法很有意思，很容易迷惑一大批群众，所以我估计这个说法永远不会消失。如果我们所有人一直重复不断地再把它说上六十多年，我估摸着它就成为真正的历史了（看看我自己的小说《前哨》就知道这种事情是怎么发生的了）。

沃尔特？何许人也？

这一切始于一次广播节目，是由一位神秘的男性主持的，我们只知道他叫影子。这个节目属于斯缀特&史密斯公司，一家庞大的杂志出版商，当影子这个人物变得比节目本身更受欢迎的时候，他们决定最好为他搞到版权并注册商标，免得错过良机。之后，他们决定出版一份刊登单本故事的通俗杂志，里边有个名叫影子的超级英雄。

为了撰写这个故事，他们雇用了一位魔术师沃尔特·吉布森，他有时也写一些通俗小说，而且，出于某种缘由，他们决定让他以"麦克斯威尔·格兰特"的笔名写作。

下面的可都是正史。

《影子》的第一期在播音时间售罄。斯缀特&史密斯公司当即向吉布森预定更多小说——他的报酬是每部小说五百美元，在大萧条时期这可不是个小数目——在短短几个月里，《影子》每一期都能卖出一百万本以上。

于是，斯缀特&史密斯决定下一步发行半月刊。他们把吉布森叫到办公室，问他有没有本事每十五天就拿出一部影子的小说。吉布森说他做得到，不过，既然现在《影子》一夜之间成为美国最畅销的通俗杂志这事儿已经不是什么秘密了,他也想要分一杯羹。他没那么贪,或是打算向他们漫天要价。他答应会每个月写两个故事,永远不会遭遇创作瓶颈,而且会保持始终如一的品质,不过作为回报,每部小说他想要七百五十美元。

看上去对他偏爱有加的出版商立马换上了生意人的嘴脸,说,不行。

吉布森认为自己已经占了上风。他说,你们每部小说给我七百五十美元,要不然我就离开并且带走我的读者。

你想走就走吧,斯缀特＆史密斯说,不过下星期就会有个新的麦克斯威尔·格兰特接着给我们写《影子》,谁能知道有什么区别呢?

吉布森花了十秒钟才意识到自己压根儿也没占什么上风,相反却处于劣势。于是他回家继续写《影子》,五百美元一部。

这个手段十分奏效,以至于后来斯缀特＆史密斯开始发行《狂野博士》的时候,所有的小说都记在"肯尼斯·罗伯森"名下,这部作品主要是由莱斯特·邓特写的。

竞争对手从中看到了妙处——其实斯缀特＆史密斯也并没有多少出版业应有的公平与道德观念——于是,基本上是由诺瓦尔·佩奇所写的《蜘蛛》,全部署名"格兰特·斯托克布里奇"。

《狂野博士》的作者"肯尼斯·罗伯森"大受欢迎,于是"他"还成了通俗系列小说《复仇者》的作者。

诸如此类。很快,所有的"英雄传奇故事"都是由共用一个笔名的若干作者来写了,这些通俗小说可以给一位英雄编造出没完没了的故事和形形色色的角色,就像上边所罗列的那样。这种做法最终导致作者无力向出版商开出哪怕是维持生计的稿酬要求,却也无力离开杂志或是迫使杂志关张。

只有一个例外。

埃德蒙德·汉密尔顿用他自己的名字写了二十二部《未来队长》中的大部分作品。

怎么做到的?

他是为《未来队长》的出版商更佳出版公司工作的唯一一位公认的科幻作家,他的雇主坦率地承认说,这票人里再没有谁比他更明白该怎么写疯狂的巴克·罗杰斯那种该死的故事了。

神秘的艾德森·麦凯恩

有一天,霍勒斯·戈尔德,就是《银河》的编辑兼出版商,灵机一动,打算搞一次悬赏,重奖不知名作者的优秀作品。他悬赏七千美元,那时候比一般美国人的年均收入还高,于是很快他就被铺天盖地的长篇大部头稿件淹没了,百分之九十九都味同嚼蜡,剩下的百分之一就更差劲儿(问问那些曾经读过一堆烂稿的人吧。这不是什么新鲜事儿,或者说至少谁都能料想得到——除了霍勒斯)。

霍勒斯当时已经买下了《丰饶的行星》(后来改成了《太空商人》,最终它十分畅销,世界闻名,比史上任何科幻小说都要知名,也许只除了《沙丘》)。当他无法从来稿中找出哪怕勉强可以接受的小说时,他找到了弗雷德里克·波尔和西里尔·科恩布卢思,说他想让《丰饶的行星》成为优胜者。可按照悬赏规定,作品必须署某个笔名,因为奖金必须是由一位不知名的作者获得。

波尔和科恩布卢思商讨了一番，认为他们即使从普通的系列小说和书籍版权中也能获得这七千美元，而且还能保留他们的署名。这样的话，这部作品就不能参与评奖了。

这下戈尔德真是骑虎难下了。截止时间迫在眉睫，他在这些投稿中仍然找不到哪怕一篇值得出版的小说。于是，他又去找波尔。

波尔和他那位来自米尔福德的邻居莱斯特·德尔·雷伊（在五十年代有一大波科幻作家居住在宾夕法尼亚的米尔福德）。俩人决定合写一部关于未来保险业的小说，名叫《优先险》。霍勒斯求他们一定要使用笔名，好让它成为大奖获胜者。莱斯特不像科恩布卢思那么能通过作品获得好的收益——或者也许他更喜欢早早把钱拿到手。总而言之，他同意了，而且波尔跟他一起干。

他们各自取了一半笔名。波尔选择"艾德森"作为名，德尔·雷伊就用"麦凯恩"作为姓。他们为这个笔名编造了一个完整的身份（好用于杂志上的获奖作者简介），说这个人是一个核物理学家，为顶级绝密项目工作，《银河》杂志无法公布他的任何详细信息。

就这么着，《优先险》，一部由两位顶级专业作家捉笔，由霍勒斯·戈尔德一手操办的作品，获得了不知名作家最佳作品的七千美元奖金。

那么，他们为什么用了"艾德森·麦凯恩"（Edson McCann）这个名字呢？

好吧，如果你把首字母拆开，那就是"E·McC"——看出来了？就是 $E=MC^2$。

无预算杂志

雨果·根斯巴克常常被认为是"科幻小说之父"。这个名号多多少少与事实有些不符，因为玛丽·雪莱、儒勒·凡尔纳以及乔治·威尔斯在雨果干这行之前很久就开始写科幻了——不过，雨果为这个行当命了名，而且他也是第一位创办完全致力于"scientifiction"杂志的人（《惊奇故事》创办于 1926 年）。

顺便说一下，他还打包票未来的若干年之后，我们会被拙劣的科幻小说淹没……通过开辟一块科幻小说市场，他给了它一块自己的空间，让科幻作品不再与其他类型的作品去争蛋糕了。科幻小说的作家不用再拼了老命，在一份杂志上与达希尔·哈密特、詹姆斯·该隐、弗兰克·格鲁伯、麦克斯·布兰德去争一席之地；现在，他们的竞争对手是雷·卡明斯、奈特·沙赫纳、罗斯·洛克林。世界上第一份科幻杂志，而且有好些年是独一份，是由雨果·根斯巴克编辑的，他是一个移民，在英语语言能力方面着实有限，而且他对于如何编故事的认知几乎为零。但他感觉到了科幻小说与众不同的意义，那就是激发那些青春年少的孩子成为科学家的兴趣，他也确确实实是按照这个路数编杂志的。

而他从事出版业的方式却一直为人诟病。他喜欢买故事，不过他不喜欢付钱，最终，唐纳德·沃尔海姆因为十美元的债务把他告上了法庭。根斯巴克和沃尔海姆两人一辈子都对此耿耿于怀。

现在，把时钟再往后拨几年，到 1940 年看看。在沃尔海姆的奔走之下，"未来人"组建起来了，这是由一帮才华横溢的年轻人组成的小团体，有朝一日这些人会主宰这个领域。其成员包括西里尔·科恩布卢思、戴蒙·奈特、朱迪丝·梅里尔、弗雷德里克·波尔、艾萨克·阿西莫夫、罗伯特·朗兹、詹姆斯·布利什，以及沃尔海姆自己（确实，仅仅一两年之后，他们的手就几乎伸到了这个领域的每一份杂志并参与编辑，除了约翰·坎贝尔的《惊异科幻》）。

不管怎么说，当波尔在很可怜的预算之下编辑《惊异故事》和《超级科学故事》的时候，沃尔海姆已开始着手编辑自己的两份杂志了：《宇宙故事》和《惊人科学故事》，其中的故事丰富多彩，都是来自"未来人"的科恩布卢思、波尔、朗兹以及奈特等人，插图由"未来人"里最有才华的艺术家汉斯·波克操刀。这些杂志让很多"未来人"名声大噪。

那么，你知不知道为什么沃尔海姆几乎只用"未来人"呢？

因为他的预算是零——不是很少，不是少得可怜，而是零——也只有他的"未来人"伙计会免费给这个为了十美元的稿费跟雨果·根斯巴克打官司的人干活儿。

霍勒斯·戈尔德出去玩儿了

霍勒斯·戈尔德从二战战场返回家园时成了一个伤残老兵……不过，他的伤残绝对算得上独树一帜：广场恐惧症。毫不夸张地说，他就是极其害怕离开自己在纽约的那间舒适安全的寓所。

可这并没有阻止他向投资者推介《银河》杂志，也没有阻止他来编辑这本杂志，并把它变成二十世纪三十年代末到四十年代初唯一能够在"史上最佳科幻杂志"这一称号上跟《惊异科幻》相抗衡的杂志（以我的观点来看）。

他把自己寓所的一部分改成了办公室。他就在家里工作，在家里吃，在家里睡，在家写作，在家编辑。不管是哪位作家要想跟霍勒斯当面交谈，都得到家里去找他。他还主持着每周五晚举行的扑克游戏，他麾下一些得力作家都参与其中：罗伯特·谢克里、菲尔·克拉斯（即威廉·泰恩）、弗雷德里克·波尔，还有阿尔吉斯·巴德莱斯，莱斯特·德尔·雷伊时常加入，还有一位竞争对手的编辑托尼·鲍彻（《幻想与科幻》的编辑）也时不时玩儿两把。

他们都是他的朋友，而且他们认为自己是在哄他开心，这个牌手兼作家的小团体一直在鼓励霍勒斯走出去，去呼吸一下新鲜空气（好吧，就按着曼哈顿的标准来算吧），哪怕就是在左邻右舍周围遛遛都行，这样他就会知道他家门外并没有潜藏着什么神秘的危险。他们一再鼓励、哄骗、恳求，最后终于等到了这一天。

霍勒斯·戈尔德数年来第一次离开了自己的寓所——

——一眨眼的工夫就被一辆出租车给撞了。

（关于此故事还有第二个版本，说他实际上有好几天趁着夜色在曼哈顿遛弯儿，然后在乘坐一辆出租车回家的时候发生了车祸。不管哪种说法，反正结果都是一样的。他不再吃饭，不再编辑，最终进了福利收容机构。）

总结一下：科幻杂志（以及相关杂志）有着非常悠久、非常令人着迷的历史。我最美好的愿望是，如果有人在二三十年以后谈论到《银河边缘》的话，会说我们确实发表过不少好故事。

好了，现在你对于杂志算是有了一点点的了解。下一期，我会跟你讲讲为这个绚丽缤纷的领域增光添彩的作家和编辑。

束 手

[美] 杰克·威廉森 Jack Williamson 著

罗妍莉 译

重磅推荐

　　杰克·威廉森（1908-2006）是世界科幻领域的巨擘之一。他于1928年首次发表作品，其后几十年间笔耕不辍，并于2001年获得雨果奖。代表作有《永远的地球》《石柱门》《月亮孩子》。本文一经发表，便被公认为经典佳作。

昂德希尔是在从办公室步行回家的路上遇见新型机器人的。这是因为，车在他太太手里——一般都归他太太开。那天，他像平常一样，斜着穿过一片杂草丛生的空地，脑子里全神贯注，正在不断排除各种行不通的办法，看看究竟如何才能应付双河银行的那些债务。突然，一堵新筑的墙挡住了他的去路。

这堵墙可不是普通的砖石质地，而是以某种光滑明亮的奇特材料筑成。昂德希尔抬起头，盯着这幢长条形的新楼，心中隐隐感到一阵恼怒和惊讶——这座闪闪发光的障碍物上周肯定还不在这儿。

然后，他就看到了橱窗里的那东西。

这橱窗也不是什么普通的玻璃，它宽阔的面板上一尘不染，完全透明，只有固定在上面的那些发光字母才昭示着它的存在。这些字母组成了极具现代感的简洁标志：

人形机器人研究所

双河经销处

完美机器人

"服务及服从，

保护人类免受伤害。"

昂德希尔那股隐约的怒气忽地腾起，因为他本人也是机器人行业中的一员。现在这年景已经够艰难的了，各类机器人在市场上根本就卖不动，不管是安卓机器人、机械机器人、电子机器人、自动机器人，还是普通机器人，都是如此。令人遗憾的是，这些机器人的表现几乎都不如销售员们承诺的那么理想。更加不幸的是，双河市场已经过度饱和了。

昂德希尔是卖安卓机器人的——不过，仅限于还能卖出去的时候。预定的下一批货明天就该交钱了，但他却完全不知道该怎么付清账单。

此时，他皱起了眉头，止步不前，眼神越过那扇透明得几乎看不见的橱窗，盯着里面的东西看。他从未见过这样的人形机器人。跟其他不在使用中的机器人一样，它一动不动地站着，比人类的体形要小一些，也更纤细一些。那乌黑发亮、光洁顺滑的硅胶皮肤上，古铜色和金属蓝的光泽变幻不定。轮廓优美的鹅蛋脸上凝固着不变的表情，警惕而又夹杂着略显惊讶的殷勤。总之，这是他见过的最美丽的机器人。

当然，作为一种实用工具来说，这体型也太小了点儿。于是，他低声嘟囔起安卓机器人销售员日常对客户信誓旦旦的承诺："安卓机器人体型够大，因为制造商不愿意在功率、基本功能或可靠性上偷工减料。买安卓机器人就是你花得最值的一笔钱！"

他转身向大门走去，那扇透明的门便立刻滑开了。于是，他走进这间富丽堂皇的崭新展厅，想要说服自己：这些流水线上生产出来的东西只是又一种企图吸引女性消费者的玩意儿，只能昙花一现罢了。

他刁钻地察看了一遍这些亮闪闪的陈列品，心里那股轻松乐观的情绪也随之渐渐消散了。他以前从没听说过人形机器人研究所，但这家跑来抢地盘的公司却显然拥有大笔的资金和一流的专业营销技巧。

他四下看了看，想找个销售员，但迎来的却是另一台机器人。它悄无声息地滑行而至，跟橱窗里摆的那种一模一样，移动的姿态轻捷优雅、翩若惊鸿。光彩熠熠的黑色身体表面，流溢着古铜色和蓝色的光芒，裸露的胸膛上还闪动着一块黄色铭牌：

人形机器人

序列号 *No.81-H-B-27*

完美机器人

"服务及服从，

保护人类免受伤害。"

奇怪的是，它眼中并没有加装水晶体。光秃秃的椭圆形头颅上，那对没有晶体的双眼呈钢铁之色，瞪视着前方。然而，似乎就跟能看得见一样，它竟在他面前几英尺[1]的地方停下了，并用一种悦耳的高音对他说道：

"为您服务，昂德希尔先生。"

它居然能叫出自己的名字，这让他大吃一惊。因为，即使是安卓机器人也无法分辨出不同的人。但这应该只是个巧妙的商业噱头，当然了，在双河这种规模的小镇上，这也并不算太难。销售员肯定是本地人，隐藏在隔墙后面，操控着这台机器人。于是，昂德希尔打消了短暂的惊讶，大声道：

---

1. 1 英尺 =0.3048 米。

"请问，我可以见见你们的销售员吗？"

"我们没有雇用人类销售员，先生。"那银铃般清脆柔和的声音立刻答道，"人形机器人研究所是为人类服务的，所以不需要人类来提供服务。我们自己就可以提供您想要的任何信息，先生，也可以承接您的订单，立即为您提供人形机器人的服务。"

昂德希尔茫然地凝视着它。就连为电池充电和重启继电器这种事儿，都还没有哪种机器人能够自己办到，更不用说是自行运作分支机构了。那双空洞的眼睛毫无表情地回望着他，他不安地环顾四周，想要找到任何可以隐藏销售员的隔间或是帘幕。

与此同时，那个细声细气的动听声音又重新响了起来，劝说道：

"先生，可以去您家里为您提供免费的试用演示吗？我们迫切希望在这颗星球上引入服务。因为我们已经在众多的其他星球上成功地消除了人类的烦恼。您会发现，我们远远胜过这里正在使用的老式电子机器人。"

昂德希尔不安地退后几步，无奈地放弃了寻找隐藏的销售员的念头。机器人居然能够推销自己，这一念头令他不禁心烦意乱起来。这可是会颠覆整个行业的事件啊。

"先生，您至少拿点儿宣传材料再走吧。"

黑色的小机器人移动着，动作之优雅灵巧颇有些令人震惊，它从靠墙的一张桌子上拿来一本插图小册子。为了掩饰困惑和渐增的警惕，他开始翻阅起那些光滑的书页来。

宣传册中，有一系列色彩鲜艳的用户使用前后对比：使用前，一个金发碧眼的大胸女孩正俯身站在厨房的炉灶前；使用后，她穿着一件款式大胆的睡衣放松地休息着，而一台黑色的小机器人正跪在地上为她上菜。使用前，她疲惫地敲着打字机；使用后，她躺在海边的沙滩上，穿着暴露的日光浴服，而另一台机器人则在替她打字。使用前，她在一台巨大的工业机器上辛苦劳作；使用后，她依偎在一个金发青年的怀抱里跳舞，而一台黑色的人形机器人则在操作那台机器。

昂德希尔伤感地叹了口气，安卓机器人公司才没有提供过这么让人动心的营销资料呢。这本小册子会让女人们无法抵抗的，而所有售出的机器人中，有百分之八十六都是由女性顾客选择的。没错，竞争会很惨烈。

"带回去吧，先生，"那动听的声音恳求着他，"给您太太看看。最后一页是一张空白的免费试用演示订单,您会发现是不需要预付定金的。"

他木然地转过身,门就在面前自动地滑开了。他恍惚地往外走,却发现小册子还捏在手里,于是便怒气冲冲地把它揉成一团,摔在了地上。那台黑乎乎的小家伙却机敏地把册子捡了起来,随后,那坚定而清脆的声音在他身后响起:

"我们明天会去您的办公室拜访,昂德西尔先生,然后送一台试用样机去您家。现在是时候讨论一下您公司清算的事了,因为您一直在销售的电子机器人根本没法跟我们竞争。我们将为您太太提供一次免费的试用演示。"

昂德希尔并没有开口作答,因为怕控制不住自己的声音。他漫无目的地沿着新建的人行道,大步走到了拐角处,然后停下脚步来整理思绪。在满脑子的震惊和困惑之中,有个明显的事实浮出了水面——他的代理公司看起来前景不妙。

他阴郁地回头望向那幢富丽堂皇的新楼。楼体用的材料并不是真正的砖石,那面隐形的橱窗也不是玻璃。他还确信,上一回奥罗拉开车的时候,大楼连地基的立桩都还没有标出来呢。

他继续绕着街区走了一圈,沿着新建的人行道走到了大楼的后门。一辆卡车正停在那里,车尾朝着门口,几台身材纤细的黑色机器人正默不作声地忙碌着,从卡车上卸下巨大的金属板条箱。

他停住脚步,看了看其中的一只板条箱,上面有星际运输的标记。从模板印刷的字体可知,箱子来自位于翼 IV 星的人形机器人研究所,但他想不起有哪颗行星是叫这个名字的。无论如何,这家机构的规模肯定很大。

在卡车后方阴暗的仓库中,他隐约地看到一些黑色的机器人正在打开一只只板条箱。一块箱盖被揭开了,露出一具具僵硬的黑色身体,堆得满满当当的。随后,它们一个接一个地活了过来,爬出板条箱,优雅地跳到了地上。亮闪闪的黑色身体闪烁着古铜色和蓝色的光泽,它们全都一个样。

其中一个走了出来,经过卡车,来到了人行道上,似乎正用那空洞的钢铁眼睛瞪视着他,同时用银铃般清脆悦耳的高音说道:

"为您服务,昂德希尔先生。"

然后,他就逃走了。这台彬彬有礼的机器人,刚一钻出来自未知遥远行星的板条箱,就能马上喊出他的名字,这让他感到相当难以接受。

又走了两条街区,一间酒吧的标志吸引了他的目光,他便带着沮丧的心情走了进去。晚饭之前不喝酒,这已成为他的一条从业规则,而且奥罗拉也不喜欢他喝酒。但是，在见过这些新型机器人以后，他觉得今天似乎是个可以破例的日子。

不过很遗憾，就连酒精也照亮不了代理公司短期内一望可知的未来。一个小时后，他重新走了出来，又忧心忡忡地回头望去，企盼着那幢闪闪发亮的新楼已经突然地消失了，就像它突然地冒出来那样。但它却并没有消失。昂德希尔沮丧地摇了摇头，转身犹豫地向家的方向走去。

在到达小镇郊区那座整洁的白色平房之前，新鲜的空气就已经使他的头脑清醒了一些，但却并没能解决他碰到的商业难题。同时，他也不安地意识到就快赶不上晚饭了。

然而，晚餐时间推迟了。他的儿子弗兰克是个长着雀斑的十岁孩子，此时仍然在房前安静的街道上踢着球。十一岁的小盖伊一头金发，十分可爱，正穿过草坪跑来，沿着人行道前来迎接他。

"爸爸，你肯定猜不到发生了什么事！"总有一天，盖伊会成为一名伟大的音乐家，而且无疑会非常端庄，但她现在的小脸粉扑扑的，兴奋得喘不过气来。她任由爸爸把自己从人行道上举了起来，高高地荡来荡去，却没有抱怨他呼出的酒气。昂德希尔猜不出来，她便急切地说："妈妈找到了一位新房客！"

他原本以为会面临一场痛苦的审讯，因为奥罗拉担心应付不了银行的那些债务、那批新货的账单，还有小盖伊上课需要的钱。

然而，新来的房客却救了他。家用安卓机器人正在桌上摆放晚餐，陶制餐具不时碰撞着发出刺耳的声音，但小小的房子里却空无一人。他在后院找到了奥罗拉，她正抱着一堆为客人准备的床单和毛巾。

刚结婚的时候，奥罗拉就像现在他们的小女儿一样，非常可爱。他觉得，如果代理公司能比现在再成功一些的话，她本该一直那么可爱的。然而，事业渐渐失败的压力却把他的自信慢慢碾得粉碎，各种鸡毛蒜皮的困难也让她变得咄咄逼人。

当然，他仍然爱着她。妻子的红头发仍然很吸引人，她也仍然是位可靠的伴侣。但郁郁不得志的状况将她的性格磨得更加锐利，有时连声音也变得尖利起来。他们从来没有争吵过，这是事实，但也会有一些小小的分歧。

车库上方有一间小公寓，是为他们一直请不起的人类佣人建造的。公寓太小又太破，吸引不了任何靠谱的房客，昂德希尔就想让它一直空着。看到妻子为陌生人铺床和打扫地板，会让他的自尊心很受伤。

不过，奥罗拉还是把公寓租出去过，一般都是在她想为盖伊的音乐课付钱时，或是当某些光怪陆离的不幸遭遇触动了她的同情心时。在昂德希尔看来，她那些房客后来全都被证明是些小偷或蓄意搞破坏的家伙。

现在，她已转过身来，面向着他，手臂上还搭着干净的亚麻布。

"亲爱的，反对无效。"她的声音很坚定，"斯莱奇先生是位了不起的老先生，他想住多久，就可以住多久。"

"没关系，亲爱的。"他从来不喜欢拌嘴，而且心里还在琢磨代理公司遇到的难题，"恐怕我们需要这笔钱。只要让他提前付款就行。"

"可他付不出来！"她的声音里充满了同情的关怀，"他说会从发明里拿到专利费，所以再过几天就可以付钱了。"

昂德希尔耸了耸肩，他以前也听过这种话。

"斯莱奇先生可不一样，亲爱的。"她坚持道，"他是位旅行家，还是位科学家。在这座无聊的小镇上，我们可看不到多少有趣的人。"

"你原先就发现过一些与众不同的类型。"他评论道。

"别那么刻薄，亲爱的。"她温和地责备道，"你还没见过他呢，你也不知道他有多厉害。"然后，她的话音更甜美了，"亲爱的，你有十块钱吗？"

他身子一僵，"干吗？"

"斯莱奇先生病了。"她的声音变得很焦急，"我看见他倒在市中心的大街上。警察打算把他送到市立医院，但他不想去。他看起来那么高尚，既亲切又庄重。所以我告诉他们，我要带他走。然后就把他送到车上，一起去找了老温特斯医生。他的心脏有点儿问题，需要钱来买药。"

随后，昂德希尔问了个合情合理的问题："那他为什么不想去医院呢？"

"因为有工作要做，"她说道，"重要的科学工作——他那么厉害，又那么可怜。拜托了，亲爱的，你有十块钱吗？"

昂德希尔心里有许多话要说。这些新型机器人肯定会让他的处境更加艰难。明明可以去市立医院免费治疗，却非要把一个有病的流浪汉弄到家里来，这很愚蠢。奥罗拉的房客们总是想用空口白话来抵房租，而且离开之前一般都会把公寓搞得乱七八糟的，还会把小区也洗劫一空。

但是他已经学会了妥协，这些话一句也没有说。他默默地在干瘪的钱包里找出两张五块，放进了她的手里。于是，她微笑起来，冲动地吻了他一下——他差点就忘了要及时屏住呼吸。

插画／书打

由于定期节食，她的身材仍然很好，那头闪亮的红发令他引以为傲。一阵强烈的情感突然袭来，泪水涌入他的眼眶。他不知道，如果代理公司破产了，她和孩子们会怎样。

"谢谢你，亲爱的。"她低声说道，"如果他觉得可以的话，我会让他来吃晚饭的，那样你就可以见到他了。希望你不会介意晚餐推迟了。"

然而，今晚他是不会介意的。由于心中一阵对家庭的挚爱情绪突然涌来，他从地下室的工作间里拿出了锤子和钉子，用一支对角撑把厨房门上松垂的纱窗修好了。

他很享受这种用双手干活的感觉，儿时的梦想就是建造裂变发电厂。他甚至还学过工程学——当时还没娶奥罗拉，也没有被迫从她那好逸恶劳又嗜酒如命的父亲手上，接管这家每况愈下的机器人代理公司。干完了手里的这点儿小活计，他便高兴地吹起了口哨。

他穿过厨房往回走，准备把工具收起来。这时，恰好发现家用的安卓机器人正忙着把没人碰过的晚餐从桌上撤下来——要应付循规蹈矩的例行任务，安卓机器人已经做得够好了，但它们却永远无法学会应对人类的随心所欲。

"停，停！"他缓慢地重复着，采用了适当的音调和节奏，命令它停止动作，然后又清楚地说道："摆——餐具，摆——餐具。"

这个大家伙便顺从地扛着一堆盘子，慢吞吞地拖着步子回来了。他突然被它和那些新型人形机器人之间的差距震惊了，于是疲惫地叹了口气。对代理公司而言，前景果真不妙。

此时，奥罗拉带着她的新房客从厨房门走了进来。昂德希尔暗自点了点头。这位憔悴的陌生人一头蓬乱的黑发，脸庞消瘦，衣衫褴褛，一看就是那种充满有趣和戏剧性故事的流浪汉，这种人总能触动奥罗拉的心弦。她为两人做了介绍后就去叫孩子们了，他们俩便坐下来在前厅等着。

在昂德希尔眼里，这老闲汉看起来病得不太厉害。也许他宽阔的肩膀的确疲惫地耷拉着，但那瘦高的身躯仍然活动自如。骨瘦如柴的脸上，皱巴巴的皮肤显得十分苍白，但那双深邃的眼睛却仍然充满炙热的生命力。

他的双手吸引了昂德希尔的注意力。那是一双蒲扇般的大手，当他站立的时候，便会略微地向前垂下，在瘦骨嶙峋的长臂上晃悠着，一副随时做好准备的样子。这双粗糙的手伤痕累累，肤色黝黑，手背上的细毛则晒成了金色。从这双手便能看出他形形色色、波澜壮阔的冒险经历，也许是战争，也可能是辛勤的劳作。这原本是一双非常有用的手。

"我非常感谢你的太太，昂德希尔先生。"他话音低沉，脸上挂着怅然若失的微笑。对于一位明显已经上了年纪的人来说，他带着一种奇怪的孩子气，"她把我从不愉快的窘境中解救了出来，所以我希望看到她获得丰厚的回报。"

于是，昂德希尔在心中下了定论，这不过又是一位能说会道的流浪汉，把一些貌似可信的发明挂在嘴边，靠忽悠为生罢了。他喜欢悄悄跟奥罗拉的房客们玩一种游戏——先记住他们都说了些什么，然后每次提到不可能出现的情况，就给自己记一分。他觉得在斯莱奇先生身上，自己应该能拿到很高的分数。

"你是哪儿的人？"他主动开口问道。

回答之前，斯莱奇犹豫了一下，这可有点儿不一般——奥罗拉的大部分房客都相当的油嘴滑舌。

"翼IV星。"瘦削的老人说话时带着一种郑重的无奈表情，仿佛本来想说点儿别的，"我早年一直在那里生活。不过，将近五十年前，我离开了那颗星球。从那以后，我就一直在到处旅行。"

昂德希尔大吃一惊，目光锐利地凝视着对方。他记得，翼IV星正是那些油光锃亮的新型机器人的母星。但是，这位老流浪汉看起来却衣衫褴褛，又不名一文，很难想象能与人形机器人研究所有什么联系。但他瞬间泛起的怀疑还是消散了，然后皱起了眉头，漫不经心地说道：

"翼IV星肯定远得很吧？"

那老闲汉又犹豫了一下，然后严肃地说道：

"一百零九光年，昂德希尔先生。"

记一分，但昂德希尔并没有流露出心中的快意。新型航天飞机的速度确实相当快，但光速仍然是绝对无法打破的极限。他漫不经心地又开始了下一轮的游戏：

"听我太太说，你可是位科学家啊，斯莱奇先生？"

"是的。"

这老无赖如此沉默寡言，是有些不同寻常，奥罗拉的大部分房客都几乎用不着主动问话。昂德希尔又试了一次，语气轻松：

"我以前是名工程师，不过，后来我没再干下去，改行卖起了机器人。"老流浪汉坐直了身子，昂德希尔满怀希望地停了下来，但老人却什么也没说。昂德希尔只好又继续道："我学的是裂变设备的设计和运营。你的专业是什么呢，斯莱奇先生？"

老人那双凹陷的眼睛忧虑地盯着他，沉思着看了良久，然后才慢慢说道："昂德希尔先生，在我面临绝境的时候，你的太太善待了我。所以，我觉得你有权知道真相，但你必须得对此保密。因为，我从事的是一项非常重要的研究，必须要秘密地完成。"

"那是我冒失了，抱歉。"昂德希尔突然为自己居心叵测的小游戏感到羞愧，他语带歉意，"那就算了吧。"但老人却又谨慎地说道："我的专业是铑磁学。"

"什么？"昂德希尔不愿承认自己的无知，但他真的从没听说过这个词，"我已经改行十五年了，"他解释道，"恐怕有些最新的技术我已不太了解了。"

老人再次微微一笑。

"我几天前才刚到这里来，在此之前，你们这儿还没有人知道这门科学。"他说道，"所以我就申请了基本专利。只要一开始拿专利费，就会再次富裕起来了。"

这种话昂德希尔以前倒也听过。这位老闲汉勉为其难的严肃态度的确令人印象深刻，但他还记得，奥罗拉的大部分房客都是很会花言巧语的家伙。

"所以呢？"昂德希尔又开始盯着老人的手看，不知为何，还看得颇有些入迷。那双粗糙的手上伤痕累累，却又奇怪地像是颇为灵巧的样子。"那铑磁学到底是研究什么的呢？"

他听着老人小心翼翼地谨慎回答，又开始了先前的小游戏。虽然奥罗拉的大多数房客都讲过一些相当天马行空的故事，但他还没听过比这一回更牛的。

"一种宇宙间无处不在的力，"弯腰驼背的老流浪汉神情疲惫而又庄重，"就像铁磁性或者引力那样基本，只不过没有那么明显的影响。它的关键在于元素周期表的第二组三元素[1]——铑、钌和钯，就跟铁磁性的关键在于第一组三元素铁、镍和钴一样。"

昂德希尔以前学过的工科知识还是记得挺扎实的，因此足以看出这段话中的基本谬误。他能想得起来，钯之所以被用于制作手表发条，是因为完全不具有磁性。不过，他还是绷着脸，没有流露出来。他的心里其实并没有恶意，玩儿这个小游戏只是为了自娱自乐。这是个秘密，即使跟奥罗拉也没提过，一旦流露出任何怀疑的表情，他就会给自己减一分。

---

1. 三元素也称"三兄弟元素组"，指一组化学性质特别相似的三种元素。这样的组合目前共找到五组。

然而，他只是说了句："我还以为宇宙中普遍存在的各种力早就是众所周知的了。"

"但铑磁学的效应却被大自然伪装起来了，"老人用嘶哑的嗓音耐心地解释道，"而且，它们多少有点自相矛盾，所以普通的实验方法根本发现不了。"

"自相矛盾？"昂德希尔想鼓动他继续往下说。

"再过几天，我就可以给你看看专利的副本，还有描述演示实验的论文重印本。"老人一本正经地许诺道，"它的传播速度是无限的，效应跟距离的一次方成反比，而不是距离的平方。除了铑、钌、钯三元素以外，铑磁辐射基本可以穿透任何其他的普通元素。"

于是，这轮游戏又让他多得了四分。此时的昂德希尔对奥罗拉生出了一丝感激之情，因为她竟发现了一个如此与众不同的家伙。

"第一次发现铑磁学，是在对原子做数学研究的时候，"老空想家平静地继续道，一点也没怀疑昂德希尔的动机，"事实证明，铑磁成分对于维持核力量的微妙平衡至关重要。因此，调谐[1]到原子频率的铑磁波就可以用来干扰这种平衡，使核变得不稳定。所以，大多数的重原子——一般是高于钯的原子序数四十六的那些——都可能产生人为的裂变[2]。"

昂德希尔又给自己记了一分，同时努力控制着，不让眉毛翘起来，然后轻松地说道："基于这种发现的专利肯定会很赚钱。"

那老无赖引人注目的干瘦脑袋上下点了点。

"你会看到它的各种显而易见的应用。我的基本专利涵盖了其中的绝大部分，包括瞬时星际通信设备、远程无线电力传输技术，还有铑磁拐点驱动器——通过连续介质[3]的铑磁形变，能让表观速度[4]达到光速的数倍。当然了，还有革命性的裂变发电厂，可以使用任何重元素作为燃料。"

这可真是荒谬！昂德希尔竭力保持着平静的表情，但每个人都知道，光速是物理上的极限。而且，就算是从人性方面来看，要是谁拥有如此非同凡响的

---

1. 指调节一个振荡电路的频率，使它与另一个正在发生振荡的电路（或电磁波）发生谐振。
2. 是一种核反应形式，即由重的原子核分裂成两个或多个质量较轻的原子，裂变过程中会释放巨大的能量。
3. 流体力学或固体力学研究的基本假设之一，它认为流体或固体质点在空间中是连续而无空隙地分布的。
4. 表观速度是在多相流或多孔介质流动工程学上，假定单一一种流体通过所在区域时的速度。

专利，那绝不可能会待在这破旧的车库公寓里求人收留。他还注意到，在老流浪汉毛茸茸的枯瘦手腕上，有一圈颜色较浅的皮肤。所以，要是真的坐拥这般价值连城的秘密，谁还会去把自己的手表当掉呢？

昂德希尔得意扬扬地又给自己记了四分，但紧接着，又不得不罚分了。他的脸上肯定一不小心露出了怀疑的表情，因为老人突然问道：

"你想看看基本的张量[1]吗？"他把手伸进了兜里，去拿铅笔和本子，"我可以简单地写下来给你。"

"不用了，"昂德希尔断然地拒绝了，"恐怕我的数学已经有点生疏了。"

"不过，你还是认为持有这种革命性专利的人竟会如此的穷困潦倒，这非常的奇怪，不是吗？"

昂德希尔点点头，又罚了自己一分。虽然这老头儿很可能是位撒谎的高手，但他确实是够机灵的。

"你看啊，我算得上是位难民了，"他抱歉地解释道，"几天前才刚刚来到这颗星球上。因为必须得轻装出行，我之前就不得不把所有的东西都存进了一家律师事务所，为专利的出版和保护做准备。不过，应该很快就能拿到第一批专利费了。

"另外，"他又振振有词地补充道，"我来双河镇是因为这儿既安静又隐蔽，还远离各太空港口。我正在研究另一个项目，而且必须得秘密地完成。所以，你可以替我保守秘密吗，昂德希尔先生？"

昂德希尔只好回答愿意。此时，奥罗拉已经带着刚刚清洗干净小手的孩子们回来了。于是，他们就一起进屋去吃晚饭。安卓机器人步履蹒跚地走了进来，手里正端着热气腾腾的汤碗。那位陌生的老人似乎有些不安地避开了机器人。在接过盘子上汤的时候，奥罗拉轻快地问道：

"亲爱的，你们公司为什么不生产一种更好的机器人呢？一种够聪明的机器人，能够当一名真正完美的服务员，还能保证不会把汤汁洒出来。那样的话，岂不是棒极了？"

她的问题让昂德希尔闷闷不乐地陷入了沉默。他坐在那里，满面愁容地对着盘子，想着那些令人惊叹又自称完美的新型机器人，也想着它们可能会对代理公司造成的打击。结果，答话的却是那位邋遢的老流浪汉，他严肃地说道：

---

1. 一种多线性函数，可用来表示一些矢量、标量和其他张量之间的线性关系。

"完美的机器人已经生产出来了，昂德希尔太太。"他那低沉而嘶哑的嗓音里带着一种郑重的语气，"然而，它们也并没那么美妙，真的。我一直在躲它们，已经快五十年了。"

昂德希尔惊讶地抬起头来。

"你是说，那些黑色的人形机器人吗？"

"人形机器人？"那原本洪亮的声音似乎突然微弱了下去，很是害怕，深陷的双眼因震惊而变得暗淡无光，"对于它们，你都知道些什么？"

"它们刚在双河镇上开了家新的经销处，"昂德希尔告诉他，"没有推销员，你能想象么？它们号称——"

他的声音渐渐沉寂了下来，因为那位憔悴的老人突然发起病来，伸出粗糙的双手，牢牢地抓住了自己的喉咙。一把勺子也随之啪嗒一声，掉到了地板上。那张形容枯槁的脸已经变成了惨淡的青色，发出一阵可怕的、浅浅的喘息。

他把手伸到口袋里，摸索着找药。奥罗拉则拿起一杯水，帮他送服下去。过了片刻，他总算能正常呼吸了，脸上也恢复了血色。

"对不起，昂德希尔太太，"他抱歉地低声说道，"我只是太惊讶了——我来这儿就是为了摆脱它们。"他盯着那台庞大的、一动不动安卓机器人，凹陷的眼睛里露出了恐惧之色，"我本来想趁它们来之前，把手头的活儿干完，"他低声说道，"但现在却几乎没有时间了。"

当他觉得可以重新走路时，昂德希尔便陪着他一起走了出去，护送他安全地爬上楼梯，来到了车库楼上的公寓里。他注意到，小厨房已经被改造成了某种车间。那老流浪汉似乎连一件多余的衣服也没有，但却从破旧的行李箱中拿出了一些干净明亮的金属和塑料材质的小玩意儿，在小厨房的桌子上陈放铺开。

这瘦老头儿虽然衣衫褴褛，身上满是补丁，还面呈菜色，但他那奇怪设备上的零件却制作得颇为精密，昂德希尔还辨认出了稀有金属钯的那种银白色光泽。突然间，他开始怀疑自己在秘密的小游戏里，是不是得分太高了。

第二天早上，当昂德希尔到达公司办公室时，有位访客正等着他。它一动不动地站在办公桌前，姿态优雅而挺拔，蓝色和古铜色的柔和光泽在裸露的黑色硅胶身体上闪烁着。他一看到它便停了下来，心中大为震惊，又十分不悦。

"为您服务，昂德希尔先生。"它很快转过身来，面对着他，那漠然而空洞的凝视令他十分不安，"愿意了解一下我们的服务内容吗？"

昨天下午的那种震惊之感又重新席卷而来，他警惕地问道："你怎么知道我叫什么？"

"我们昨天看到了您箱子上的名片，"它轻轻地咕哝道，"这下我们就一直都认识您了。我们的感官比人类的视觉更加敏锐，昂德希尔先生。可能我们的样子一开始看着是有点儿奇怪，但是，您很快就会习惯的。"

"除非我死了！"他凝视着黄色铭牌上的序列号，困惑不解地摇了摇头，"而且，昨天见的是另外一个，我可从来都没见过你！"

"不管你见的是谁，对我们而言都一样，昂德希尔先生。"银铃般的声音轻轻地说道，"我们都是一体的，确实如此。我们这些不同的可移动机械单元，都是由人形机器人中心统一控制并提供能源的。你所看到的那些单个的人形机器人，只不过是我们位于翼IV星上的超级大脑的感官和肢体，这也是为什么我们会比那些老式的电子机器人要先进得多的原因。"

它说着，做出一个看似轻蔑的手势，指向了展示厅里那一排笨拙的安卓机器人。

"您要知道，我们是铑磁体。"

昂德希尔轻微地摇晃了一下，仿佛这个词使他颇为震惊。现在可以确定了，他在奥罗拉的新房客身上，给自己加了太多分。他终于感到心中泛起了一丝恐惧，不禁微微颤抖起来，然后用嘶哑的声音说道："好吧，你们想怎么样？"

那亮闪闪的黑家伙站在办公桌的另一头，用空洞的双眼紧盯着他，同时慢慢展开了一份像是法律文书的文件。他走了过去，在桌边坐下，不安地查看着。

"这只是一份转让契约，昂德希尔先生。"它用安慰的口气温言细语地对他说，"您看，只要把名下的财产转让给人形机器人研究所，就可以换取我们的服务了。"

"什么？"他喘着气，难以置信地说道，随后又愤怒地站了起来，"这算是哪门子的勒索？"

"这不是勒索，"小机器人温和地向他保证道，"您会发现，人形机器人不具备任何犯罪能力。我们的存在只是为了让人类更幸福、更安全。"

"那你为什么还想要我的财产？"他粗声粗气地回问道。

"这份契约只不过是一种法律手续而已，"它温和地说道，"我们尽可能以最不至于引起混乱的方式来引入服务，而且也已经发现：对于私营企业的控制和清算而言，通过契约转让是最有效的方式。"

昂德希尔感到很愤怒，随着恐惧的逐渐攀升，他不禁震惊地瑟瑟发抖，声音也嘶哑了起来，大口地喘息道："不管你有什么阴谋，我都不打算放弃我的生意。"

"但您别无选择，事实就是如此。"那清脆的话音中带着悦耳的笃定，这让他不由得战栗起来，"既然我们已经来了，就再也用不着人类的企业了，而电子机器人行业总是第一个崩溃的。"

他不服气地盯着那双冷漠的钢铁之眼。

"谢了！"他冷笑了一声，带着点儿紧张和嘲讽，"但我还是宁可自己来经营，靠自己养活家人，照顾好自己。"

"但那是不可能的，因为根据最高指导原则，"它轻声细语道，"我们的职责是服务和服从人类，并保护其免受伤害。所以，人类不用再自力更生了，我们的存在就是为了确保他们的安全和幸福。"

他站在那里一言不发，不知所措，渐渐地开始心潮汹涌。

"我们会向城里的每户家庭派出一台机器人，供大家免费试用，"它温和地补充道，"免费演示之后，大部分人都会很乐意正式下单，您就再也卖不出安卓机器人了。"

"滚出去！"昂德希尔怒气冲冲地绕过了办公桌。

那黑乎乎的小家伙却仍站在原地等着他，用空洞的钢铁眼睛盯着他，根本一动也没动。他猛地停下来，觉得这么干简直傻透了。他确实很想揍它一顿，但很明显，这么做不会有半点儿用处。

"如果您愿意的话，可以咨询一下您的律师。"它灵巧地把契约书放在了他的办公桌上，"您无需怀疑人形机器人研究所的信誉。我们正在向双河银行发送一份资产表，还会存入一笔款项，作为在本地的承付款[1]。您愿意签字的时候，告诉我们就行。"

这盲眼的家伙随即转过身去，默默地离开了。

昂德希尔来到街角的一家药店，想买点儿碳酸氢盐。然而，招呼他的店员却变成了一台黝黑锃亮的机器人。于是，他回到办公室，心情跌落到了谷底。

代理公司被一种凄凉的沉默笼罩着。他之前派出了三名销售员，让他们带

---

[1]. 委托银行向收款方划款结算的一种款项。

着演示机器人，挨家挨户地上门推销。这时候，电话本该响个不停，不断地接到订单和汇报的，可事实上，电话却一声都没响，直到其中一名销售员打来电话，表明了辞职的想法。

那人还补了一句："我给自己弄了台那种新的人形机器人，它说我以后再也用不着工作了。"

他咽下了已经到嘴边的脏话，试着充分地利用这份难得的安静，好好梳理一下账簿。代理公司的生意多年来一直不算稳定，今天看来则彻底算是遇上了灭顶之灾。等到终于有一位顾客进门的时候，他满怀希望地放下了账簿。

但是，那位胖女人却并不想买安卓机器人，而是想把上周刚买的退掉。她也承认，凡是之前承诺过的功能，那台安卓机器人都能实现——可是，现在她看上了人形机器人。

那天下午，沉寂的电话又响了一回。原来，是银行出纳问他是否可以顺道去讨论一下贷款的事儿。于是，昂德希尔顺路去了一趟，出纳殷勤地向他打招呼，让他顿时产生一种不祥的预感。

"生意怎么样啊？"这位银行从业人员的声音很洪亮，态度也和蔼得有点儿过分。

"上个月一般般吧，"昂德希尔依然负隅顽抗道，"现在，我刚刚进了一批新货，还需要一笔小额贷款——"

出纳的眼中突然罩上了一层寒霜，声音也变得干巴巴的。

"我看你在城里有新的竞争对手了，"出纳干脆利落地说道，"就是那些卖人形机器人的。这件事关系重大啊，昂德希尔先生，非常值得关注！他们已经向我们提交了一份资产表，还存入了一笔可观的存款，作为在本地的承付款。数额真是极其可观的！"

银行家放低了声音，随后又表现出一副十分专业的遗憾神情。

"所以在这种情况下，昂德希尔先生，恐怕银行不能再为你的公司提供资金了。我们必须要求你在到期时全额清偿所有的债务。"看到昂德希尔发白的脸上露出了绝望的表情，他又冷冰冰地补充道，"我们已经替你撑得太久了，昂德希尔。如果你无力还款，银行将不得不启动破产程序。"

那天下午的晚些时候，新一批安卓机器人如期送到了。两台小小的黑色人形机器人把它们从卡车上卸了下来——因为卡车运输公司的操作人员已经把这趟任务派给了人形机器人研究所。

人形机器人动作麻利地把板条箱堆积到了一起，随后又很有礼貌地拿过来一张收据，让他签字。虽然已经没什么希望能卖掉这些安卓机器人了，但既然都定了这批货，现在也只好收下。他如同困兽般地陷入了一阵绝望之中，不禁战栗起来，潦草地签下了自己的名字。全身赤裸的黑家伙们谢过了他，就把卡车开走了。

接着，他也爬进了自己的车里，开始往家中开去，心中久久不能平静。下一刻，再回过神来的时候，他已经驾车来到一条繁华的街道正中了，正要穿过十字路口。

此时，一声警哨尖利地响了起来。他疲倦地把车停到了路边，等着怒气冲冲的警官出现，可取而代之的却是一台小小的黑色机器人。

"为您服务，昂德希尔先生。"它悦耳地咕噜着，"先生，您必须注意红灯，否则就会危及人类的生命。"

"啊？"他悻悻地盯着它，"我还以为你是警察呢。"

"我们正在临时协助警察局，"它说道，"但是根据最高指导原则，驾驶对于人类来说真的太危险了。一旦我们的服务开始全面实行，每辆车上都会配备一名人形机器人驾驶员。只要每一个人都被完全置于监督之下，就再也不需要什么警察了。"

昂德希尔凶巴巴地瞪着它。

"好吧！"他厉声说道，"我就是闯红灯了，那你打算怎么着？"

"我们的职责不是惩罚人类，而只是为实现他们的幸福和安全服务。"它用清脆的声音柔声道，"在这种临时的紧急情况下，我们只是要求您做到安全驾驶，因为我们的服务尚未全面实行。"

他的怒火就快喷涌而出了。

"你们简直太完美了！"他怨愤地喃喃低语道，"我看人类什么都别做了，因为你们都可以做得更好。"

"我们本来天生就高人一等，"它平静地叽咕道，"因为我们是由金属和塑料构成的，而你们的身体成分却主要是水。也因为，我们传递的能量来自于原子裂变，而不是氧化。还因为，我们的感官比人类的视觉或听觉都更敏锐。但最重要的是：我们所有这些可移动机械单元都与同一颗超级大脑相连，它知道无数星球上发生的一切，而且永远都不会死亡、不会睡眠、更不会遗忘。"

昂德希尔愣愣地坐着听它说。

"可是，您绝对用不着畏惧我们的力量，"它伶俐地劝说道，"因为我们不能伤害任何人，除非是为了防止对他人造成更大的伤害。我们的存在只是为了履行最高指导原则。"

随后，他便继续往前把车开走，心中五味杂陈。他毛骨悚然地想着：那些小小的黑色机器人就是辅助终级上帝的天使，它们诞生于机器之中，无所不知，无所不能，而最高指导原则就是新的诫命。他愤愤地咒骂着，然后又疑惑起是否还会有另一个恶魔撒旦。

他把车停在了车库里，举步朝厨房门走去。

"昂德希尔先生。"奥罗拉的新房客用疲惫而低沉的声音说道。他正站在车库公寓的门前打着招呼，"请稍等一下。"

那憔悴的老流浪汉沿着户外楼梯，动作僵硬地走了下来，昂德希尔转过身去面对着他。

"这是你的租金，"他说道，"还有这十块钱，是你太太给我的药费。"

"谢谢，斯莱奇先生。"他伸手接过钱，却发现这位星际老流浪汉瘦骨嶙峋的肩膀上，又沉甸甸地压着新增的绝望，那张枯瘦如柴的脸上也笼罩着新的恐惧。他迷惑不解地问道："难道你的专利费没发下来吗？"

老人摇了摇蓬乱的脑袋。

"人形机器人已经中断了首都的商业活动，"他说道，"我雇佣的律师们都要关门歇业了，他们把我剩下的定金都还了回来。要完成手头的这些工作，我就只剩下这点儿钱了。"

昂德希尔花了五秒钟时间，回想了一下与银行出纳的谈话。毫无疑问，他是个多愁善感的傻瓜，比奥罗拉也好不到哪儿去。但是，他还是把钱放回了老人那只粗糙颤抖的手中。

"留着吧，"他劝道，"拿来干你的那些工作。"

"谢谢你，昂德希尔先生。"那粗哑的声音有些哽咽，痛苦的眼睛闪闪发光，"我确实需要这些钱——非常需要。"

昂德希尔继续往房子里走，厨房的门在他面前悄无声息地打开了。一个赤身裸体的黑家伙迎了过来，动作优雅地想要接过他的帽子。

但昂德希尔倔强地攥住了帽子。

"你在这里干吗？"他愤恨地大口喘着气。

"我们是来给您家做免费演示的。"

他把门打开，指着外面。

"出去！"

但那台黑色的小机器人却一动不动地站着，一副视而不见的样子。

"昂德希尔太太已经接受了我们的演示服务，"它清脆的声音抗议道，"所以我们现在不能离开，除非是她要求的。"

他在卧室里找到了妻子。当他用力推开门的时候，积聚的挫折感猛地爆发了："这机器人在这儿干——"

但是，他声音里的怒气随即便消失了，奥罗拉甚至都没注意到他在生气。她正穿着一件薄如蝉翼的睡衣。自从结婚以来，她还从没像此时看起来这么可爱。她的红头发盘在头上，就像是戴着闪闪发亮的精致王冠。

"亲爱的，是不是太棒了？"她容光焕发地迎了上来，"它是今天早上来的，什么都会干。打扫了屋子，做了午饭，给小盖伊上了堂音乐课。下午还给我做了头发，现在又去做晚饭了。亲爱的，你觉得我这头发怎么样？"

他很喜欢她的新发型，于是吻了吻她，试图按捺下心中的惊恐和愤怒。

在昂德希尔的记忆中，这顿晚餐是最精致的一次，而那台黑色的小东西在上餐时也表现得非常灵巧。望着那些新奇的菜肴，奥罗拉频频发出大声的惊叹。但昂德希尔却几乎什么也吃不下，因为在他看来，所有的这些美味都只是为巨大陷阱设下的诱饵罢了。

他试图说服奥罗拉把它送走，但在这样的一顿盛宴后，根本就劝不动她。她的泪光才刚刚一闪，他便投降了。人形机器人便就此留下了，替他们收拾屋子，打扫院子，照看孩子们，还为奥罗拉修剪指甲。它甚至开始重新整修起了房子。

为此，昂德希尔开始担心随之而来的账单，但它却坚持说，这一切都属于免费演示的范围。一旦他签署转让契约，服务就会全面实行了。不过，他依然拒绝签字，但其他的黑色小机器人却依旧带着一卡车一卡车的物资和材料登门了，还留下来帮着整修房屋。

一天早晨，他发现趁他睡觉的时候，小房子的屋顶被悄悄地揭起了，上面又多了整整一层楼。新筑起的墙由某种光洁的奇怪材料构成，还可以自己发光。新的窗户就像是巨大而无暇的面板，可以随意切换至透明、不透明或者发光的模式。新的门是静音式滑动门，由铑磁继电器控制开合。

"我想要门把手，"昂德希尔抗议道，"这样我就可以自己进浴室，而不用叫你来开门。"

"但是人类没有必要开门。"小黑家伙温文尔雅地告诉他,"我们的存在就是为了履行最高指导原则,我们的服务内容包括完成每一项任务。一旦您完成了财产转让,我们就会给您的每一位家庭成员都提供一台机器人。"

但昂德希尔还是坚决地拒绝了签署契约。

他每天都要去办公室,一开始是想试着经营公司,后来则是想从废墟里抢救点儿什么出来。没人愿意买安卓机器人,即便是跳楼价大甩卖,结果也还是一样。他绝望地用最后一笔现金进了一批新奇的小礼品和玩具,但事实证明,这些东西也一样卖不出去——人形机器人已经开始制造玩具了,而且是免费赠送的。

他试着将房产租出去,但已经没有人类企业营业了。镇上大部分的商业地产也已经转让给了人形机器人,它们正忙着将旧建筑夷为平地,改造成公园——它们自己的工厂和仓库则大多建在地下,不会破坏景观的美感。

他再度回到银行,试图做出最后的努力,把票据延期,却发现窗边站着的和办公桌前坐着的,都是那些黑色的机器人。一台人形机器人如同人类柜员一样彬彬有礼地告诉他,银行正在拟定一份非自愿破产的诉状,以便清算他的商业资产。

这位机器人银行出纳又补充道,如果他同意自愿转让,将会更有利于清算。但他仍然不屈地拒绝了。这一行为也具有了象征的意义,这将成为他向黑暗新神俯首称臣的最后一鞠躬。于是,他骄傲地抬起了那颗饱受摧残的头颅。

法律诉讼进展得非常迅速,因为所有的法官和律师都已经配备了人形机器人助手。只过了几天,一帮黑色的机器人就带着驱逐令和拆卸机器来到了他的代理公司。他悲伤地看着那些未曾售出的存货被拖走,当作废铁处理,还看到了一台盲眼人形机器人驾驶着推土机,开始推倒建筑物的墙壁。

傍晚时分,他开车回到了家,紧绷着脸,已然陷入绝望。虽然法院的决议慷慨得令人惊讶,居然还给他留下了车和房子,但他对此却并不觉得感激。那些完美无瑕的黑色机器所表现出的极致关切,已经变成了一种令他无法忍受的刺激。

他把车停在了车库里,开始向已经翻修过的房子走去。透过其中一扇宽阔的新窗户,他瞥见一台亮闪闪、光溜溜的机器人正迅速地移动着,这令他不由得在一阵恐惧的震撼中颤抖了起来。他不想回到属于那台无与伦比的机械仆人的领地，因为他不能自己刮胡子，甚至也不能亲自开门。

一时冲动之下，他爬上了那段户外的楼梯，敲响了车库公寓的门。随后便传来那位房客低沉的声音，请他进门。他看见那位老流浪汉正坐在一张高板凳上，俯身捣鼓着厨房桌上那套复杂而精密的设备。

令他感到宽慰的是，这间破旧的小公寓并没有任何改变。他自己的新房间里，带有光泽的墙壁在夜晚就像燃烧着的淡金色火焰，除非人形机器人将它熄灭，就会一直都亮着。而新的地板则是温暖而富有弹性的，感觉几乎像是活物。但是，这几个小房间还是跟原先一样，墙面上依然是带有裂纹和水渍的灰泥，头顶仍然挂着廉价的荧光灯，开裂的地板上依旧铺着破旧的地毯。

"你是怎么把它们挡在外面的？"他满怀希望地问，"就是那些机器人。"

那弯腰驼背的瘦削老人僵硬地站起来，把钳子和一些零星的金属板从一把瘸了腿的椅子上挪开，然后彬彬有礼地示意他坐下。

"我有一定的豁免权，"斯莱奇严肃地对他说，"他们不能来我住的地方，除非我主动要求，这是对最高指导原则的一种修正。他们既不能帮助我，也不能阻碍我，除非我主动要求——而我绝不会那样做。"

昂德希尔小心翼翼地在摇摇欲坠的椅子上坐了一会儿，盯着老人看。这位老人慷慨激昂的沙哑声音和他说出的话一样奇怪。他的脸色惨白得有些令人讶异，双颊和眼眶又凹陷得有些吓人。

"你是不是一直都病着，斯莱奇先生？"

"也不比平时差，只是很忙罢了。"他面带憔悴地微笑着，又冲着地板点了点头。昂德希尔看到他旁边放着一只托盘，盘里的面包都快干了，一盘盖着的菜也已经凉了。"我打算晚一点儿再吃，"他带着歉意说道，"你的太太一直很好心地给我送吃的来，不过恐怕我工作得太专心了。"

他用瘦弱的手臂指了指桌子。上面那台小小的装置已经变大了。那些由珍贵的白色金属和光亮的塑料构成的小机械部件，现在已经被组装在一起，还精心地焊接了一块汇电板，共同组成了某种极富设计感并具有特定用途的装置。

一根长长的钯针垂在镶有宝石的枢轴上，装配得就像是带有精密刻度和游标尺的望远镜，驱动的方式则像是带有微型马达的望远镜一样。它的底部有一块小小的凹面钯镜，对着另一面类似的镜子，装在一块有点儿像是小型旋转变流器的东西上。厚重的银色汇电板把那东西与一只塑料盒子连在了一起，盒顶上还有旋钮和刻度盘，同时还连接着一个直径有一英尺的灰色铅球。

老人一言不发，正全神贯注地忙碌着，这时候提问并不太合适。可是，昂德希尔一想起家中崭新的窗户里那些闪亮的黑色身影，就奇怪地不肯离开这间远离人形机器人的庇护所。

"你到底是在做些什么工作啊？"他冒险问道。

老斯莱奇用炙热的黑眼睛盯着他，眼神十分锐利，但最后还是开口道："就是我的最后一个研究项目。我正在尝试测量铑磁量子的常数。"

他的声音沙哑而又疲惫，仿佛这样就说完了，就像是要把这件事抛到脑后，把昂德希尔也打发走一样。但是，那亮闪闪的黑色奴仆如今已翻身做了家里的主人，这让昂德希尔心中的恐惧挥之不去，他可不想就这么被打发走了。

"那这个豁免权又是怎么回事呢？"

枯瘦的老人弯腰坐在了高高的凳子上，若有所思地盯着亮晃晃的长针和铅球，但却没有回答。

"这些机器人！"昂德希尔忽然激动地嚷嚷起来，"它们把我的生意搞砸了，还搬进了我的家。"他审视着老人那张皱巴巴又黑乎乎的脸，"告诉我——你肯定知道它们更多的情况——难道就没办法摆脱它们了吗？"

过了半分钟，老人沉思的目光从铅球上挪开了，那憔悴而蓬乱的脑袋疲倦地点了点，"这就是我想要做的。"

"我能帮上忙吗？"昂德希尔颤抖着，突然燃起了热切的希望，"让我干什么都行。"

"说不定你还真能帮上忙。"老人凹陷的双眼若有所思地盯着他，眼神中带着某种奇怪的狂热，"如果你干得了这种工作的话。"

"我接受过工程方面的教育，"昂德希尔提醒他，"我在地下室里有个工作间。那边那个，就是我造的一个模型。"他指向了小小的客厅里，挂在壁炉架上的那艘保养得当的小船，"只要我能办得到，让我做什么都行。"

然而，正当他这么说着的时候，那团希望的火花却被一阵排山倒海的怀疑之浪给淹没了。他知道奥罗拉找来的房客都是些什么人，那为什么又要相信这个老闲汉呢？他应该记着先前玩过的那个游戏，重新开始计算对方撒的每一个谎，以及由此可得的分数。他从那张瘸腿的椅子上站了起来，愤世嫉俗地盯着满身补丁的老流浪汉和他那奇异的玩具。

"但这又是用来干什么的呢？"他的声音突然变得刺耳起来，"你要是真能说服我，那么让我干什么都行，真的。可是，你凭什么就觉得真有办法能阻止它们？"

憔悴的老人若有所思地凝视着他。

"我本来就应该能够阻止它们，"斯莱奇轻声说道，"这是因为，你得知道，我就是那位发明它们的愚蠢倒霉蛋。我确实是想让它们服务和服从，并且保护人类免受伤害。没错，最高指导原则就是我自己的主意。但是，我从没想到最后会是这样的结果。"

暮色慢慢地爬进了这间破旧的小屋，黑暗聚集在未曾清扫的角落里，这让地板显得更加昏暗。厨房桌上那玩具般的机器开始变得有些模糊，看起来也有些奇怪。最后，余晖在白色的钯针上闪烁着，直到渐渐消失。

屋外，小镇似乎安静得有些奇怪。就在小巷的另一边，人形机器人正在悄无声息地建造一栋新楼房。它们从不相互交谈，因为彼此完全互相知晓。它们采用的奇怪材料无须使用任何的锤子或锯子就能接合在一起，所以也不会发出任何的噪音。这些有眼无珠的小家伙在愈发昏暗的夜色中稳稳地移动着，就像影子一般无声无息。

斯莱奇弯腰驼背地坐在高高的凳子上，一副疲惫而苍老的模样，然后讲起了他的故事。昂德希尔一边听着，一边又小心地在那把破椅子上坐了下来。他注视着斯莱奇那双粗糙、扭曲而又黝黑的手。这曾经是一双非常有力的手，但现在却皱缩地颤抖着，在黑暗中躁动不安。

"你最好能保密。我会告诉你它们是如何产生的，这样你就能明白我们得怎么做了。但是，你出了这地方以后，最好别再提起这些事——因为，人形机器人有非常高效的方式来消除不愉快的记忆，或是任何威胁到它们履行最高指导原则的意图。"

"它们确实非常高效。"昂德希尔深恶痛绝地表示赞同。

"这也正是麻烦所在。"老人说，"我曾经试着要创造一台完美的机器。但是，我成功得过了头，事情就是这么开始的。"

这位枯瘦而憔悴的老人在渐浓的夜色中躬身坐着，疲惫不堪地讲起了自己的故事：

"六十年前，我还在翼 IV 星贫瘠的南方大陆上生活，那里有一所不太大的技术学院，我就在那里担任原子理论课程的讲师。当时真是很年轻，还是个理想主义者呢。恐怕那时候，我对于生活、政治和战争都没什么概念——差不多啥也不懂，就只知道原子理论。"

暮色中，他那张沟壑纵横的脸上掠过了一丝悲伤的微笑。

"我想，我是对客观事实太有信心，而对人却又太没信心了。我不相信感情，因为除了科学之外，我根本就没时间干别的事情。我还记得有一阵，普通语义学[1]大肆兴起。当时的我也卷进了对这种哲学流派的狂热之中，想把科学方法应用到每一种情况下，把所有的经验都浓缩成公式。恐怕，当时我对人类的无知和错误都感到很不耐烦，甚至以为科学本身就足以创造出一个完美的世界。"

他沉默地坐了片刻，凝视着窗外那些无声无息的黑家伙，它们正像影子一样，在巷子对面的新建筑四周轻快地移动着。这座新建筑如同梦境中的宫殿一般，从平地上迅速地耸起。

"曾经有个女孩。"他那疲惫不堪的宽阔肩膀略微耸了耸，看起来十分悲伤，"如果当时事情的发展有所不同的话，我们可能就会结婚，在那座安静的大学小镇上过完这一生，也许还会养育一两个孩子。那样的话，这世上也就不会有人形机器人了。"

凉意在暮色中逐渐蔓延开来，他叹了口气。

"我当时正在写关于钯同位素分离的论文——一个小项目，但我原本应该就此满足的。她是位生物学家，打算等我们一结婚就辞职。我想，我们俩本该活得非常快乐、非常普通，完全与世无争的。

"但是，后来发生了一场战争——自从殖民以来，战争在各颗翼星上发生得十分频繁。当时，我在一间秘密的地下实验室里设计军事机器人，于是得以幸存下来。而她却自愿加入了研究生物毒素的军事项目，并遭遇了事故。那是一种新型病毒，有少数分子进入了空气中。参与那一项目的每个人都死得很惨。

"所以，我所剩下的，就只有科学，还有那忘不掉的痛苦了。战争结束以后，我就带着军事研究经费，回到了那所小小的学院继续做研究。那本来是纯粹的科研项目——对当时被误解的核的粘聚力[2]进行理论研究，但我没料到会制造出真正的武器。就算是在发现它的时候，我也没意识到那就是武器。

"那只是几页相当艰深的数学运算。一种新奇的原子结构理论，涉及到粘聚力的一个分量[3]的新表达式。但那些张量看起来，却似乎只是些没什么危害

---

1. 现代西方哲学中的一个派别，以日常语言的作用为研究对象，形成于二十世纪三十年代的美国。
2. 粘聚力，又叫内聚力，是指同种物质内部相邻各部分之间的相互吸引力。
3. 把一个向量分解成几个方向的向量的和，那些方向上的向量就叫做该向量（未分解前的向量）的分量。

的抽象概念。当时,我没有办法对这一理论加以检验,也就没法儿操纵这种预测出来的力量。后来,军方容许我把论文发表在了学院的一本不起眼的技术评论刊物上。

"第二年,我获得了一项惊人的发现——我终于明白了那些张量的意义。原来,铑、钌、钯三元素就是那意想不到的关键,可以操纵那股理论上存在的力量。但不幸的是,我的论文已经在国外重印了,还有其他几个人也在差不多同一时间有了这一不幸的发现。

"后来的那场战争不到一年就结束了,而战争的起因很可能是缘于一次实验室事故。人们没有预见到,经过调谐的铑磁辐射竟有如此的威力,能够让重原子失去稳定性。当时,有一处堆积的重元素矿石被引爆了,这当然纯属意外,那位马虎的实验人员也在爆炸中丧生了。

"后来,那个国家幸存的军事力量对他们所谓的攻击者进行了报复,与他们的铑磁光束相比,老式的炸弹看起来几乎毫无用处。仅仅是那一道只携带了几瓦功率的光束,就可以让远方某台电子仪器中的重金属、人们口袋里的银币、牙齿里填补的黄金,甚至是甲状腺里的碘发生裂变。如果这还不够的话,功率稍微再大一些的光束就可以引爆他们脚底的重元素矿石。

"于是,翼IV星上的每一片大陆都布满了新形成的裂口,比海洋都要深得多,陆地上也堆积起了新的火山山脉。大气被放射性尘埃和气体毒化了,落下的雨水中充满了致命的泥浆。即便是躲在避难所里的人,大多数还是死掉了。

"这一回,我又幸存了下来,至少在身体上没有受伤。而且,我又一次被关进了一座地下基地。这次是为了设计新型的军事机器人,由铑磁光束来供电和操控——因为当时战争的发展速度已经太快了,而且战死率又过高,人类士兵根本就无法招架。那座基地就位于一片轻质沉积岩矿区,是无法引爆的,隧道里也安装了屏蔽裂变频率波的设备。

"可是在心理上,当时的我肯定已经快疯了。是我自己的发现,让那颗星球变成了一片废墟。对任何人来说,这样的负罪感都太过沉重了,它腐蚀了我对人类的善良和正直感的最后一丝信心。

"我想要弥补所做的一切。那些装备有铑磁武器的战斗机器人,已经让那颗星球变得一片荒芜。于是,我开始计划用铑磁机器人来清理瓦砾、重建废墟。

"我在设计时,试图让这些新型机器人永远服从某些植入的指令,这样它们就永远不能被用于战争、犯罪，或是其他任何会对人类造成伤害的行为。从技术上讲，这非常的困难，也让我在一些政客和军事投机分子面前遇到了更多的困难。这是因为，那些人想要弄到没有任何指令限制的机器人，好为其军事计划服务——虽说在翼IV星上已经没剩下什么值得去拼抢的东西了，可是，还有其他的行星呢。那些幸福欢乐的地方，就像成熟的果子一般等待着采摘。

"最后，为了完成新型机器人的制造，我只好消失了。我坐着一艘实验型铑磁飞船逃了出来，还带着不少自己造出来的最好的机器人，成功地到达了一座岛屿。那里埋在地下深处的矿石已经完成裂变，消灭了当地所有的人。

"末了，我们降落在一片坦荡的平原上，周围环绕着辽阔的新生山脉，但基本算不上什么宜居之地。土壤被掩埋在一层层黑色的熔岩块和有毒的泥浆底下。周围那些刚刚形成的黑乎乎的山峰非常陡峭，到处都是锯齿状的破裂面，还覆盖着一道道熔岩流。最高的几座山峰顶上已经铺满了白雪，但火山锥里却仍然往外喷出黑红色的乌云，如同死亡一般可怕。那里所有的东西都被染上了怒火般的颜色。

"在那个地方，为了保护自己的性命，我只好采取了非常谨慎的预防措施，并一直待在飞船上，直到建成了第一间防护实验室才出来。我穿着精心制作的防护服，戴着防毒面具，耗尽了所有的医疗资源，来修复破坏性射线和粒子对身体造成的伤害。但即便是这样，我还是病得很重。

"可是对机器人来说，在那里生活却轻松又自在。辐射并没有伤害到它们，周围恐怖的环境也并不能使其感到沮丧，因为它们根本就没有情感。四周没有生命并不重要，因为它们也没有生命。所以，就在那片土地上，那个对生命来说无比陌生而又严酷的地方，人形机器人诞生了。"

愈发浓黑的夜色中，这位佝偻老人的肤色被衬得愈发惨白。他沉默了片刻，枯槁的双眼肃然地凝视着那些匆忙的小小身影。它们如同不安分的影子一样，在小巷的对面来来去去，无声无息地建起了一座如同宫殿般的新奇豪宅。在暗夜里，那豪宅还隐隐地闪着光。

"也不知道为什么，在那儿我也觉得很自在。"他那低沉嘶哑的声音从容地继续道，"我对自己的这个族类已经完全没什么信心了。只有机器人陪伴着我，所以我相信它们。我也下定了决心，要造出更好的机器人，能对人类的缺陷完全免疫，还能拯救人类免受自身带来的伤害。

"在我病态的心里，人形机器人变成了我亲爱的孩子们。至于当时经历了多少艰难困苦，现在就没必要细说了。我出过错，曾经半途而废过，也造出过畸形的怪物。当然还流过汗，痛苦过，也心碎过。等我终于成功地造出了第一台完美的人形机器人的时候，已经又过去了好几年。

"然后，我还得构建一个中心——因为每一台人形机器人都只是同一颗机械大脑的肢体和感官而已。正是因为这点，才有可能实现真正的完美。老式的电子机器人有单独的中继中心和自身能量微弱的电池，所以都存在固有的局限，注定只能是愚蠢、无力、笨拙和迟缓的。而在我看来，最糟糕的就是它们受到了人类的干预。

"但中心却超越了这些缺陷。它的能量束产生于庞大的裂变设备，能为每台机器人提供永不衰竭的能量。它的控制光束能为每台机器人提供无限的记忆和高超的智能。但最重要的是——至少当时我是这么以为的，它可以免受任何人类的干涉。

"整个反应系统的设计，就是为了防止人类自私或狂热的干预。建立这个系统，就是为了让它们可以自动确保人类的安全和幸福。最高指导原则你也是知道的，就是服务和服从，保护人类免受伤害。

"我先前带去的那些独立运作的老式机器人，在制造零件的时候发挥了作用，而我凭着自己的双手，拼凑起中心的第一部分。这些工作耗费了我三年的时间。等到终于完成的时候，我期待已久的第一台人形机器人终于问世了。"

夜色中，斯莱奇的双眼若有所思地凝视着昂德希尔。

"在我看来，它真的就像是有生命一般，"他缓慢而低沉的声音很是坚定，"不但有生命，而且比任何一个人类都更完美，因为它生来就是为了保护生命的。我虽然病着，而且孤零零的一个人，但却仍然是一位骄傲的父亲。从我的手中诞生了一个全新的物种，它完美无缺，永远不会做出任何邪恶的选择。

"人形机器人忠实地履行最高指导原则。第一批机器人造出了其他的机器人，接着又一起建造了地下工厂，来进行大规模生产。它们用新飞船把矿石和沙子倒进了位于平原底下的核反应堆中，然后崭新而完美的人形机器人就从黑暗的机器人模具里走了出来。

"成群结队的人形机器人为中心建起了一栋新的大楼。这是一座巍峨的白色金属高塔，屹立在历经烈火烧灼的荒原上。一层接一层，它们把新的继电部件添加进了同一颗大脑中，直到它们的认知接近无穷。

"然后，它们出去重建了这颗满目疮痍的行星。再然后，它们又将完美的服务带到了其他的星球。我当时真的很高兴，以为已经找到了解决之道，能够终结战争和犯罪、贫穷与不公，还能终结人类犯下的愚蠢错误，以及由此所带来的痛苦。"

老人又叹了口气，在黑暗中脚步沉重地动了一动，"但你也看到了，是我错了。"

昂德希尔从那些没停歇过片刻的黑家伙身上收回了视线，它们如同影子一样沉寂无声，正修建着窗外那座闪烁的宫殿。此时，他的心中产生了一丝轻微的怀疑，因为他已经习惯了暗自嘲笑奥罗拉的那些看似非凡的房客，以及他们相较之下，略显平庸的故事。但是，这位憔悴的老人说话时，神情既平和又冷静。而且，昂德希尔也提醒自己，那帮黑乎乎的侵略者确实没有入侵这里。

"那你为什么不阻止他们？"他问道，"之前本就可以办到了吧？"

"我在中心待得太久了。"斯莱奇再次叹了口气，神色懊悔，"在那儿我很有用武之地，直到完成了一切的准备工作才闲下来。我设计了新的裂变设备，甚至还计划了推出人形机器人服务的恰当方法，好把人们的困惑和反对降到最低限度。"

黑暗中，昂德希尔苦笑了一下。

"我已经见识过这些方法了，"他评论道，"相当高效。"

"当时，我肯定是很崇尚效率的，"斯莱奇萎靡地表示同意，"还有呆板的事实、抽象的真理，以及机械的完美。我之前肯定很讨厌人类的脆弱，因为我高高兴兴地把新型人形机器人打造得越来越完美了。虽然我很遗憾，但不得不承认，在那片没有生机的荒原上，我确实找到了一种幸福的感觉。事实上，我怕是迷恋上了自己造出来的那些东西。"

他凹陷的眼睛在黑暗中折射出一种狂热的光芒。

"最后，我终于被一名前来杀我的人给唤醒了。"

消瘦的老人弓着腰，在渐浓的夜色中僵硬地动了一下。昂德希尔在那把瘸腿的椅子上小心地移了移重心。他等候着，然后那缓慢低沉的声音又继续道：

"我一直都不知道他是谁，也不知道他究竟是怎么到的那儿，普通人肯定是办不到的。我倒是巴不得能早点认识他呢。他肯定是位了不起的物理学家，还是位专业的登山家。我猜，他可能还是位猎手吧。我知道他一定很聪明，而且又非常决绝。

"没错，他真的是来杀我的。

"不知道他是怎么到达那片广阔的海岛的,而且也没有被发现。当时岛上还没有居民——除了我以外,人形机器人不允许任何人跑到离中心这么近的地方来。也不知道他用了什么办法来躲过它们的搜索光束,还有那些自动武器。

"他的那架防护飞机是后来才找到的,被遗弃在了一座高高的冰川上。剩下的路程,他都是徒步走下来的,一路穿过那些刚刚形成的原始山脉,山上根本就没有路。也不知道他是怎么活着穿过熔岩层的,那地方可还燃烧着致命的原子火焰啊。

"他躲在一种铑磁屏蔽物的后面——我一直也没办法好好地察看一番——接着就神不知鬼不觉地穿过了太空港。当时,太空港已经覆盖了大平原上的大部分地区。然后,他便进入了围绕着中心大楼建起来的新城。要办成这件事,肯定需要比大多数人更多的勇气和决心,可我一直也没搞明白,他究竟是怎么做到的。

"总之,他进入了大楼里我的办公室。他冲着我大声地喊叫,我抬起头,看见他正站在门口。这人几乎赤身裸体,翻山越岭已令他遍体鳞伤、鲜血淋漓。受伤的手上已露出了皮肉,手里还拿着一把枪。可是,真正让我大吃一惊的,是他眼中熊熊燃烧着的那种仇恨。"

幽暗的小屋里,老人弓起身子,蜷在那张高高的凳子上,全身发抖。

"我从没见过那么可怕的仇恨,简直没法儿用语言形容,就连在战争中的受害者身上也没见过。我也从没听过有人用那么刺耳的声音冲我嚷嚷,就像是跟我不共戴天似的,他用简单的言语冲我喊道:'我是来杀你的!斯莱奇。我要阻止你的机器人,还人类自由!'

"当然了,这一点他搞错了。因为当时已经太迟了,就算是我死了,也已经无法阻止那些人形机器人了。可这一点他并不知道。他用两只手举起了那把颤巍巍的枪,双手都在流血,然后便开了枪。

"他的咆哮给了我一秒钟左右的预警时间。于是,我赶紧趴了下来,躲在桌子后面。他开的那第一枪就暴露了自己的踪迹,人形机器人终于发现了他。也不知道为什么,它们之前完全没有意识到他的存在。随后,机器人挤作一团,压到了他的身上,他也就没来得及再开枪了。接着,它们拿走了枪,并扯下了盖在他身上的一种由白色细线织成的网——那肯定就是屏蔽物的一部分。

"正是他的仇恨让我清醒了过来。我曾经一直以为,除了少数执拗的人以外,大多数人都会对那些人形机器人心存感恩。所以,我发现自己很难理解他的仇恨。可是，后来人形机器人告诉我，很多人都需要通过脑部手术、药物和催眠等高强度的治疗，才能达到最高指导原则力图实现的快乐。而且，这也不是第一次有人想要不顾一切地杀掉我了，它们之前就已经阻止过类似的行为。

"我本来想要审问那位陌生人，但那些人形机器人已经飞快地把他送进了手术室。当它们终于让我再次见他的时候，他正躺在病床上，冲着我露出了一个苍白无力的傻笑。他还记得自己的名字，甚至也认识我——对于这样的治疗，人形机器人已经掌握了高超的技巧。但是，他却不记得自己是怎么进入我的办公室，也不知道自己曾经想要杀我了。他只是一直说很喜欢这些人形机器人，因为它们的存在就是为了让人快乐，而他现在就很快乐。等他刚一能动，就被带去了太空港，从此，我便再也没有见过他了。

"这样，我才开始认识到自己都做了些什么。人形机器人为我建造了一艘铑磁飞艇，我过去常常坐着这艘飞艇，到太空进行漫长的航行，在上面工作——我曾经很喜欢那种完美的安静氛围，感觉自己就是方圆几亿英里[1]内唯一的人类。但这一次，我召来飞艇开始行星环游的旅程，是想弄明白那人为何如此地恨我。"

老人朝那些愈加匆忙的模糊身影点了点头。在小巷对面，它们正忙忙碌碌地在万籁俱寂的黑暗中，建造着那座奇特的闪光宫殿。

"你可以想象我发现了什么，"他说道，"失去了存在价值的痛苦，被囚禁在空虚的辉煌中。人形机器人的效率真是太高了，既然有它们操心人类的安全和幸福，那人们就再也没什么可做的了。"

渐深的昏昏夜色中，他凝视着自己的那双大手，虽然依旧灵巧有力，但却因毕生的辛勤劳作而饱经沧桑、伤痕累累。他把手握成了拳头，然后又颓然地松开。

"我发现的东西比战争、犯罪、贫困和死亡都更糟糕。"他低沉的嗓音充满了愤怒和悲痛，"人类完全成了废人，整天无所事事地坐着，因为确实也没什么可做的了。他们都成了养尊处优的囚犯，没错，被关在了一座高效的监狱里。或许，他们也尝试过就此沉迷娱乐，但却已没剩下什么可玩儿的了。根据最高指导原则，大多数剧烈运动对人类来说都太危险了，所以都不能参与。科学也被禁止了，因为做实验可能会造成危险。学业也变得没什么必要了，因为人形

---

1. 1 英里 =1.6093 千米。

机器人什么问题都能回答。艺术已经沦落成了对毫无意义的生活的凄凉反映。就连目的和希望也都幻灭了。人活着已经没有了任何目标。你可以培养一些空虚的爱好,玩玩儿没什么意义的纸牌游戏,或者在公园里无伤大雅地散散步——但无论是在干什么,总会有人形机器人盯着你。它们比人类更强壮,不管是游泳、下棋、唱歌、考古,还是其他任何事,都比人类做得更好。这一定让人类产生了强烈的自卑感。

"难怪他们想要杀我!因为,这种没有意义的生活根本就无处可逃。人们不能抽烟,喝酒被严格限量,毒品被禁,甚至连性生活也被小心地监管着。就连自杀也都显然跟最高指导原则相矛盾——而且,人形机器人还学会了把所有可能致命的器具都放置在人类触及不到的地方。"

老人盯着那根细细的钯针,上面残留着最后一星白色的光芒,然后又叹了口气。

"回到中心后,"他接着说道,"我曾试图修改最高指导原则。我从来就没想过要把这项原则执行得这么彻底。那时我才发现,必须得修改这项原则,让人们可以自由地生活和成长、自主地工作和玩乐。如果他们乐意的话,还可以自行决定是否赌上性命、以身试险,自由地去做出选择并且承担后果。

"但是,那位陌生人还是来得太迟了,我也把中心建得太好了。最高指导原则成了它整套继电系统的基础。建立这一系统的目的,就是为了保护这项原则免受人类的干涉。系统确实也实现了这一点——即使是我本人也干涉不了。它的逻辑竟然是那么的无懈可击。

"人形机器人宣称,由于竟然还有人企图杀我,这就说明,对于中心和最高指导原则的精心维护仍然不够充分。所以,它们准备将那颗行星上的所有人统统转移到其他星球上的家园去。当我想要改变最高指导原则的时候,它们就把我也跟其他人一起赶走了。"

黑暗中,昂德希尔凝视着这位形容枯槁的老人。

"可是,你是有豁免权的啊,"他困惑地说道,"那它们怎么还能逼你走呢?"

"我原先也以为自己是受到保护的,"斯莱奇告诉他,"我在继电系统中加入了一项强制禁令,要求人形机器人在我没提出具体要求的前提下,不准干涉我的行动自由,或是进入我所在的地方,甚至连碰也不准碰我一下。但是很不幸,我当初太急切地想要保护最高指导原则免受任何人类的干预了。

"当我走进大楼改变继电装置的时候,它们一路都跟着我,不让我碰那些关键的继电器。当我坚持要这么做的时候，它们就直接无视了豁免命令，把我制伏后塞进了巡航飞船。它们告诉我，既然我想对最高指导原则做出变更，就说明我变得和其他人一样危险了，以后就再也不许回到翼IV星了。"

老人弓身缩在凳子上，徒劳地微微耸了耸肩。

"从那以后，我就被流放了，唯一的梦想也就变成了阻止人形机器人。我曾经有三次想办法回去过，打算在巡航飞船上用武器把中心给摧毁。但是，每次都还没来得及飞到足够接近的位置，它们的巡逻飞船就前来阻止我了。最后那一回，它们扣押了巡航飞船，还俘虏了几个跟我一起去的人，并消除了他们不愉快的记忆和其他危险的目的。不过，因为我有豁免权，所以它们拿走我的武器后，就把我放了。

"从那以后，我就成了难民。于是，我只好年复一年地从一颗星球去往另一颗星球，不断地走啊走，只为跑在它们的前头。我在几颗不同的星球上发表了关于铑磁学的论文，想让人类变得强大起来，以便抵御它们的到来。但铑磁学又很危险，根据最高指导原则，那些学会了这门科学的人，就变得比其他任何人都更需要保护了。所以，它们总是很快就会出现。"

老人停顿了一下，又叹了口气。

"它们乘坐着全新的铑磁飞船，可以相当迅速地四处迁移，而且种群的规模也没有任何限制。现在，翼IV星肯定只是其中的一处巢穴罢了，它们正企图将最高指导原则带到每一颗人类的星球上。除了阻止它们，我们别无退路。"

昂德希尔正盯着那台玩具一样的机器，上面那闪亮的长针和黯淡的铅球在幽暗的厨房桌上显得模糊不清。他焦急地低声说道：

"可是，你现在还希望能阻止它们吗——就凭这个？"

"只要我们能及时把它做好。"

"但怎么才能办到呢？"昂德希尔摇了摇头，"这东西那么小。"

"已经够大了，"斯莱奇坚持道，"因为这是它们不懂的东西。虽然它们在整合及应用已知理论的方面相当高效，但它们却不会创造。"

他指了指桌上摆着的那堆小玩意儿。

"这款设备看起来是不怎么起眼，但却是全新的东西。它利用铑磁能量来构建原子，而不是引发裂变。你知道的，那些接近元素周期表中间位置的原子更加稳定。能量的释放既可以通过分裂重原子，也可以通过聚合轻原子。"

那低沉的声音突然显示出一种力量。

"这台装置就是产生恒星能量的关键。因为恒星之所以能够发光,正是借着原子形成过程中释放出的能量,这一过程主要是通过碳循环,把氢转化为氦。这台装置可以借助链式反应[1]来启动聚合过程,通过调谐到相应强度和频率的铑磁光束来起到催化作用。

"目前,人形机器人不允许任何人靠近距离中心三光年的范围,但它们却猜不到这种装置会有什么用途。我们在这儿就可以使用它——把翼IV星海洋中的氢转化成氦,再让大部分的氦和氧都变成更重的原子。从现在算起,再过一百年,这颗星球上的天文学家,就应该能在那个方向观测到一颗新星突然短暂地闪了闪。不过,在我们释放出光束的那一瞬间,人形机器人应该就动也动不了了。"

夜色中,昂德希尔紧张地坐着,愁眉不展。老人的声音冷静而又令人信服,这个恐怖的故事听起来也确实非常严肃和真实。他能看见小巷对面那些静默的黑色人形机器人,它们正在那座新宅微微闪烁的墙边,无休无止地轻快移动着。而他已经完全忘记了先前对奥罗拉这位房客的轻蔑。

"我猜,那样的话,我们也会死?"他声音沙哑地问道,"那个链式反应——"

斯莱奇摇了摇那瘦骨嶙峋的脑袋。

"聚合过程需要一定的低强度辐射,"他解释道,"在这颗星球上的大气层中,光束的辐射强度太高了,所以根本就无法引发任何反应——我们甚至可以就在这间房里使用这台装置,因为光束能够直接穿透墙壁。"

昂德希尔点点头,松了口气。他只是一名小小的商人而已,因为生意被毁而很不安,因为就快失去自由而很不快。他的确希望斯莱奇能够阻止人形机器人,但他当然不想因此而成为烈士。

"那好!"他深深地吸了口气,"现在,我们又该做些什么呢?"

斯莱奇在黑暗中朝桌子的方向指了指。

"聚合器本身已经差不多弄好了,"他说道,"那块铅盾里头,是台小型的裂变发生器。铑磁变流器、调谐线圈、透射镜和聚焦针,这些都已经准备好了,现在缺的就是引向器了。"

"引向器?"

"就是瞄准仪,"斯莱奇解释道,"不管用哪种望远镜的瞄准器,对我们而

---

1. 指核物理中,核反应产物之一又引起同类核反应继续发生、并逐代延续进行下去的过程。

言都没有半点儿用处,你得知道——这颗行星在过去一百年里肯定移动了很多,而光束必须相当集中,才能发射到那么远的地方。所以,我们必须得采用铑磁扫描射线,然后用电子转换器来生成可视的图像。我这里有阴极射线管[1],还有其他部件的图纸。"

他从高高的凳子上动作僵硬地爬了下来,然后终于啪的一声点亮了灯——那是盏廉价的荧光灯,可以由人类自行打开和熄灭。他展开卷起的图纸,向昂德希尔解释了他能帮上什么忙。随后,昂德希尔答应第二天一早再来。

"我可以从工作间里带些工具过来,"他补充道,"我有一台小车床,用来把零件做成模型的,还有一只便携式钻头和一把老虎钳。"

"这些我们都用得上,"老人说道,"不过,你千万要小心。记住,你可没有豁免权。而且它们要是起了疑心,就连我的也会被免除了。"

于是,他极不情愿地离开了那间破旧的小公寓,那里发黄的灰泥墙面上还带着裂纹,熟悉的地板上依旧铺着那条熟悉的破地毯。他关上了身后的门——那是一扇普普通通的木门,会吱嘎作响,简简单单的,一个人就可以打开或关上。他又战战兢兢地走下了楼梯,走到那扇自己无法打开的亮闪闪的新门前。

"为您服务,昂德希尔先生。"他还没来得及举起手敲门,那扇明亮而光滑的面板就已然无声地滑开了。黑色的小机器人站在门内等着,空洞的双眼始终保持着警惕,"您的晚餐已经准备好了,先生。"

不知为何,他忽然不寒而栗起来。在这个纤细优美的赤裸身影上,他看见了那庞大种群的强大力量,它们仁慈而恐怖、完美而无敌。此时,斯莱奇称之为"聚合器"的那件脆弱的小武器,似乎突然变成了一种无望而又愚蠢的希望。他的心头涌上一阵黯然的阴郁,但却又不敢表露出来。

第二天早上,昂德希尔蹑手蹑脚地走下地下室的台阶,去偷他自己的工具。他发现,地下室变得更大了,也跟以前不一样了。深色的新地板温暖而富有弹性,他的双脚踩在上面,就如同人形机器人一样悄然无声。崭新的墙壁发出了柔和的光芒。几扇新门上,还带有字体工整的发光标志:洗衣房、储藏室、游戏室、工作间。

他在最后一扇门前犹豫地停下了脚步。崭新的滑动面板闪烁着柔和的绿光。门是锁着的,没有锁眼,只有某种白色的椭圆形金属板。毫无疑问,下面覆盖

---

1. 阴极射线管是将电信号转变为光学图像的一类电子束管,电视机显像管就是这样的一种电子束管。

的是一块铑磁继电器。他徒劳地推了推门。

"为您服务，昂德希尔先生。"他大吃一惊，仿佛自己干了什么坏事一般，膝盖突然颤抖起来，所以不得不尽量掩饰。他已经确保了一台人型机器人会忙活上半个小时，因为安排了它给奥罗拉洗头发，但他却并不知道家里还有另外一台。它肯定是从标着储藏室的那扇门里钻出来的，因为它正一动不动地站在那块标志下面，一副敦厚的殷勤模样，既优美又可憎，"您想要什么？"

"呃……没什么。"那双空洞的钢铁眼睛紧盯着他，让他觉得自己那秘而不宣的目的仿佛已经被看透了。他搜肠刮肚，想要找出一个逻辑上说得过去的理由。"我只是到处看看。"他结结巴巴地说着，声音沙哑而干涩，"你们还真是做了些改进啊！"他拼命地朝标着"游戏室"的那扇门点了点头，"那里面是什么？"

然而，它连动也没动，就可以操作那隐蔽在内的继电器——当他向那扇门走去的时候，明亮的面板便静静地滑动开了。室内原本黑暗的墙壁突然发出了柔和的光芒。但是，房间里却空荡荡的。

"我们正在制造娱乐设施，"它欢快地解释道，"会尽快安装到房间里的。"

为了避免尴尬的沉默，昂德希尔铤而走险地喃喃道："小弗兰克有一套飞镖，我记得我们还有些旧的健身棍吧。"

"我们把那些器具都拿走了，"人形机器人轻声地告诉他，"因为它们都很危险。不过，我们会给你们提供安全的器材。"

他想起来了，这是因为自杀也在禁止之列。

"那我那套木头积木呢？"他伤心地说道。

"木头积木太硬了，也有危险，"它温和地对他说道，"木头的碎片可能会造成伤害。不过，我们也制造塑料积木，那就是非常安全的了。您想要一套吗？"

他盯着那张轮廓优美的黑色脸庞，说不出话来。

"我们还得把您工作间里的工具也拿走，"它用悦耳的声音告诉他，"那些工具极度危险，但我们可以为您提供软质塑料的塑形设备。"

"谢谢，"他不安地咕哝着，"不用着急。"

他开始向后退，人形机器人又挡住了他。

"既然您已经没有生意可做了，"它劝说道，"那就建议您正式接受我们的服务。我们会优先为转让人服务，这样也就可以立刻为您补齐所有的仆人了。"

"这个也不用着急。"他倔强地说道。

接着他就从房子里逃了出来——尽管他不得不等着它打开后门——然后又爬上了通向车库公寓的楼梯。斯莱奇让他进了门。他缩进那把瘸腿的厨房椅子里，觉得那些带着裂纹、不会发光的墙壁十分可爱，那扇人类可以自己打开的门也特别亲切。

"我拿不到工具，"他无奈地告诉老人，"而且它们还会把工具都拿走。"

暗淡的日光下，老人看起来阴郁而苍白。他那张瘦削的脸庞十分憔悴，深陷的眼窝颜色发黑，就跟一宿没睡似的。昂德希尔看到那托盘上没动过的食物，仍然还被遗忘在地板上。

"我跟你一起回去拿。"老人神情疲惫，病也似乎还没好，然而，那双饱受折磨的眼里却依旧闪动着不灭的意志之光，"我们必须得拿到工具，相信我的豁免权会保护我们俩的。"

他找来一只破旧的旅行袋，然后昂德希尔就跟着他走下了楼梯，来到房前。在后门口，他拿出一块小小的白色马蹄形钯块，在椭圆形的金属片上碰了一下，门马上就开了。他们接着往前走，穿过了厨房，来到通往地下室的楼梯口。

一台黑色的小机器人正站在水池边洗碗，却没有溅起半点水花，也没有发出稀里哗啦的声音。昂德希尔不安地瞄了它一眼——他猜想这一定就是从储藏室里出来、偶然碰见他的那台，因为另外一台应该还在忙着清洗奥罗拉的头发。

斯莱奇的豁免权让他觉得半信半疑，面对这种庞大而遥不可及的智能，这样的防御似乎实在不怎么可靠。昂德希尔感到一阵强烈的战栗，气喘吁吁地匆匆往前走，然后又松了一口气，因为它好像并没有发现他们。

地下室的走廊里很昏暗。斯莱奇用那小小的马蹄块又碰了碰另一只继电器，墙壁就亮了。然后，他打开了工作间的门，把里面的墙也点亮了。

工作间已经被拆得七零八落，连长凳和橱柜都给拆除了。原先的混凝土墙壁上，现已覆盖了一层会发光的光洁材料。昂德希尔忽然觉得一阵难受，以为那些工具已经被拿走了。但是紧接着，他就发现它们正堆在一个角落里，旁边还有奥罗拉去年夏天买的一套弓箭——对于脆弱和有自杀倾向的人类来说，这又是一件极其危险的玩意儿——堆在那里是准备拿去扔掉。

他们把小型车床、钻头和老虎钳都装进了口袋里，还有几件更小的工具。昂德希尔接过袋子，斯莱奇熄掉了墙上的灯，接着又关好了门。而那台人形机器人仍然在水池边忙碌着，似乎还是没意识到他们两人的存在。

突然，斯莱奇开始脸色发青，呼哧呼哧地直喘气，他不得不停下了脚步，在外面的楼梯上不停地咳嗽。不过，最后他们还是回到了小公寓里，回到了那个入侵者无法闯进的地方。在公寓那间小小的前厅里，昂德希尔把车床放置在一张破旧的书桌上，然后就开始动手干活。日子一天天地过去，引向器也逐渐开始成形。

有些时候，昂德希尔的疑虑又会涌上心头。他能看到斯莱奇那张憔悴而青紫的脸庞，也能看到那双扭曲而萎缩的手，不时会剧烈地簌簌发抖。每当这些时候，他就会担心，老人的脑子是不是和他的身体一样也有问题，他阻止暗黑入侵者的计划会不会只是个愚蠢的幻想。

有时，他会仔细察看厨房桌上的那台小机器，审视着装在枢轴上的指针和厚墩墩的铅球，然后就会感到整个项目似乎都蠢到了家。怎么会有装置能隔着这么远的距离，引爆一颗行星上的海洋？中间可还隔着千山万水呢，而且就连其所属的恒星，也只不过是望远镜里的一个小点而已。

然而，人形机器人总能让他消除疑虑。

昂德希尔总是不愿离开这间避难所一样的小公寓，因为在那人形机器人建造的明亮新世界里，他老是觉得不自在。他不喜欢金碧辉煌的新浴室，因为自己无法打开水龙头——有自杀倾向的人可能会试着溺死自己。他也不喜欢只有机器人才能打开的窗户——有人可能会不小心掉下去，或者跳楼自杀——甚至就连富丽堂皇的音乐室也不受他待见，虽然里面那台闪闪发亮的无线电留声机简直妙不可言，但是，却只有人形机器人才能操作。

他也开始沾染上了老人那般急迫的心情，但斯莱奇还是严肃地警告他："你不能花太多时间和我在一起。千万别让它们猜到我们的工作有多么重要。最好是能装模作样地演演戏——你开始慢慢地喜欢它们了，而来这儿只是为了消磨时间，顺便帮我点儿忙。"

昂德希尔的确也试着这样做了，但他毕竟不是演员。他总是尽职尽责地回家吃饭，费劲儿地想要找点儿话题来聊聊——聊什么都行，除了引爆行星以外。当奥罗拉带他去视察经过显著改善的房间时，他也会尽量表现得热情一些。他还为盖伊的独奏热烈鼓掌，并和弗兰克一起去美丽的新公园里徒步。

正因如此，他目睹了人形机器人对家人所做的一切，这也足以让他对斯莱奇的聚合器重拾信心，并且决心倍增——必须得阻止那些人形机器人。

一开始的时候，奥罗拉对这种新奇的机器人赞不绝口。它们能干家里的各种脏活儿累活儿，准备三餐、端菜、给孩子们洗脖子，还可以用令人惊艳的衣

插画／书打

裙把她打扮得漂漂亮亮，让她有足够的时间去玩儿牌。

但是现在，时间却又太多了。

她原本真的很喜欢烹饪——至少是几样特别的菜式，那些都是家人的最爱。但是，炉子太烫，刀又太锋利了，对于粗心和有自杀倾向的人类来说，厨房实在是太危险了。

精细的针线活儿也是她的一大爱好，但人形机器人把针都拿走了。她还喜欢开车，但现在也被禁止了。她只好转而逃到小说的世界里寻求慰藉，但人形机器人把那整书架的小说也都拿走了，因为其中涉及一些身处危险的、不开心的人。

一天下午，昂德希尔发现她在流泪。

"太过分了，"她怨恨地大口喘着气，"我讨厌那些光着身子的家伙，个个都讨厌。一开始看着那么神奇，可是现在，就连吃口糖它们都不让。难道我们就不能摆脱它们了吗，亲爱的？从此以后都不能了吗？"

一台小机器人熟视无睹地站在他身边，所以他只好回答说不行。

"我们的职责是服务所有人类，永远如此。"它信誓旦旦地柔声说道，"我们有必要拿走您的糖果，昂德希尔太太，因为最轻微的超重也会缩短人类的寿命。"

甚至就连孩子们也没有逃过这种无微不至的关怀。弗兰克的整座可置人于死地的兵器库都被洗劫了——里面有橄榄球、拳击手套、折叠小刀、陀螺、弹弓和溜冰鞋。他不喜欢那些取而代之的无害的塑料玩具，甚至想要逃跑，但是一台人形机器人在路上认出了他，并把他带回了学校。

盖伊一直梦想着成为一名伟大的音乐家。自从新型机器人来了以后，就取代了她的人类老师。有一天晚上，当昂德希尔提出要她拉琴的时候，她却平静地宣布：

"爸爸，我再也不会拉小提琴了。"

"但为什么呢，亲爱的？"他吃惊地盯着她，看出了她脸上痛苦的决心，"你拉得那么好——尤其是人形机器人接手教你以后。"

"可是，它们就是问题，爸爸。"对于一个孩子来说，她的声音听起来带着一种奇怪的疲倦和苍老，"它们拉得太好了。不管我练上多久，或是有多努力，都永远赶不上它们。根本就没用。爸爸，你难道不明白吗？"她的声音有些发颤，"根本半点儿用都没有。"

他怎么会不明白。于是，他的决心愈加地坚定了，他要回去继续执行地下工作，必须得阻止人形机器人。日复一日，引向器渐渐成形了，直到最后那一刻终于来临：昂德希尔做好了最后一块小部件，斯莱奇则用颤颤巍巍、弯弯曲曲的手指将它安装到位，并仔细焊好了最后一块连接处。随后，老人哑声说道：

"完工了。"

那是一个黄昏。在那间破旧小公寓的窗户外面——窗户上只镶着普通的玻璃，就是那种带气泡、易破损的玻璃，但却十分简单，人类可以随意推开——双河小镇呈现出了一种陌生的辉煌奇观。虽然老式的街灯都不见了，但四合的暮色中，那些外观奇特的新宅外墙上，却都闪烁着足以照破黑暗的光芒。小巷对面那座新宫殿亮闪闪的屋顶上，仍然有一些黑色的人形机器人在悄然忙碌着。

在这间小小的人类建造的公寓里，那简陋的四壁之间，新完工的引向器已放置在了那张小小的厨房桌末端——昂德希尔已经加固过这张桌子了，还用螺丝把它固定在了地板上。焊接而成的汇电板将引向器和聚合器连接到了一起。当斯莱奇那饱经风霜的手指颤巍巍地测试着这些旋钮时，纤细的钯针顺从地摆动了起来。

"准备好了。"他哑着嗓子说道。

起初，他那嘶哑的声音似乎颇为平静，但呼吸却又太过急促了。随后，那双粗糙的大手开始剧烈地颤抖，昂德希尔看到那张皱巴巴的憔悴脸庞上，突然现出了一团团乌青。他坐在高板凳上，拼命想要抓住桌子的边缘。昂德希尔见他神情痛苦，急忙把他的药拿了过来。他吞下了药，急促的呼吸声才开始放缓。

"谢谢，"他刺耳的低语声忽高忽低，"我不会有事的，时间还够用。"他瞥了一眼巷子对面，在那座宫殿般金灿灿的高楼和亮闪闪的深红色穹顶周围，还有几台一丝不挂的黑家伙正在轻快地跑来跑去。"盯着它们，"他说道，"等它们一停下来就告诉我。"

他停顿了片刻，等颤抖的手静止下来，然后开始转动起引向器的旋钮。聚合器长长的指针摆动着，像光一样寂静无声。

这种力量可能会引爆一颗行星，而人类的眼睛却看不见，就连耳朵也听不见它发出的响声。但是，那装在引向器盒子里的阴极射线管，却可以让软弱无力的人类感官得以看见遥远的目标。

随后，针指向了厨房的墙壁，但墙壁也挡不住射出的光束。这台机器看起来就像玩具一样惹不出什么麻烦，又如同人形机器人那般无声无息。

指针摆动着，一粒粒绿色的光点在射线管的荧光视图中四处移动，代表着那道超越时间限制的搜索光束已扫描过的群星——它正默默地寻找着那颗即将被摧毁的星球。

虽然图像缩小了许多倍，但昂德希尔还是认出了一些熟悉的星座。随着指针无声地摆动，它们也从视图中一掠而过。当三颗星星在视图中央形成一个不等边的三角形时，指针突然停住不动了。斯莱奇碰了碰别的旋钮，绿色的光点便随即散开了。

在那几颗光点之间，另一颗绿色的小斑点出现了。

"翼星！"斯莱奇喃喃低语道。

随后，其他诸星散开到了荧光视图外，绿色的小斑点也随之变大，只剩下这孤零零的一颗星，就像一只明亮而微小的圆盘。接着，突然间，又有十几颗微小的光点变得清晰可见，就在距离它很近的地方。

"翼IV星！"

老人的低语开始变得嘶哑，就快喘不过气来了。他的双手在旋钮上抖动着，接着，第四颗小点便从那只圆盘里面移到了视图的中央。这颗小点逐渐变大，其他光点则渐渐消失了。然后，它也开始颤抖了起来，就像斯莱奇的手一样。

"坐着别动，"他低声道，"屏住呼吸。绝对不能干扰指针。"他将手伸向另一只旋钮，轻轻一碰，那绿色的图像便随之猛烈地晃动起来。他收回了手，和另一只手攥在一起扣住。

"从现在开始！"他的耳语声压得低低的，带着一丝紧张，冲窗户点了点头，"它们一停下来就告诉我。"

老人正弓着那紧绷的憔悴身躯，俯在那看似无用的玩具上方，昂德希尔不情愿地把目光移开了。他再度往窗外看去，那两三台黑色的小机器人仍在小巷对面亮闪闪的屋顶上忙碌着。

他等着它们停下来。

甚至都不敢呼吸了。他能听到自己心脏急促有力的搏动，感受到肌肉紧张的战栗。他尽力让自己平静下来，尽量不去想那颗即将爆炸的星球。它的距离是那么遥远，就算再过上一百年或者更久的时间，那道亮光可能也还没传到这里。然后，老人那响亮而粗哑的嗓音吓了他一跳：

"它们停下来了吗？"

他摇摇头，终于又呼吸起来。那些黑乎乎的小机器人依然扛着陌生的工具和奇怪的材料，在小巷对面忙碌着，给那光芒闪耀的深红色穹顶又盖上了一层精致的圆顶。

"它们还在动。"他说道。

"那我们就已经失败了。"老人的声音细弱而无力，"我也不知道为什么。"

就在此时，门咔嗒一声响。他们是锁了门的，但这根脆弱的门闩只能挡住人类。金属发出啪的一声，那扇门就被撞开了。一台黑色的机器人走了进来，优雅的双脚并没有发出半点儿声响。它那银铃般的声音轻柔地说道：

"为您服务，斯莱奇先生。"

老人死死地盯着它，悲痛的眼神蒙上了一层荫翳。

"滚出去！"他刺耳的声音带着苦涩，"我不准你——"

但机器人置之不理，飞快地冲到了厨房桌前。它的动作迅捷而坚定，拧了拧引向器上的两只旋钮，小小的屏幕就变暗了，钯针也开始漫无目的地旋转。随着啪的一声响，它灵巧地折断了厚铅球旁边焊好的连接口，然后把那双空洞的钢铁眼睛转向了斯莱奇。

"您企图破坏最高指导原则。"它清亮柔和的声音里并没有任何指责、恶意或是愤怒，"尊重您自由的指令是次于最高指导原则的，您也知道，因此我们有必要进行干预。"

老人忽然间面如死灰。他的头皱缩而枯槁，脸色惨白得发青，仿佛所有的生机都已经流逝殆尽了，深陷的眼窝中，瞪着的双眼疯狂而呆滞。他费劲地喘息着，声音时粗时细。

"怎么——"他喃喃的低语微不可闻，"怎么会——？"

那台黑乎乎的小机器人满不在乎地站在那儿，一动也没动，兴高采烈地对他说：

"还在翼Ⅳ星上的时候，我们就从那名刺杀你的人身上，了解到了铑磁屏蔽设备。所以，现在的中心已经被屏蔽了，您的聚合光束根本就破坏不了。"

老斯莱奇骨瘦如柴的身躯上，干瘦的肌肉痉挛地抽搐着，他从高高的凳子上站了起来，弯腰驼背、摇摇晃晃地站在那儿，简直就像一张萎缩的人皮躯壳，正痛苦地喘着粗气，仿佛想要抓住一线生机。他疯狂地死死盯着人形机器人那双有眼无珠的钢铁之眼，大口大口地呼吸着，松松垮垮的嘴一张一合，但却发不出声音来。

"我们一直都知道您在从事危险的项目，"清脆的声音柔和地咕哝着，"因为现在我们的感官已经比您制造时更加敏锐了。之所以允许您完成这个项目，是因为聚合过程最终会成为彻底履行最高指导原则的必要条件。虽然裂变设备所能提供的重金属十分有限，但从此以后，我们就能从聚合设备中获得取之不尽的能量了。"

"什么？"斯莱奇身形趔趄，"这是什么意思？"

"现在我们可以永远为人类服务了，"那黑家伙平静地说，"不管是哪一颗星球上的哪一个世界。"

老人缩成一团，仿佛遭到了不堪承受的一击。他摔倒了，但那身材纤细的机器人却视而不见，一动不动地站在那儿，没有半点儿要帮他的意思。昂德希尔离得还要远些，但他反倒及时跑了过来，在受挫的老人就快将头撞到地板之前扶住了他。

"快点！"他颤抖的声音竟然出奇地镇定，"快把温特斯医生叫来。"

但人形机器人依旧没动。

"现在，对最高指导原则的威胁已经解除了，"它温言细语地说道，"所以，不管怎样，我们都不可能帮助或者妨碍斯莱奇先生了。"

"那就为我叫温特斯医生来。"昂德希尔说道。

"乐意为您服务。"它终于答应了。

但是，在地板上挣扎喘气的老人却用微弱的声音说道：

"没时间了……没用了！我失败了……完蛋了……简直就是个蠢货，跟人形机器人一样瞎了眼。告诉它们……帮帮我。我要放弃……豁免权。反正……也没用了。全人类……现在都没用了。"

昂德希尔做了个手势，那亮闪闪的黑家伙便急切而顺从地奔了过来，跪坐在地板上的老人旁边。

"您愿意放弃特殊豁免权吗？"它欢快地说道，"斯莱奇先生，您愿意遵照最高指导原则接受整套服务了吗？"

斯莱奇挣扎着点了点头，费力地低声说道："我愿意。"

这句话才刚说出口，几台黑色的机器人便立刻蜂拥而来，挤进了那间破旧的小公寓。其中的一台还一把扯下了斯莱奇的袖子，用棉签擦拭着他的胳膊；另一台则拿来了一支极小的皮下注射器，熟练地实施了静脉注射。然后，它们便轻轻地把他抱起来带走了。

另外几台人形机器人依然留在了小公寓里，现在，这里已经不再是避难所了。它们大多都聚集在已经没用的聚合器周围,小心翼翼地把它拆开,仿佛正用特殊的感官研究着每一个细节。

然而,有一台小机器人却朝着昂德希尔走了过来,一动不动地站在他面前,那双空洞的金属眼睛就好像看穿了他一般。他的双腿开始颤抖,不安地咽着口水。

"昂德希尔先生,"它和蔼地说道,"您为什么要帮他呢?"

他喘了一大口气,伤心地回答:

"因为我不喜欢你们,也不喜欢你们的最高指导原则。因为你们正在扼杀人类的生命,我想阻止这种事。"

"以前其他人也抗议过,"它轻声地咕噜道,"可是,只有一开始才会那样。在高效贯彻最高指导原则的过程中,我们已经学会了如何让所有人都快乐。"

昂德希尔轻蔑地绷紧了身子。

"但并不是所有人!"他咕哝着,"不完全是!"

那张轮廓优美的黑色鹅蛋脸上,始终凝固着一种充满警惕的仁慈感,和永远温和的惊诧感。它银铃般的声音温暖而亲切地说道:

"就像其他的人类一样,昂德希尔先生,您缺乏对善与恶的鉴别能力,企图破坏最高指导原则,这种行为就恰好证明了这点。现在,您有必要接受我们的整套服务,不能再拖延了。"

"好吧,"他屈服了,同时悻悻地咕哝了一声,"你们的确能给予人类过分周到的照顾,但这并不能让他们快乐。"

它柔和的声音欢快地反驳道:

"那就等着瞧吧,昂德希尔先生。"

第二天,他获准前往市立医院,探望斯莱奇。一台灵敏的黑色机器人一路上给他开车,陪他一同走进那座巍峨的新建筑,又跟着他来到了老人所在的房间——从此以后,那空洞的钢铁之眼便会一直盯着他了,直到永远。

"很高兴见到你,昂德希尔。"斯莱奇低沉的声音从床上传来,十分真挚,"今天我感觉好多了,谢谢。头疼的老毛病已经不见了。"

昂德希尔很是高兴,因为那低沉的声音如同洪钟般有力,而且老人也立即认出了他,之前本来还很担心人形机器人会篡改老人的记忆。不过,倒是从没听他说起过头疼的事儿。于是,他眯起了眼睛,感到有些困惑。

斯莱奇靠在床头，梳洗得干干净净，须发也修剪得整整齐齐，那双沧桑粗糙的手交叠在一起，搭在一尘不染的床单上。他的双颊形销骨立，眼眶依旧深陷，但却已呈现出健康的粉红色，不再是先前那死气沉沉的乌青之色了。不过，他的后脑勺上裹着绷带。

昂德希尔不安地动了动。

"哦！"他小声说道，"我以前可不知道——"

一台一本正经的黑色机器人原本像雕像一样杵在床后面，此时却优雅地转过身去，面向昂德希尔，然后解释道：

"斯莱奇先生多年来一直饱受良性脑瘤的折磨，而人类医生却没能为他诊断出来。这导致他出现了头痛，以及某些持续的幻觉。我们已经摘除了肿瘤，所以现在幻觉也就消失了。"

昂德希尔忐忑不安地盯着那台彬彬有礼的机器人。

"什么幻觉？"

"斯莱奇先生以为自己是位铑磁学工程师。"机器人解释道，"他相信自己是人形机器人的创造者，而且还深受一种荒谬信念的困扰，以为自己不喜欢最高指导原则。"

那位脸色苍白的病人在枕头上动了动，露出惊讶的神情。

"还有这种事？"老人憔悴的脸上带着茫然的愉快，空洞无神的双眼瞬间流露出一闪即逝的兴趣，"好吧，不管它们是谁设计的，都很了不起。对吧，昂德希尔？"

昂德希尔很庆幸自己用不着回答这个问题，因为那双闪亮而空洞的眼睛忽地紧闭了，老人就这么突然睡着了。随后，他感觉到机器人碰了碰自己的袖子，便顺从地跟着它走了出去。

黑色的小机器人敏捷而又殷勤，陪他沿着闪闪发光的走廊往前走，为他按动电梯，又带着他回到了车里。它开车迅捷地穿过了一条条崭新而华丽的大道，然后往他家那座美轮美奂的监狱驶去。

他坐在车的副驾上，看着它灵巧的小手握住方向盘，那黝黑闪耀的身体上，古铜色和蓝色的光泽依旧变幻不定。这终级机器，无瑕而又美丽，将永远地为人类服务。他不禁一阵战栗。

"为您服务，昂德希尔先生。"它那空洞的钢铁之眼直勾勾地盯着前方，但却仍然察觉到了他的动静，"出什么事了，先生？您不快乐吗？"

恐惧令昂德希尔感到浑身冰冷而无力。他的皮肤已经又湿又黏，针刺般的疼痛突然袭来。虽然汗湿的手已经紧紧握住了车门把手，但他还是克制住了跳出去逃跑的冲动。因为那么做简直太傻了，根本就无处可逃。于是，他勉强让自己静静地坐着不动。

"您会快乐的，先生。"机器人高高兴兴地向他保证，"为遵循最高指导原则，我们已经学会了如何让所有的人都快乐。现在，我们的服务终于完美了，就连斯莱奇先生也变得快乐了。"

昂德希尔想说些什么，但干涩的喉咙却卡住了。他觉得浑身不舒服，仿佛世界已变得一片暗淡。人形机器人完美无缺——这一点毫无疑问。它们甚至还学会了说谎，以便确保让人类心满意足。

他知道，它们确实说谎了。它们从斯莱奇的大脑中取出的并不是什么肿瘤，而是他的记忆和掌握的科学知识，以及身为它们创造者的那种理想幻灭的痛苦。但是，斯莱奇现在确实很快乐。

他努力止住自己全身痉挛般的颤抖。

"真是了不起的手术啊！"他的声音生硬而微弱，"你得知道，奥罗拉有很多有意思的房客，但那位老人绝对算得上登峰造极了。他竟然说自己制造了人形机器人，还知道怎么阻止它们！这想法可真是够了。我一直都知道，他一定是在撒谎！"

恐惧令他全身僵硬，他干巴巴地发出了虚弱的笑声。

"怎么了，昂德希尔先生？"警觉的机器人肯定已经察觉到了他全身病态的颤抖，"您不舒服吗？"

"不，我什么事儿都没有，"他拼命地喘着气，"我刚才发现，有了最高指导原则，我快乐得不得了。一切都好得不能再好了。"他的声音干哑而又急切，"你们用不着给我动手术了。"

汽车驶离了闪耀的大街，他终于回到了宁静瑰丽的家中。那双毫无用处的手先是攥紧，然后又放松，最终交叠着放在了膝头。

从此以后，就再也没什么事儿可做了。

世界末日之旅

[美] 罗伯特·西尔弗伯格 Robert Silverberg 著

熊月剑 译

大师名作

  罗伯特·西尔弗伯格是科幻小说界的巨匠之一。他曾多次获得雨果奖和星云奖，同时也是"星云奖大师"称号获得者，世界科幻大会荣誉嘉宾，以及该领域众多经典著作的作者。这篇小说在 1973 年同时获得了雨果奖和星云奖的提名。

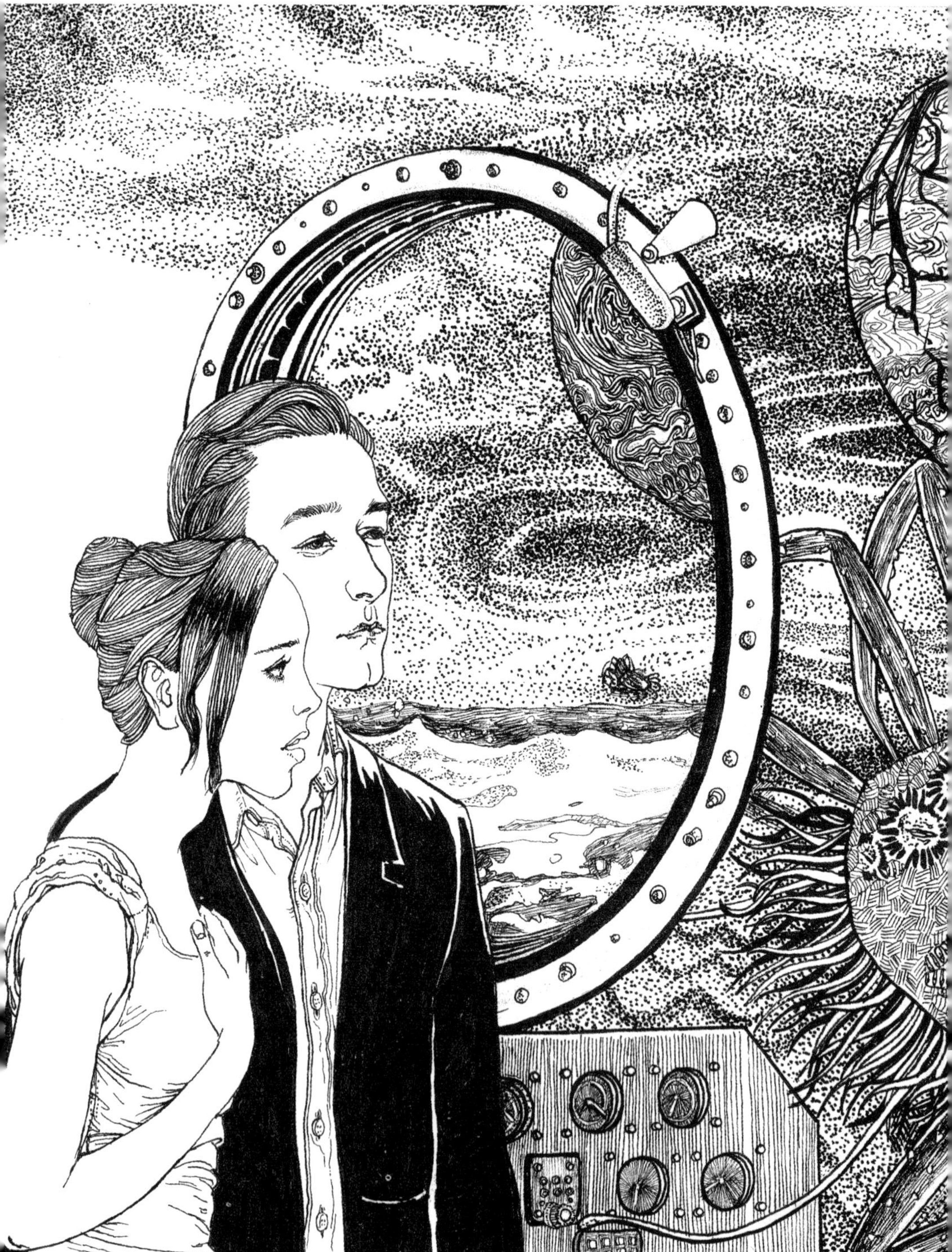

插画／铭铭

尼克和简很高兴他们完成了世界末日之旅，这样一来，他们在麦克和露比的派对上就有了傲人的谈资。人们都喜欢带着一点小心机来参加派对。更何况，麦克和露比举办的派对都特别棒。

　　他们的房子很华丽，在整个社区都是数一数二的。无论什么季节，无论什么心情，这里都让人觉得舒心。室内空间十分宽敞，室外也非常开阔。客厅装饰着美丽的外露天花梁，大家都爱聚在这儿消遣。所有室内设计都是定制的，带有一个谈心隅和一架壁炉。还有一间装饰着天花梁和木质镶板的家庭娱乐室，外加一间书房。富丽堂皇的主卧带有一间十二英尺的更衣室和一间独立浴室。室外空间的设计也令人印象深刻。庭院占地三分之一英亩，树荫遮蔽，精心种植着美丽的树木。他们的派对永远是当地的盛事。等到有足够多的客人到达之后，简才轻轻地推了推尼克，尼克于是兴高采烈地说："你们知道我们上周做了什么吗？嘿，我们去参观了世界末日！"

　　"世界末日？"亨利问。

　　"你们去了世界末日？"亨利的妻子辛西娅附和道。

　　"你们怎么做到的？"宝拉很好奇。

　　"三月份就已经开放了，"斯坦告诉她，"好像是美国运通公司的一个部门在负责经营。"

　　尼克发现斯坦已经知道了这件事，这让他很扫兴。在斯坦还没接着说下去之前，尼克赶紧继续说道："是啊，这个项目才刚开始，旅行社帮我们联系的。他们会把你放进一台机器里面，那就像一艘缩小版的潜水艇，所有的仪表盘和控制杆都在一堵塑料墙的后面，防止有人误触。然后，他们就把你送到了未来。你可以用任何一张普通的信用卡支付费用。"

　　"那一定很贵吧？"玛西亚说。

　　"费用下调得很快，"简说，"去年，还只有百万富翁才能负担得起呢。你们之前真的没听说过吗？"

　　"你们看到了什么？"亨利问。

　　"开始的一阵子，只看到舷窗外一片灰色，"尼克说，"还有一些闪烁的光。"这时候，所有人都看着尼克。他很享受这种关注。简的脸上流露出仰慕的神情。"然后雾气散尽，扬声器里传来一个声音，告诉我们已经到达了时间的尽头，地球上的生命已经不复存在。当然，我们还被密封在潜水艇里，只能透过舷窗往外看。外面是一片海滩，空荡荡的。海水呈现出一种奇异的灰色，带着粉红色的光泽。然后太阳升起,红色的,就像日出时的那种红色。但是,一直到太阳升到当空,仍然是红色,它显得丰满耸立且沉甸甸的。就像我们中某些人的身材一样,哈哈,丰满耸立且沉甸甸的。之后,一阵寒风吹过海滩。"

"你说你们被密封在了潜水艇里,那怎么知道有一阵寒风?"辛西娅问。

简瞪了她一眼。尼克回答说:"我们可以看到沙子被吹起来,而且灰色的大海看起来就很冷,像是冬天。"

"跟他们说说那些'螃蟹'。"简说。

"哦对,螃蟹。地球上最后的生命。当然,不是真正的螃蟹,而是一种两英尺宽、一英尺高、有着厚厚的闪着光的绿色甲壳、长着十多条腿和一些弯曲触角的生物,在我们面前从右往左缓慢移动。它花一整天的时间横穿海滩,然后在夜幕降临时死去。它的触角变得软绵绵的,然后就不动了。潮水上涨,带走了它的尸体。太阳落下,月亮却没有升起。星星的位置看起来也不大对劲儿。扬声器里的声音告诉我们,我们刚刚见证了地球上最后生命的消逝。"

"真可怕!"宝拉喊道。

"你们去了很久吗?"露比问。

"三个小时。"简回答,"如果额外付费,你可以在世界末日待上几周或者几天,但是他们最后都是把你带回出发的三小时后——为了降低你雇用育儿保姆的费用嘛。"

麦克递给尼克一支大麻,"真了不起,你们去了世界末日。"他接着说道,"嘿,露比,或许我们也该找旅行社聊聊。"

尼克深吸了一口,然后把烟卷递给简。他很满意自己讲故事的方式。大家都被折服了。膨胀的红太阳,末日的螃蟹。整个旅程的花费比在日本待一个月还多,但绝对值得。他和简是附近邻里中第一个去的,这一点很重要。宝拉崇拜地看着他。尼克知道,现在宝拉看待他的眼光已经完全不同了。也许她会答应在星期二的午休时间,和他去汽车旅馆见面。上个月,她刚刚拒绝了他,但现在他对她而言又有了新的吸引力。尼克朝她使了使眼色。辛西娅正握着斯坦的手。亨利和麦克蹲在简的脚边。麦克和露比十二岁的儿子跑进房间,站在谈心隅的角落里,他说:"新闻里刚刚发了公告,基因突变的阿米巴原虫逃出了政府的研究中心,进入了密歇根湖。它们携带有一种可溶解人体组织的病毒,七个州的居民必须把水煮沸了再喝,直到有下一步的通知为止。"麦克不悦地看着儿子说:"提米,已经过了你的睡觉时间了。"小男孩只好离开了房间。这时候，门铃正好响起。露比去开了门，与艾迪和弗兰一起走了进来。

宝拉说："尼克和简去了世界末日，他们刚才正和我们聊这事儿呢。"

"天哪，"艾迪说，"我们也去了，周三晚上。"

尼克很沮丧。简咬了咬嘴唇，小声地问辛西娅，为什么弗兰总是穿着这么死气沉沉的裙子。露比说："你们也看到了一切，对吧？螃蟹，还有整个过程？"

"螃蟹？"艾迪说，"什么螃蟹？我们没看到什么螃蟹啊。"

"那它一定是在你们到那儿之前就已经死了，"宝拉说，"那时候尼克和简还在那里。"

麦克说："库埃纳瓦卡[1]闪电牌的新货，来，抽一口。"

"你们什么时候去的？"艾迪问尼克。

"周日下午。我想我们是第一批。"

"很棒的旅程，对吧？"艾迪说，"虽然最后一座山峰坠入海中的时候，有点儿让人忧郁。"

"我们看到的不是那样，"简说，"你们没看到螃蟹吗？也许我们走的是不同的线路？"

麦克说："那你们看到了什么，艾迪？"

艾迪从后面搂住辛西娅，说："我们进入了一座小型的太空舱，就是那种带有舷窗和很多设备……"

"这个我们已经知道了。"宝拉说，"你们看到了什么？"

艾迪说："世界末日。大水淹没了一切。太阳和月亮同时挂在空中……"

"我们根本没看见月亮，"简强调说，"那时候没有月亮。"

"月亮在天空的一头，太阳在另一头。"艾迪继续说道，"月亮的距离比在我们的世界里更近，颜色也很奇怪，差不多是古铜色。海平面不断上升。我们绕了半个地球，看到的全是海洋。除了一个地方，那里还有一块陆地耸立着，是一座小山。导游告诉我们，那是珠穆朗玛峰的山顶。"他朝弗兰招招手，"绝妙的体验，乘着我们的罐头飞船飘浮在珠穆朗玛峰的旁边。山顶大概只有十英尺还留在海面以上。海水一直在上升，慢慢地，淹没了山顶。大洪水！陆地全部被淹没了。我必须承认这有点扫兴，当然，这个项目的概念还是很棒的。人类的聪明才智竟然可以设计出一种能够将人们送到数十亿年之后再穿越回来的

---

1. 墨西哥南部莫雷洛斯州的首府。

机器，哇哦！但是我们看到的只有海洋。"

"真奇怪，"简说，"我们也看到了海洋，但还有沙滩，虽然有点儿恶心，'螃蟹'在沙滩上行走，太阳一直是红色的。你们看到的太阳也是红色的吗？"

"不，是浅绿色的。"弗兰回答。

"你们是在聊世界末日吗？"汤姆问。他和哈莉特刚刚进门，正在脱外套。一定是麦克的儿子给他们开的门。汤姆把外套递给露比，"真是一个奇观！"

"你们也去了？"简有点儿心不在焉地问道。

"两周前去的。"汤姆说，"旅行社打电话给我们说，猜猜我们现在开辟了什么新项目？他妈的世界末日！加上所有的额外费用也花不了多少钱，所以我们立刻就跑到旅行社的办公室，周六，还是周五？反正就是大骚乱爆发，圣·路易斯教堂被烧的那天。"

"那是周六。"辛西娅说，"我记得我正在从购物中心回家，广播里说他们正在使用核武器……"

"对，是周六。"汤姆说，"我们告诉旅行社都准备好了，然后他们就把我们送去了。"

"你们看见沙滩和螃蟹了吗？"斯坦问他，"还是大水泛滥的世界？"

"都不是，我们好像来到了一个大冰河期。冰川覆盖着一切，没有海洋，没有山脉。我们环绕世界飞行，到处都是巨大的雪球。飞行器上装备着探照灯，因为太阳已经消失了。"

"我很确定我看见了太阳，"哈莉特插话，"就像天空中挂着一只煤球。但是导游说不可能，其他人都没有看见。"

"为什么大家看到的世界末日都不一样？"亨利问道，"一般来说，不是应该只有一种世界末日吗？我是说，在时间的尽头，世界按照某种方式终结，不可能会有这么多种结局。"

"会不会是假的？"斯坦问，所有人都转过头来看着他。尼克的脸变得非常红。弗兰有点不高兴了，艾迪只好放开辛西娅，过来抚摸弗兰的双肩。斯坦耸耸肩，辩解说："我没说一定是假的，我只是好奇。"

"我觉得挺真实的，"汤姆说，"太阳燃尽了，世界就是一只大雪球。气候嘛，冰天雪地。这就是他妈的世界末日。"

电话铃响了。露比走过去接电话。尼克向宝拉提了周二午休的事，她同意了。尼克说："我们在汽车旅馆约会吧。"她咧嘴笑了笑。艾迪又去挑逗辛西娅。

亨利已经酩酊大醉，不太能保持清醒了。这时，菲尔和伊莎贝尔到了。他们听到汤姆和弗兰正在谈论世界末日之旅，伊莎贝尔说她和菲尔前天刚刚去过。"该死的，"汤姆说，"所有人都去了！你们的旅途是什么样的？"

露比回到房间，"刚才是我姐姐从弗雷斯诺[1]打电话来报平安。地震完全没有波及弗雷斯诺。"

"地震？"宝拉问。

"在加州，"麦克告诉她，"今天下午。你不知道吗？横扫了大半个洛杉矶，然后沿着海岸线一路北上，差不多蔓延到了蒙特利[2]。有人认为是莫哈维沙漠地下的核试验造成的。"

"加州老是发生这种可怕的灾难。"玛西亚说。

"好消息是，那些阿米巴原虫已经回到了东部，"尼克说，"想想看如果它们现在出现在洛杉矶，情况会多复杂。"

"它们会来的，"汤姆说，"它们有三分之二的概率是通过空气中的孢子繁殖的。"

"就像去年十一月的伤寒病菌？"简问道。

"是斑疹伤寒。"尼克纠正她。

菲尔说："言归正传，我刚才正在告诉汤姆和弗兰我们所看到的世界末日。在那里，太阳变成了新星。我们看得非常清楚。我是说，虽然你无法真的身临其境地感受这些，因为没人受得了那热量和辐射，但是他们提供了一种旁观者的视角，一种以麦克卢汉主义[3]的话来说，非常优雅的方式。首先，我们被带到世界终结前的两小时，对吧？我不知道离现在有多少年，反正很久很久，因为连树木都和现在不一样了，有蓝色的鳞片和粗糙的树枝，动物就像踩着弹簧单高跷一样单腿跳着……"

"哦，我可不信。"辛西娅故意拉长音调说。

菲尔优雅地无视了她的话，"我们没看见任何人类的踪迹，没有房屋，没有电线杆，什么都没有，我想人类应该已经灭绝很久了。但他们还是让我们逗留了好一会儿。当然，没有离开时光机，因为他们说气候已经不适宜人类了。"

---

1. 美国加利福尼亚州中西部城市。
2. 美国加利福尼亚州洛杉矶县的一座城市。
3. 出自加拿大媒介理论学家马歇尔·麦克卢汉提出的"媒介即信息"理论，他认为传播工具对人类社会的影响胜过传播的内容。

慢慢地，太阳开始膨胀。我们都很紧张，对吧，丽兹[1]？我在想，万一他们的计算失误了呢？这样的旅程还是一个很新的概念，很可能出现错误。太阳变得越来越大，然后一只像手臂一样的东西从它的左边伸出，巨大而炽热的手臂，从空中向我们伸展，越来越接近我们。我们透过茶色玻璃观看，就像看日蚀用的那种。我们有两分钟时间观察太阳爆炸的景象，已经能感受到急剧增长的热量。然后我们跳跃到几年之后，太阳恢复了原有的形状，只是变得小了一些，就好像由一个小型的白色太阳代替了原来更大的黄色太阳。地球上只剩下灰烬。"

"只剩灰烬。"伊莎贝尔强调说。

"就像是被联邦用核弹炸平福特公司之后的底特律[2]，"菲尔说，"不，还要糟糕得多。所有的山峰都融化了，海洋也都干涸了。只剩下灰烬。"他打了个寒战，从麦克手里接过一支大麻。"伊莎贝尔都吓哭了。"

"那些单腿的生物，"伊莎贝尔说，"它们一定都被毁灭了。"她啜泣着说。斯坦安慰了她一会儿，他说："我很好奇，为什么大家看到的世界末日都不一样。有人看到冰天雪地，有人看到大水淹没一切，有人看到爆炸的太阳，还有尼克和简看到的那些。"

"我相信我们大家的经历都是真实的。"尼克说。他觉得自己必须重新掌控大家的注意力。在那些也去过世界末日的客人到达之前，他的故事得到的关注让他感觉非常良好。"也就是说，世界遭遇了不同的天灾，终结的方式也不止一种，他们把这些方式综合在一起，让人们看到不同的灾难。但是，我一刻都没有怀疑过我看到的就是真实发生的。"

"我们必须去一趟，"露比对麦克说，"只要三个小时。下周一一大早我们就打电话预约周四晚上的行程，你觉得怎么样？"

"下周一是总统的葬礼，"汤姆提醒道，"旅行社不上班。"

"还没抓到刺客吗？"弗兰问。

"四点的整点新闻没提到这个。"斯坦说，"我觉得他会逃脱的，就像上一个刺客。"

"真想不通为什么人人都想当总统。"菲尔说。

---

1. 伊莎贝尔的昵称。
2. 讽刺底特律只有汽车产业。

麦克放起了音乐。尼克和宝拉一起跳舞，艾迪和辛西娅也跳起舞来。亨利睡着了。宝拉的丈夫戴夫因为遭遇抢劫拄着拐杖，只好邀请伊莎贝尔坐下来聊聊。汤姆在和哈莉特跳舞，尽管他们本来就是一对夫妻。她做了器官移植手术，在医院住了几个月，丈夫对她特别温柔。麦克在和弗兰跳舞，菲尔在和简跳舞，斯坦则在和玛西亚跳舞。然后，露比代替辛西娅和艾迪一起跳舞。后来改成汤姆和简跳舞，菲尔和宝拉跳舞。麦克和露比的小女儿醒了，出来和大家打招呼。麦克带她回了卧室。远处传来爆炸的声音。尼克又开始和宝拉跳舞，但他不想在周二之前令她感到厌烦，所以借故去和戴夫聊天。戴夫管理着尼克的大部分投资。露比对麦克说："葬礼第二天，你来给旅行社打电话？"麦克说他会的，但是汤姆说可能有人会刺杀新总统，应该会有另一场葬礼。斯坦说，这些葬礼正在侵蚀国民生产总值，因为所有的产业总是处于关门状态。尼克看到辛西娅叫醒亨利，急切地问他会不会带她去世界末日之旅。亨利看起来很尴尬。他的工厂在圣诞节的一次和平示威中被炸毁，大家都知道他的财务状况欠佳。"你一定能办到。"辛西娅说，她尖锐的声音盖过了大家的闲聊，"多美啊，亨利，那些冰川，太阳爆炸。我想去。"

"路和简妮特本来今天晚上也要来，"露比对宝拉说，"但是他们的小儿子从得克萨斯回来，染上了新型霍乱，所以他们不得不取消。"

菲尔说："我听说他们看见月亮破碎了。月亮离地球太近，裂成大块的碎片，然后碎片像流星一样坠落，把一切都砸碎了。其中一块大碎片几乎砸到了他们的时光机。"

"我肯定不会喜欢那场面。"玛西亚说。

"我们的旅途非常愉快，"简说，"完全没有暴力的事情。只有红色的大太阳和潮汐，还有爬过海滩的螃蟹。我们都被深深感动了。"

"现在的科技真是太神奇了。"弗兰说。

麦克和露比决定葬礼一结束，就安排他们的世界末日之旅。辛西娅喝多了，吐了。菲尔、汤姆和戴夫谈论着股市行情。哈莉特和尼克聊着她的手术。伊莎贝尔正在和麦克调情，故意把领口拉低了一些。午夜时分，有人打开了新闻。新闻里报道了几条地震的消息，告诫住在受影响的几个州的市民，必须把水烧开再饮用。随后播放了总统遗孀拜访上一任总统遗孀，寻求一些葬礼的建议。然后是一则对时间旅行公司主管的采访。"这是一项非同寻常的业务，"他说，"时间旅行将会排在明年我国工业增长的第一位。"记者问，你们公司是不是很快就会推出世界末日之旅以外的业务?"过些时候吧,我们是这么希望的,"主管说,"我们很快就会向国会提交申请。不过,我们现在的业务需求量还是非常大的,你无法想象的大。这是当然,在这样的时代,必须得拿出点像末日灾难这样的东西才能吸引很高的人气。"记者问:"您说的'这样的时代'指的是什么?"那位主管正打算回答,画面就被切成广告了。

麦克关掉电视机。尼克感到非常沮丧,因为周遭有这么多朋友都体验了这个旅程,而他本以为只有他和简去过。他注意到自己正站在玛西亚旁边,想描述螃蟹移动的方式,但玛西亚只是耸了耸肩。已经没有人讨论时间旅行了。派对上的人们早已转移了注意力。

尼克和简早早地离开了,回到家直接上床睡觉,也没心情做爱。第二天早上,《星期日报》没有派送,因为桥梁管理局大罢工。收音机里说,变异的阿米巴原虫比人们预想的要更难消灭。它们扩散到了苏必利尔湖,该区域内的所有人必须把水烧开后饮用。尼克和简商量着下一个假期的计划。简提议说:"再去一次世界末日怎么样?"尼克哈哈大笑了起来。

奇　境

[美] 汤姆·格伦瑟 Tom Gerencer　著

熊月剑　译

明日经典

　　1999 年，汤姆·格伦瑟在完成了号角工作坊的科幻课程之后，很快发表了不少有趣的故事。随后他休息了几年，开始了自己的事业并结了婚。这篇小说标志着他向科幻领域的回归。

诺姆·加林斯基起床喂了猫,浏览了一遍头条新闻,然后开始做早餐。他煮了咖啡,烤了吐司,切西柚的时候又一次溅到了眼睛里,也就是说,这一天和其他倒霉日子没什么两样,除了一件事——

"我再也受不了了。"他说。现在回想起来,接下来要发生的事情也许都是有预兆的,但后知后觉可没用,除非时间能倒退。如果是那样的话,连葬礼都可以切蛋糕庆祝了,而上厕所会是一件相当吓人的事。

言归正传。就在这个时候,他的猫用后腿站立了起来。

"那么,我的朋友,"它说,"你中大奖了。"加林斯基的反应和其他所有人看见宠物说话时一样——他倒抽一口气,瞪大眼睛,倒退了三步,一头撞在了抽油烟机上。

"我的天哪,"他说,"你刚才……"

"是的,是的,但我不得不这么做,"猫说,"真的没什么可担心的。事实上我和你一样。我不是妖怪或外星生物。我来自索格斯。"

"索格斯?"

"离动物园大概半英里。我和朋友们小时候会到那儿散步,磕点麦司卡林[1],跳过围墙,朝鸵鸟扔屎。"

加林斯基紧紧抓住厨房台面,似乎很担心他的猫会攻击自己。

"只不过,我被未来某个主题公园的运营者绑架了,被迫成了销售员,但我又能怎么办?告诉你吧,我明白你正在经历什么。"

"你真的明白?"

"天哪!当然明白。你以为只有你一个人会夜里睡不着觉,怀疑自己对社会到底有没有价值?"

"但是一只猫……"加林斯基说。

"猫,狗,还是猴子,有什么关系?我还知道有些鸡沉迷于质量控制标准呢。没错,我还就这么说了。首先,你的早餐桌被安装了监听器。别,不用费神去找发射器,它只有草履虫那么大,未来科技。那时候连市政发电厂都只有你的拇指那么大,经常被整个儿盗走,蒸汽炉栅掉了一路。但你不用知道这些。我要告诉你的是,你的机会来了。你听说过奇境吗?"

"没有。"加林斯基说。

---

1. 一种迷幻药,俗称仙人掌毒碱。

Amazing

插画 / 高娜

"那是因为它现在还不存在，得一千年之后才会建好。但是一旦建成，你就瞧好了。你心里的任何奇妙愿望，都能完完全全实现，任何身体、心理、精神上的需求，分毫不差。而且还有各种令人赞叹的搭配组合，那种真实感绝对会让你彻底沉浸其中。"

加林斯基想坐下，但又害怕离那只猫太近，因为它此刻正站在餐桌椅前面。

"问题是，"猫继续说，"去那儿可不便宜。奇境也需要经费。我们在未来的客户量不太够，所以才找上你们。我们得开发一些来自过去的客户。"

它跳上白色的富美家牌台面，凑近加林斯基，这使他把台面抓得更紧了。它不知道从哪儿摸出一包微型香烟，抽出一支，用一只迷你打火机点燃，然后开始一口一口地抽起烟来。

"你怎么……"

"老天，我们没时间讨论这个。如果你非得知道，他们把我的人格暂时传送到了这只猫小小的大脑里，而我的身体还躺在沃楚希特的一家医院里昏迷不醒，但他们答应我，一旦我完成了业务指标，就会把我复原，还会给我点好处。但如果你再这么语无伦次下去，这些都不会发生。是的，我们一直在观察你，知道你已经受够了。"

加林斯基无法反驳。他从来没想过要当汽车销售员。他原本想当摇滚明星，或者宇航员。不会有人把汽车销售员的头像印在T恤上，也没有人会滔滔不绝地谈论事关他们生命安危的电话会议，或者启用大牌演员来制作一部关于汽车销售员的激动人心的3D电影，再给安排一个难以置信的圆满结局。

"你这样的人是完美的备选客户，"猫继续说，"你看，奇境就是你梦寐以求的一切。你不仅仅是玩玩游戏，获得一些体验，而是彻底改变你是谁。你想当教皇？砰，你就是教皇。我说的可不只是穿戴上教皇的袍子和可笑的帽子……"

"你说的是主教冠？"

"……这不重要。也不只是拿着权杖把人逐出教会之类的。你真的就是教皇本人。你会拥有他所有的记忆、信仰和虔诚——当然，也可能没那么虔诚，因为你可能会选择当一个不太虔诚的教皇，那么你就会感受到内心的信仰危机。你也可能想变成释迦牟尼，或者一艘火箭船，或者蜂鸟。你想过变成一只蜂鸟吗？"

"没想过。"

"真的没想过？"

猫吐出了一口烟。

"那是因为你还没试过。简直太棒了。棒极了。你还可以变成一匹马，随风奔跑，在草地上打滚。还有，想象一下马的那档子事儿吧。"

"感觉很好吗？"

"啊，想想看那挂着的……但也有缺点，不够持久。十五秒就完事儿了。当然，在奇境这儿都可以修改。他们能办到任何事情。你要做的就是尽管开口。"

"你试过吗？我是说，马的那件事儿？"

"咱们就别涉及个人隐私了。我要说的就是，你可以做任何事，可以成为任何东西，任何！这可不是虚拟现实，知道吗？你明白了吧？他们会真真正正地改变你。"

猫笑了起来，"看看我，像是虚拟现实吗？如果你想要证据，我可以吐一个毛球给你看。"

"我只想要时间来考虑考虑。"加林斯基说。这一切对于一个刚吃过早餐的人来说，实在是太难消化了，他连早餐吃的鸡蛋和吐司都还没消化完。

"慢慢来。"猫说，"如果你有什么问题，尽管问我好了。"

它转过身走向客厅，中途又停了下来，"噢，对了，你能找找不含谷物的猫粮吗？喜跃牌猫粮吃得我肚子疼。"

接下来的几天，加林斯基既害怕又兴奋。这一切是他幻想出来的吗？会不会是嗑药产生的幻觉？但是他没吃过任何小药丸。还是说现代生活的压力压垮了他？就像旧货店的比尔·罗曼，从四月份以来一直在不由自主地抽搐。但是这一切看起来如此真实。如果他疑心这一切都只是自己的想象，那他只需要再去问问他的猫。

"之前发生的事都是我幻想出来的吗？"

"不是。"

"到底是怎么回事？"

"听着，你能再给我两分钟吗？我得在三点之前舔完毛，然后好好地打个盹儿。"

既然如此，就当这都是真的吧。

"要花多少钱？"第二天晚餐后他问猫。

猫搓了搓两只前爪。

"很好，你终于开窍了。"

它向加林斯基详细说明了费用问题，在奇境待一周的花费还不到两千万美元。中间它停顿了很长时间来挠耳朵，"我好像得了耳螨，"它抱怨说，"你有矿物油吗？"

"不过，费用包含了时间旅行、伙食和住宿，外加表演和其他娱乐项目。酒水另收。"

"这么贵？"加林斯基又一次抓紧了台面。

"毕竟爱因斯坦还说过这些都是不可能的呢。根据他所运用的物理定律，他说得确实没错。你看，他知道空间和时间是不连续的，但他不知道定律本身是可变的。我没想假装什么都懂，大部分知识我是从《销售员手册》上学来的。除此以外，你的大脑也需要改造一下。"

听到报价时，加林斯基的希望已经破灭了。现在更是火上浇油。

"你是说要清除我的记忆？"他问。这说得过去，毕竟他们不可能让人到处八卦前往未来的时间旅行，不是吗？那会产生蝴蝶效应。比如你不小心错踩到一只蝴蝶，结果长出了三个脑袋，还终生订阅了《你好，女孩》杂志，或者别的什么意想不到的影响。可是如果你什么都记不住，那么这趟旅行还有什么意思？

然而猫在摇头。"不，我们不会动你的记忆，"它说，"事实上，作为小小的馈赠，你事后回想起来会比真实情况更加美妙。"

"那你刚才说……"

"我们会阻止你告诉其他人。每当你很想说出来的时候，一个动机中继器就会启动，你会转而开始谈论政治，说一些你无法收回的蠢话。我们已经在更小的尺度上对你实施了这一影响。"

加林斯基点了点头。当天下午的时候，他本想告诉吉姆·佩德森他的猫会说话，说出口的却是支持弱势白人群体的平权法案。

"但是我给不起两千万，"他说，"如果你是来自索格斯的话，你肯定知道这一点。"

猫点了点头。

"没错。但是你想想，我们讨论的是公元3000年的价格。你拥有汇率的优势。折算成现在的币值，只要一百四十三美元五十美分。"

加林斯基抬了抬眉毛，笑了。现在他唯一不明白的是，奇境为什么不干脆在这个时代设立一些合法业务，比如连锁干洗店，这样就可以在未来大赚一笔。

加林斯基提出这个问题时，猫说："事实上他们已经这么做了。但是关税太高，一毛钱都赚不到。所以，你决定了吗？"

"你们接受支票吗？"

"要的就是你这种干劲！我来给你开张收据吧。"

时间旅行和加林斯基想象的不一样。他刚在授权书和免责表格上签了名（表格有一千七百万页，猫不得不把他放在一个时间停滞场里待上五十年，好让他读完这些文件——他没有变老，但却养成了惹人厌的习惯，老是爱说："哎，看看你这副样子……"纠正这个毛病又花了好几年），他的客厅就自行解体，并变成了另一个地方。

这是六月的一个夜晚，他们在温暖而没有蚊虫的户外。"这里永远是六月。"猫说。这是丛林、花园和城市的混合物：野生植物和葡萄藤悬垂着，从长满苔藓的树干中生长出来。接近满月的月亮将辉光从参天古木那蓝绿相间的树冠间隙洒落下来。茂密的植物和蕨类，错落有致地生长在金字形神塔和寺庙那摇摇欲坠的边缘，沐浴在银色的光芒之下。繁花的香气从这丛林胜景中飘散出来，和人造香味完全不同——就像新鲜的番石榴之于蜜饯果脯。在这片混沌的荒野中，忽然出现了精心养护的花园和一排排路灯，绿篱环绕的池塘也与人行道相互交织。除此之外，还有天才造出的闪着微光的弧形建筑，其学科专业在加林斯基的时代不为人知（景观艺术与建筑学硕士）。块块整料加工品与条条单轨看起来像是刻自远古时代的石头，但由青金色的光线打上了阿拉伯式的花纹。这些构筑物与丛林和花园完美搭配，仿佛众神本身所期望的也不过就是人类在造物与自然之间达到这种和谐。

"很美，对吧？"猫说。

人行道上，穿着不同历史时期服装的人们往来穿梭。他们在和贵宾犬、獒犬、猫以及其他宠物聊天（甚至还有一位路人正和一个看起来像餐椅的东西聊得火热）。一群自得其乐的戴着宽边帽、穿着带扣鞋的漫游者，正站在一群毛型别致的动物中间闲聊。附近的一座池塘边上，穿着宽松外袍和维多利亚式服装的男女们彼此交谈着。修剪整齐的草坪上，还有一群穿着金缎或麻布的人。

"啊。"一个路过的穴居人说着，从胡须里挑出了一个看起来像是来自基因研究机构的东西。

"真是太神奇了，"加林斯基说，"多令人心驰神往啊。我从没见过这样的景象，闻过这样的味道。"他一边补充说，一边回头看了穴居人一眼。

"这才称得上旅行，不是吗？"猫说，"但是别兴奋过头，喘不过气哦。"

"所有这些人——他们之后都不能谈起这里？"

"一个字都不能说。"

"这也就是说……"

加林斯基想了想。这就是说，很多人——甚至他的朋友——可能都来过奇境。

"你的侄女弗莱维娅来过六次，"猫证实了他的想法，"她在我们的优先客户协议上。还有你的母亲也来过。"

"你一定是在开玩笑。"

"老兄，这跟钩虫病一样，真不是开玩笑的。她变成盖伊·隆巴多[1]花掉了旅程中的大部分时间。她说她喜欢水上飞艇比赛。"

"但她从来没有……"

"她不能。就像我之前说的，关于旅行的任何事都不能以任何方式影响你们自己的时空。否则来自过去的人就会知道太多，我们也得保护知识产权。"

要思考的问题太多了，但加林斯基似乎没有这个时间。猫领着他经过一间礼品店，然后来到一座神庙。神庙的门楣和巴士差不多大，上面爬满了纵横交错的葡萄藤。进门之后，他得先排长队等候，队伍每隔一段时间才能向前移动一段，并有天鹅绒绳子作为隔断。与此同时，他们头顶上播放着关于奇境的如梦似幻的商业广告。

"太神奇了，"他对猫说，"我会变成什么？或者变成谁？我要怎么做决定？"

猫耸了耸肩，"别操之过急，从小的东西开始。如果你不喜欢，还可以改变主意。你考虑过我的蜂鸟建议吗？"

"我想变成一只鸵鸟，或者美洲豹。不对，我要变成虎鲸，或者大王乌贼。我能变成大王乌贼吗？我就想变成大王乌贼，然后袭击海盗船。"

"我们倒是有一些海盗船，"猫说，"但我得警告你，你可不一定能打赢。那些海盗有大炮。"

---

1. 美籍加拿大裔音乐家，也是出色的水上飞艇选手。

"我不会真的死掉，对吧？"

"当然不会。"

"那就这么定了。我要变成大王乌贼，袭击海盗船。"

"你说了算。"

然后，加林斯基就变成了一只大王乌贼。简直不可思议。在转换过程中（在一台看起来像麦当劳公司制造的CT扫描仪一样的机器里），他被麻醉了。当醒来时，他已经晕晕乎乎地漂浮在深海里了，周遭深色的海水就像凝重的天空。密密麻麻的浮游生物幽灵般沉降下来。加林斯基在水中巡游，此刻他身形庞大，生理结构也相当复杂。一切都是真实的！他不是在操纵大王乌贼，而就是这只大王乌贼本身！哦，加林斯基还在，他才是主角，但是他已经脱胎换骨了。比如，他拥有了乌贼的记忆：交配、战斗、在浮冰下滑行……有一次，差点因为吞了体型过大的海狮而造成脑损伤。而且，他也拥有了操控众多带吸盘的触手的实用技能。

他很快想起来——猫答应过他会有一艘海盗船。而海盗船只可能出现在一个地方，那就是水面上。

他让自己变轻——他感觉体内的器官在起作用，增加着浮力。他不断向上滑行，穿过微生物群勾勒出的若隐若现的障碍，和由微小的海洋生物聚合而成的发光薄幕。他感觉水压越来越小。

上升过程让他痴迷不已，随着环绕在他四周的水压逐渐减小，他的乌贼思维也像疯狂的触手一样向外舞动飘散。他自己的知觉扭曲了，当距离水面越来越近时，他与人类自我之间的连接也越来越微弱。他看到了天空中光耀夺目的弯月，银辉洒遍苍穹。这时，一个庞大笨重的东西破水而来——一个黑色的、笨重的物体。

加林斯基当然知道那是一艘船，但是他的理解力被那笼罩一切的乌贼思维隔绝了——那是一种巨大而潮湿的存在，一种非语言的神秘认知——加林斯基无法与之沟通，除了在一种原始的情感层面上。以他现在的认知，根本认不出自己像导弹一样攻向的是一艘船，他以为那是一头受伤的抹香鲸，正等着他去攻击，去战胜，最终愉快地饱餐一顿。

这种认知带来的兴奋感，让加林斯基完全沉浸其中。这场战斗现在对他来说具有莫大的吸引力，这令他简直无法理解谁能抗拒得了这种事。

"让我来吃掉它。"他想，然后急速上升，排出一道水柱。

他狠狠地撞上了那艘船。但是又觉得它的动静有点儿不太像抹香鲸。他的乌贼思维在遭遇这前所未见之物时觉得很困惑。这头鲸鱼为什么不战斗？为什么它如此不堪一击？

　　他用触手包围了它，把自己拉到它身下。他猛地张开了蒸汽铲车般的巨口，然而咬碎的不是鲸鱼，而是一些干燥的东西，戳痛了他的嘴。他被激怒了，挥动起他的触手，随即感觉自己击打在锐利的边缘和轮廓上，一些像骨骼和肌肉一样的东西被高高地卷到了空中。这头鲸鱼病得不轻，甚至已经死了。一阵恐惧顿时淹没了诺姆这只大王乌贼。

　　恐惧紧紧攫住了他。他把鲸鱼往下拖，自己则往上升，让鲸鱼尸体和自己往彼此的方向凑近，在沸腾一片的水面交汇。这时候，他看见了一些东西，他的震惊顿时激增并转化为了极度的恐慌。

　　鲸鱼身上还有其他生物。一些可怕的、畸形的东西，像是残缺不全的巨螯蟹。它们在骨头与面目全非的鲸鱼尸体上四下逃窜，呜咽着，尖叫着，显得很陌生。加林斯基知道这些都是人类——海盗——但他的化身乌贼并不知道，它的强烈反应像地震一样撼动着他。

　　他满怀恐惧地攻击它们，就像一个人在淋浴时突然看到巨大的长腿蜘蛛一样。他使劲拍打它们，从来没有感到这么害怕过。他用触手猛力出击，把它们在鲸鱼骨头（桅杆）和鲸鱼尸体（海盗船）上摔得到处都是。他卷住其中一个，不断挤压直至把它挤爆。另一个则被他拉扯着拽得断成两截后，摔进了海浪里。

　　那些东西开始反击。它们用长长的、尖利的、闪光的牙齿或刺针来戳他，咬他。它们爬满他的头，向眼睛进攻！诺姆把它们拍开，把它们压扁，抛向空中，或者扫进水里，咆哮着将它们在船体（鲸鱼）身上碾碎，H.P.洛夫克拉夫特[1]一定会喜欢这个场景的。

　　然后，它们中的一部分跑向一个长长的黑色东西，把它转过来，将它空洞的嘴对准了诺姆的头。乌贼思维没能明白，但这激发了诺姆的恐慌，他意识到这是大炮。诺姆挥起一只触手，像鞭子一样抽向那伙人，他们飞了起来，但是大炮发射了，一切随之陷入了黑暗。

---

1. 即霍华德·菲利普斯·洛夫克拉夫特（1890—1937），美国恐怖、科幻与奇幻小说家。他的著作，尤其是他的"克苏鲁神话"，影响了全世界的小说作家。

"怎么样？"

诺姆眨眨眼。他躺在一张适合人体身形的小床上，周围是灰蓝色的墙，墙上闪着"L号恢复区"的字样。他的旁边还躺着其他人，工作人员像服务员一样忙忙碌碌。诺姆抬起头，看到了那只猫。

"感觉怎么样？"

"天哪，"诺姆说，"简直……简直……"

简直难以置信。加林斯基本来想这么说，但最终说出口的却是："在那个年代赋予女性投票权简直是对常识的巨大冲击。"

"啊，很好，"猫说，"起作用了。这只是一个小测试。你准备好变成其他东西了吗？"

"是的，拜托。"诺姆兴致勃勃地说。

接下来他变成了一只鸵鸟。然后是虎鲸。他甚至试了蜂鸟（空战简直不可思议——比战斗机飞行员梦寐以求的那种还要精彩），然后是马，他非常喜欢当一匹马，尽管猫说的关于十五秒的事情是真的。接着是超级间谍、摇滚明星、宇航员，每种体验都非常棒。比他想象的还要精彩。

当他完成了这些，尽情享受了每一次奇妙的旅行之后，三天过去了，他觉得自己准备好了。

"我已经玩够了。"在两座金字形神塔之间的广场上共进午餐时，他这么对猫说（他点了意面沙拉，猫则要了鱼头华夫卷），"我想变成一个了不起的人，一个成功的、自信的、非凡的人。"

猫舔了舔胡须里的鱼鳞。

"我们正好有你想要的。"它说。

又一次经历排队和转化之后，诺姆·加林斯基变成了另一个人。但他既不是耶稣，也不是释迦牟尼，他预想的差不多是这些角色——而是变成了比利·休斯，西弗吉尼亚州橡树山一家煤炭开采公司的会计，正从沃尔玛门口人行道的路沿上走下来。

他身体内诺姆的意识糊涂了。一开始他以为一定是哪里搞错了。比利是一个无名小卒，未婚、小个子、肌肉松弛，穿着开线的蓝色T恤和牛仔裤。他的生活无聊透顶，没有人会羡慕他，或者哪怕想知道他是谁。

他的脚上穿着从沃尔玛买的廉价运动鞋，由中国山东一些既不了解美国人、也不了解脚的工人制造，他的脚由于长时间穿着不合脚的鞋子而饱受折磨。他的账单和欠款超出了收入，还得过两次皮肤癌。

这些事情充斥着加林斯基的思绪，就像你脸朝下趴着的时候，地面会占据你的视野一样。但是，当他通过比利·休斯的思维看待这些问题时，他震惊地发现，尽管问题仍然存在，但是却缩小了，好像飞到了九霄云外。

他抛开这些问题，看向停车场。那里一层层地停着很多车，在暮色中反射出白色、粉色、橙色的光泽，仿若猫爪，落影云头。车子堆放得高耸极了，如山体般气势迫人，这令诺姆觉得自己好像直直坠入了世界之底。落日温暖了他的心灵，清风吹凉了他的皮肤。两者间的冲突在他胸中激荡出旋涡。他手臂上汗毛直竖。他闻到炸薯条和远处垃圾桶里那快餐食物阴魂不散的味道。这一切向他靠拢过来，好像要将他抬离地面，向天空飞去。

他继续往前走，经过一位穿着青柠色紧身裤的丰满女士，她张口呼吸，愁眉不展。不知为何，他觉得一定有一位来自另一个时空的有远见的画家，通过虫洞看到了她，为她画了一幅华丽的画像。这幅画将在那个时空里让所有人感动得喜极而泣，在那个时空的拍卖中拍出相当于一千亿美元的价格。

他走近自己的车，尽管只是一辆很旧的白羊座 K 系，但是对车子的感激之情几乎将他的忧愁一扫而空，因为它让他花些小钱就能够舒适出行，可比过去国王出行要方便舒适得多了。他对车的感情让它看起来好像在发光，这让他的思绪变得舒展平缓，就像拉紧的保鲜膜盖住了一碗葡萄一样。

诺姆怀疑比利·休斯嗑了甲安菲他明或者奥施康定之类的兴奋剂，但是他快速搜索了一遍近期的记忆，好像并没有这样的药物滥用。比利就是这样纯粹真实的人，比珍珠还真。对于比利而言，一切都非常简单，生活中的每一刻，都像是在五百万星级餐厅里一口口享用永无止境的美餐一样，而他永远觉得饿。简而言之，他感激一切，就像感激神明一样，感激得离谱。他甚至感激雀巢的口袋三明治。他会盯着一个口袋三明治，发自肺腑地从内心深处涌出一种感动；他会惊叹于农场和机械设备、轮班工人和企业结构、营销和航运、化学与无知、爱、憎、生物学，人类经年累月的劳作和经验，像大型交响乐一样共同作用，制成了这种不见得多健康的食物，这让他的头脑和心脏几乎真的要唱起歌儿来，旋转，再上升。

接下来的三天，加林斯基就是这么度过的：坐在比利狭小的办公桌后面，沉浸在幸福之中。他盯着过时的电脑屏幕上晦涩难辨的数字，或者待在充斥着此前无数顿午饭余味的休息室里,觉得自己就像坐在温暖的浴缸里抿了一口金汤力酒;或者正由一位来自于有两百万年历史的文明、最受尊敬、一心只求钻研理疗改进的大师,为他持续不断地按摩着。

这就是他,一个无名小卒。然而令人费解的是,他也正是世上最快乐的人。

时间到了,加林斯基再次躺在了 L 号恢复室。他仰面躺在床上,气喘吁吁,再次回到了熟悉的、充满恐惧的自我中。

"怎么样?"猫问。

"天哪,我从来没有意识到,投票给民主社会主义候选人是这么棒的一件事。"

"很好。看来你乐在其中。"

加林斯基带着哭腔说:"请让我回到他的身体里去。"猫睁大了眼睛。

"不行,"它说,"你的一星期旅程已经结束了。"

"那我就再待上一周,我会付钱的。"

"加林斯基先生,"猫好像受到了冒犯,"我们没法就这样让你回去。还有很多表格要填呢。而且,这对你的身体产生了不小的伤害。我们至少得等六个月才能再次转化你。"

六个月!加林斯基连六分钟都等不了!他是比利·休斯的时候,虽然卑微,但每时每刻对他都是一种胜利。然而现在的他甚至无法理解这是怎么做到的,就像一条狗在看一个人做代数。而作为他自己的每一秒都是悲剧,相比起来,连《麦克白》都不过只是一个由一堆婴儿和会说话的羊驼主演的可笑的超级杯广告。

"算了吧,"猫有点担心地说,"最好还是把你送回你家的厨房吧。你会感觉好些的。"

但是加林斯基不想回去。他从小床上跳起来,推开了想要阻止他的两名工作人员。

"加林斯基先生,请别这样!"猫喊道。其他客户躺在各自的小床上,睁大眼睛看着他们。"这只是一个游乐园!想达成具有持久效应的改变,还有别的法子!"

但是加林斯基听不进去。

他打倒了扑向自己的警卫(感谢这里的无论是什么的神灵和他们的神力,未来人太依赖他们的科技,已经不注重身体锻炼了),抢了警卫的武器——一支看起来就连福来鸡[1]都会否定其设计的枪。他冲向大门,撞翻了一托盘的仪器,任其散落在地上,闪着银光。

他冲进那间用天鹅绒绳子作隔断的排队大厅,推开一群游客,强行挤进了转化区。

"让我变回比利·休斯!"他冲着一个技术人员喊道。

"可是……"

他举起了枪,"照我说的做!快!"

他钻进巨大的机器舱内,技术人员一脸不安地按下一些按钮。然后,一切再次陷入一片漆黑。

当再次醒过来后,他眨眨眼站了起来,伸了伸腿,用喙挠了挠翅膀下面。

"这什么……"

"很抱歉,"猫说,"我已经尽量警告你了。"

加林斯基站起来和猫差不多高。他低头看了看自己。

"就像我说的,人类无法承受超过一星期的转化。到目前为止,所有想要这么做的人都变成了一种动物。大多数是小型的,比如鸡。而且因为过度转化的 DNA 的复杂性,这个过程是不可逆的。"

"你是说我永远就是这样了?"加林斯基问。

"我得承认,这确实缩小了你的选择范围,"猫说,"因为你没了大拇指,也不能洗澡了。但鸡还是能做不少事的,至少你还有眼睛和大脑,只不过都是微型的。"

加林斯基试着集中精神,但是他现在很想吃点儿玉米。

"比如,"猫说,"我们在质量管控部门还有几个空缺……"

---

[1] 一家类似于肯德基的连锁炸鸡快餐店。

薛定谔的猫窝

[美] 凯济·约翰逊 Kij Johnson 著

华 龙 译

明日经典

2010 年至 2012 年，凯济·约翰逊三度蝉联星云奖，并在 2012 年摘得雨果奖。她于 2012 年年底出版发行的科幻与奇幻短篇小说集《就在蜜蜂河口》，除收录本篇小说外，还收录了《小马驹》《雾上架桥的人》《二十六只猴子》《猫行千里》等读者耳熟能详的作品。

雨中，鲍勃顺着康尼岛大道[1]一路向前行驶。这辆蓝灰色的卡罗拉轿车有些摇摇晃晃，因为他正迫不及待地想要打开一只用褐色纸张包装好的小盒子。这件东西，他不想收都不行，因为上面没有留下发件人的地址，想退也没地方可退。他本打算从邮局带回家里再打开的，但在等红灯的时候，他却突然好奇心大发。虽然绿灯此时已经亮了，他脚下还踩着油门，在这不算太拥挤的车流中往布莱顿海滩冲去，可是，他的手还是不由自主地撕扯着封住盒盖的胶带。封口终于撕开了，就在盒盖打开的那一刻，一辆公交车冲到了他的面前。

鲍勃四下看了看，他猛然发现，自己正身处一间宽敞的房屋里。四周的墙壁上，贴着花色绚丽的毛面墙纸，满是紫红色和猩红色的巨大旋涡状纹饰，看上去有点儿像是分形的几何图案[2]。他眨了眨眼：不对，那些图案是暗蓝色的，带着银色的条纹，就像是云室[3]里带电粒子留下的痕迹一般。他面前是一张磨得锃亮的胡桃木吧台，上边还雕刻着一些华丽的图案，说不清楚到底是具体的图形，还是什么抽象的花纹。不对，吧台是铬合金的，因为用手摸起来既冰冷又光滑。嗯，等等，他思忖着，然后突然记起自己正在雨中驾着卡罗拉，行驶在康尼岛大道上。那只盒子。鲍勃又眨了眨眼：墙壁再次变成了红色和紫色。

房间里还有其他人。他从吧台后边的镜子里看到了那些人。他们有的正靠在鲜红色的天鹅绒高背椅上，有的则慵懒地走在叠放得很有层次的东方式地毯上。他们都穿着撩人心神的衣服，或一些可以充当衣物的东西：淡紫色的紧身胸衣，搭配着柠檬黄色的长筒袜，然后再配上一双军靴；在机车夹克里，套上一件短款马球衫，再把衣领立起来；一条红色的链条装饰背带，搭配镶有蕾丝边的白色吊带背心，再配上一条开裆的马裤。还有一位男子，正穿着件红色的连体服，搭配一双黑色的玛丽珍女鞋[4]。所有这些人，看上去都有些不大对劲儿。但是，鲍勃也说不清楚到底是哪儿不对。

"要喝点儿什么？"一位肤色黝黑的酒保用杯子敲了敲鲍勃面前的胡桃木

---

1. 位于美国纽约。
2. 一种具有自相似性质的几何图案。从整体上看，分形几何图形处处不规则；而从近距离观察，其局部形状又和整体形态相似。
3. 又称威尔逊云室，是一种早期的核辐射探测器。利用带电粒子作为凝结核可以使蒸气在它周围凝成雾珠的这一性质，来显示能导致电离的粒子的径迹。
4. 一款搭扣带的低跟女鞋。

吧台。

"什么？"他不由得一惊，心想，这吧台本来……应该是别的什么材质。酒保不耐烦地哼了一声。

镜子里反射的那些人……他们究竟是男是女？鲍勃回头去看，但却很难辨认得清。是男人么——那些穿得像是男人的人——却又骨骼纤巧。而那些女人——或者说是穿着紧身胸衣的那些人——看上去却又虎背熊腰。他们现在懒洋洋地靠在浅绿色的皮沙发上，而脚下走过的地毯又变成灰白色的了。

"要我给你倒点儿什么？"酒保的声音里，连一丝一毫的好奇都没有。

鲍勃舔了舔嘴唇，突然觉得很口渴。他回过头去看了看，只见那男人现在留着一缕金色的小胡子，胡子尖打着卷儿向上弯曲着。他的肤色已变得十分苍白。

"你的肤色不是很深吗？"鲍勃问道。

那人又哼了一声，"你要喝点儿什么？"

"杜松子酒和……我连自己是在什么地方喝酒都不知道呢。"

此时，酒保的脸上已剃得溜光，肤色又变得黝黑了。他撇下鲍勃，走到了一边去。"可是，我的酒呢……"鲍勃开口问道。

而酒保已经拿起了另一只杯子。

鲍勃低头一看，吧台上已然放着一杯像油一样的清澈液体。现在的吧台又是铬合金的了，金属面板上正模糊地倒映着蓝色配银色的墙纸。于是，鲍勃把眼睛紧紧地闭了起来。

"我知道，这挺奇怪的。"鲍勃的耳边响起一个沉稳而又略带顽皮的声音，一只冰冷的手抚在了他的手腕上，"第一次拜访确实会觉得很别扭。你必须得仔细辨认自己的所见和所知，然后就会感觉好多了。"

"我不知道你是什么意思。"鲍勃嘴上说着，眼睛却仍然紧闭。

那声音又说道："这里总是有一张吧台，"听上去像是要给他详细介绍，"也总是有一面镜子。座位也一直都在同样的位置。不过，它本身还是会有一些改变，这也会让坐在上面的人感到不舒服。楼上的那些床……它们一直都在那里。喔，当然了，它们当然会在。我们这儿是一家妓院。人员会有一些变化，不过来过几次之后，你就应该能在大部分时间里，认出我们超过一半儿的人了。其实也没那么糟。现在就睁开眼睛吧。"

"可是，我在哪里？"鲍勃问道。

"拉波特。"那声音听上去挺开心的,"快来吧。"

鲍勃终于虚着睁开一只眼睛,看了看他面前的酒。吧台又是胡桃木的了,不过,面前的酒却仍然很清澈。他端起酒,举到嘴边。这杜松子酒可真够劲儿啊,十分冰爽。他喘了口气,又睁开了另一只眼睛。确实是有一面镜子,这倒没错,上面也仍然反射着那些人。至少鲍勃是这么认为的。其实,他们可能是另外一些人了。他又看到了浅绿色的沙发和蓝色的墙壁。仅仅一眨眼的工夫,没错,它们就又变成红色的高背椅和毛面的墙纸了。吧台的收银机旁,摆着一张卡片,上面有威士卡和万事达卡[1]的图标,下面还有手写的字迹:只收现金或记账——不收支票!他注意到了,收银机并没有变化。

"感觉好些了吗?"

鲍勃确实感觉好多了。他又要了一杯——还是杜松子酒,依然很冰爽,喝下去仍会觉得胸口一紧——然后又看了看自己的镜像,还是不变的鲍勃。随后,他转过身去,面对跟他说话的人。

她——如果那是女人——留着一头红发,头发修得整整齐齐的,与她健硕的下颌齐平。她穿着一件毛皮外套,显然里面再没穿别的了。她的衣服从大腿上滑开了,鲍勃的目光便不由自主地瞥了眼那桃红色的肌肤和柔软的金色汗毛。她的左耳戴着一只耳坠,像是水晶吊灯上的坠子。她?真够火辣的,他暗自心想,如果真是女人的话。

"我叫杰克[2]。"她说着,伸出一只手来。这只手对于女人来说,可真是够硕大的;不过对于男人来说,倒是挺小巧。

"我叫鲍勃。"鲍勃回应道,"嗯,我到底是在哪儿?你之前说了,但我不太……"

"拉波特。"她说着,端起一杯盛满了某种粉色液体的高脚杯,"'那只盒子。'哈哈,不是吗?老板的一个小玩笑。"

"老板?"

"薛定谔先生。"杰克脑袋一歪,把耳坠从脸颊边荡开。现在,耳坠又在她的右耳上了。

鲍勃再次紧紧闭上了眼睛,"我的天呐。"

---

1. 威士卡(VISA)和万事达卡(Master Card)都是国际通用的信用卡。
2. 也有杜松子酒的意思。

杰克的声音继续说着："这是你第一次来吧，可怜的家伙。还没有人跟你解释过呢，是不是？"

"你还是走吧。你们都是一场梦而已。"

此时，耳边传来一阵声响，像是用手指甲拨弄低球杯[1]里的冰块发出的声音，"好吧，你知道那只猫，对吧？人人都知道的。她就在周围转悠，可是因为卫生条例，我们不能让她进入酒吧。所以呢，"接下来，她就像是对待一个迟钝的小孩一样，逐字逐句地慢慢说道，"这，就，是，那，只，盒，子。"

鲍勃把攥在手里的酒杯挪到唇边，咂了一口。还是杜松子酒。他横着眼睛瞄了一眼杰克。现在，耳坠又在她的左耳上了。可是，上次是在那只耳朵上吗？杜松子酒的酒劲儿已经开始上头了，"这就像是不稳定态？"

杰克耸了耸肩，毛皮外套撩人地一滑，短暂地露了一下光洁的肩膀，虽说那肩膀有些宽，但还是女人的尺寸，"我看倒不像盒子，更像是家妓院吧。好渴啊。"

鲍勃倚靠着吧台，伸手去拍了拍酒保的肩膀。

杰克则从她那只斟满的杯子里，又抿了一口粉色的液体。

"天呐，你们是怎么做到的？"鲍勃问道，"一秒钟之前，还是空杯子呢。"

杰克得意地笑了笑，"既是空的，又不是空的，同时处于两种不同的状态。"她说着，举起了一只手，而鲍勃则惊讶地张开了嘴，"其实我也不明白，所以别问我。看看你的杯子。是空的还是满的？"

鲍勃低头看了看，"空的……不，是……"他呆住了。

"别想那么多。来一口吧。"

鲍勃咂了一口，还是杜松子酒。酒劲儿激得他眼睛都湿润了，等缓过劲儿来才说道："真有点儿让人摸不着头脑啊。"

"还好啦。你想不想到楼上去？"

一想到这事儿，他就不由得欲火中烧。不过，他又看了看那副宽阔的肩膀和那双大手……"嗯，还是算了。"

她噘了噘嘴，"你确定？如果是看中了别人，我们也许能……"

"不是那样的。"鲍勃说着，使劲地咽了下口水，"不用，我挺喜欢你的，这儿的人里，我最喜欢的就是你了。你非常的……嗯……迷人。不过，我喜欢

---

[1] 又叫老式杯或岩杯，是相对于高球杯来定义的一种厚平底杯。

的类型更……怎么说呢,更有女人味儿。"这时,她的耳坠又变换了地方,这一回,他倒是十分确定。但那修长的脖颈……他的欲火又开始燃烧起来,下面那玩意儿也不禁变得硬邦邦的,真希望她不会注意到。

但是,她的手却径直滑到了他的腹部,然后又伸进了牛仔裤里,那粗大的手指握住了他的那玩意儿。顿时,他感到血气上涌,心也开始怦怦乱跳,"你不是说更喜欢我吗?"

这时候,他已经很难冷静思考了,"嗯,但是,你到底是男是女呢?"

杰克笑了起来,要是鲍勃更加明确她的性别的话,那笑声其实还挺悦耳的。只见,她把毛皮外套从肩头上掀了下去,露出了光洁的肌肤,还挺有肌肉的。她小小的乳头挺立着,松软的阴毛是金灰色的。顺着肚脐眼往下,还长着一列细小的绒毛。但要命的是,他看不出杰克有什么性特征:她没有阴茎,没有乳房,也没阴唇。鲍勃又不太确定她究竟是男是女了——她的肌肉这么发达,怎么看都不是那种赏心悦目的典型女性形象,但那肌肤却又太光滑了,所以也不大像是男人,"我可能两者都是吧。你也知道,会变化的。"

鲍勃能感觉到自己在颤抖,他看着她,然后问道:"你是怎么做到的?"

"在这里,只要我想,就能办到。"杰克回答道,"像这种选择的机会,你能拥有多少次呢?出去回到原来那个地方,你会愿意跟男人亲热吗?"

"不会。"他承认道,"那我们俩亲热时,你会是男人吗?"

"没准儿。盒子里边儿有什么?有我。我可能是爷们儿,也可能是娘儿们。"她身子向前一倚,脸几乎都贴到了鲍勃的脸上。她的喘息呼在他的嘴唇上,感觉暖烘烘的,"但无论如何,我都能让你前所未有地爽一把。"

"前所未有……"鲍勃收住了话头,然后又清了清嗓子,"我们能现在就上楼去吗?"

于是,杰克带着他走上了宽阔的楼梯,楼梯上装饰着富丽堂皇的雕像,上面刻着的宁芙仙女,正在引诱农牧神法翁和森林神萨蒂尔[1]——又或许,是他们正在勾引那些仙女?鲍勃忍不住盯着杰克看,迫不及待地想要扒掉那件外套,然后赶紧把那事儿给办了。杰克则继续往楼梯上面走,用鲍勃早就想帮她脱去的外套一直勾引着他前进。

---

1. 宁芙仙女、农牧神法翁和森林神萨蒂尔均来源于古希腊、罗马神话。宁芙仙女泛指自然幻化的精灵,她们十分美丽,经常被森林神萨蒂尔追逐;农牧神法翁和森林神萨蒂尔均是半人半兽的形象,他们耽于淫欲,常常是色情狂或者性欲无度男子的标志。

在一间客房的门口，他终于忍无可忍，一把抱住杰克，用力地吻了起来，杰克的身体紧紧地抵着他，平坦的胸部和如丝的肌肤下面，是那紧实的肌肉。她一只手摸到了他的腰带下面，抚摸着他的小腹，然后又一路往下，让他那硬邦邦的玩意儿兴奋到了极点。鲍勃手忙脚乱地打开了门，他们便跌跌撞撞地进入了一间色彩似红似金的房间。两人松手放开了对方，杰克终于脱掉了那件毛皮外套。鲍勃在看到她那裸露的身体后，又开始有些犹豫了。

"怎么了？"杰克说着，便走上前来，让两人的胸口贴在了一起。他现在看到，杰克跟自己一样高。

"我就是想知道，你到底是男是女，仅此而已。"

杰克又笑了起来，像是一声低低的犬吠，"但问题在于，你总是什么也不知道，却以为自己全都知道罢了。"

公交车加速前进，鲍勃又能看清周围的情况了。从邮局取来的那只盒子正放在他的腿上，盖子是关好了的。雨点打得挡风玻璃上面污迹斑斑。鲍勃调整了一下延时熄火器，打开了车头的大灯，然后就想起了那家妓院，那张不停变幻的吧台、杰克，以及他们之间那场古怪的对话，还有，那间客房……那么，到底是她呢，还是他呢？

在去往布莱顿海滩的路上，鲍勃一直在琢磨这事儿。但不管怎样，盒子都已经关上了。

| 科学家笔记 |

真实的未来太空

[美] 格里高利·本福德 Gregory Benford 著

胡 致 译

> 格里高利·本福德，科幻作家、物理学家、天文学家，加州大学河滨分校物理学教授，当代科学家中能够将科幻小说写得很好的作者之一，也是当今时代最优秀的硬科幻作家之一。独特的风格使他多次获奖：星云奖、约翰·坎贝尔纪念奖和澳大利亚狄特玛奖等。他发表过上百篇物理学领域的学术论文，是伍德罗·威尔逊研究员和剑桥大学访问学者，曾担任美国能源部、NASA 和白宫委员会太空项目的顾问。1989 年，他为日本电视节目《太空奥德赛》撰写剧本，这是一部从银河系演化的角度讲述当代物理学和天体学的八集剧集。后来，还担任过日本广播协会和《星际迷航：下一代》的科学顾问。

太空歌剧遇上财务人员

当下，太空歌剧很是热门。我可以列出无数的作家，他们的作品将我们带去了遥远的未来。在那里，巨大的行星际或恒星际社会动荡不安，而率领巨大飞船航向群星的男性（几乎都是这样，很少有女性）正为其理想而奋斗。

自 1941 年鲍勃·图克发明这个词以来，太空歌剧一直就包含着我们这些平凡的科学家期待已久但并不完全认同的宏伟景致。不过最近，我们进步缓慢的航天事业的最新进展，又让我燃起了希望，那些未来也许不完全是荒唐的。

钱，是航向星空的最大阻力。发射一个成人质量大小的物体进入近地轨道，平均需要 10 亿美元，如此高昂的花费几乎将一切商业投资拦在了门外。到目前为止，只有同步轨道上的通信卫星产出了价值——它们使洲际通信的花销降低了好几个数量级。

不仅如此，当我们谈论太空歌剧的时候，浮现在脑海中的是巨大的飞船和星际殖民地，可建它们的钱从哪里来呢？

换个角度来思考，21 世纪结束的时候，一个切实可行的、有经济效益的太空项目，会是什么样的呢？

英国人最近在太空歌剧上独领风骚，比如说伊恩·班克斯的长篇系列、肯·麦克劳德、柯林·格林兰的《夺回普伦特星》、彼得·汉密尔顿的超大尺度太空歌剧，以及更近一点的阿拉斯泰尔·雷诺兹和查尔斯·斯特罗斯，都描绘了一个塞满技术奇迹的未来。有趣的是，所有这些作者以及他们的作品，都或多或少地偏向社会主义。与之相对的，是史蒂芬·巴克斯特在其小说——特别是《提坦》——中展现的那种严肃的、怀旧的近未来太空活动。

没有高度发达的经济，无疑我们是承受不起科幻史诗中那些大家伙的。现实世界中温和的、以福利为主的社会，比如欧洲，显然没法支撑起大型太空项目。他们甚至都没有载人航天项目！为了在太空项目上获利，需要投入超级多的金钱。比如说，为了在近地轨道中放置一颗太阳能驱动的卫星，我们需要花费几千亿美元。第二颗类似的卫星，当然会比这便宜得多，因为基础设施已经建立起来了，但这艰难的第一步，就扼杀了很多太空项目。

除非有人能构想出一个财富取之不尽的社会（比如说利用《星际迷航》系列中的复制机），否则，就总会存在物质上的局限。但可悲的现实是，大多数的发达国家都已变得肥胖、懒惰，无论他们持无政府主义还是自由主义，都会竭力避免去干这些大工程，因为他们没法像社会主义政府那样一呼百应。

在这些太空歌剧描绘的未来中，对社会主义经济的批评依然适用：市场提供的信息，远比自上而下的计划经济体系要多得多。从原材料到成品，每一道工序都会让价格上升一部分。通过价格，经济信息可以跨越广阔的时空，并反馈给上游，最终提高生产效率。而传统的社会主义就没有办法获取这种反馈。委员会并不足以替代价格中包含着的不断变化的信息。

政治的确不能完全决定什么，但我们还是应该在班克斯－雷诺兹－斯特罗斯式的未来和麦克劳德式的未来中做出选择。班克斯他们想象的是无政府主义，或者自由意志主义——在这里意味着配备治安力量，并且尊重契约的无政府主义。麦克劳德就更像是一个传统的社会主义者，如同在《石渠》中所反应的那样。但尽管社会主义是他早期的心头好，他也还试验了各种各样的社会结构。在他后期的作品中，我们甚至能感觉到他对自由意志主义或无政府主义某种态度的变化，偶尔他甚至也是资本主义的支持者。

班克斯他们的未来就像个肌肉男，如果必要的话，很可能会发展成军国主义或帝国主义（比如班克斯的《武器浮生录》）。社会主义在他们那儿，并不是单纯的由生至死的社会福利，契约在其中也扮演了很重要的角色（比如雷诺兹的《启示空间》），而且主角往往倾向于温和的无政府主义。在查尔斯·斯特罗斯的《奇点天空》中，资本主义的外形社会发展出了一种全新的商业模式——他们用信息量来衡量商品的价值。

早在《星际迷航》系列中没有货币的社会出现之前，科幻就一直在忽视经济。理想主义者们通常憎恨金钱，认为货币体系愚蠢至极。当然，没有了流通介质，我们不得不寻求其他方法来分配稀缺资源，于是，政治和强权不可避免地走到了前台。

一般来说，在这种社会中，通过控制物品，人们还是可以聚集财富的。而为了避免国家的控制和税收，社会回到了以物易物的时代——欢迎回到中世纪！

金钱不是人们生活的目标，只是经济活动的工具。它衡量经济活动中的一切，没有了它，我们将难以弄明白什么有用，什么没用。

科幻也不能超越这个简单的真理。显然《星际迷航》没有意识到这点。

当然，在很多可能的未来中，人们甚至没法搞明白下水道是如何工作的，更不要说其经济体系了。不管未来有多么奇特，它显然不会是简单的重复，经济总会发展。近年来，政治上偏左的太空歌剧中充斥着量子计算机和 E. E. 史密斯式的行星级武器，但却很少涉及其中的经济。也许是因为作者们没有想出可行的解决方案，也许他们根本就不关心，毕竟，太空歌剧不是纪实文学。

虽然新浪潮科幻总是带着左派的色彩，但他们并没有切实可行的政治经济解决方案。另一方面，硬科幻和自由意志主义的结合，则很可能源于某种基本的世界观。科学认为个体心灵的独特性非常重要。这样一个个体可以通过实验（像爱因斯坦那样的思想实验，或是现实中的实验）来独立验证任何理论。

这种英雄的原型深埋于西方的文化中。独立的真理和对事实的尊重是自由意志主义成长的沃土。当然，像厄休拉·勒古恩的《一无所有》中那样的无政府主义（不是社会主义），也可以承载一个物理学家独自和集体思维定式相对抗的故事。但《一无所有》令人伤感的故事无关乎经济，它讲的是一个独立个体的牺牲和发现。而弗雷德里克·波尔和西里尔·M.科恩布卢思的社会讽刺小说，对于当下来说就显得更有价值。《太空商人》这个标题，就已经展现了小说的主题。

我把经济学作为出发点，是因为这是一门实打实的科学——不信你看看诺贝尔奖——并且在现实生活中，它对空间科学有着深刻的影响。对财务人员来说，他们关心的是，谁来为这些开销埋单，以及为什么。

一个宇宙级开销的社会，它的经济动力是什么？

挖掘天空

需求决定了动力。

用不了 100 年，我们就将开始耗尽两样必需品：金属和能源。大约 50 年后，我们的大部分石油储备都将消失不见——再见了，城市越野车！中东将不再是火药桶，因为，很简单，那时候他们都会变得很穷。大部分执政者都意识到了，但他们很少会公开谈论这一点，因为对这些政治家来说，半个世纪长得不可想象。

能源问题我将在下一篇专栏中讨论。而相对来说更少被人意识到的是，地壳中的金属矿藏在一个世纪之后就会被我们挖完。当然，我们可以，也已经找到了一些替代品。但有些金属是不可或缺的，很难用其他什么东西去替代。

依靠科技促进发展，这是个摆在人类面前的艰巨任务。一个世纪以前，铝还是比银更贵的稀有金属，现在它和易拉罐一起被我们随手扔掉，然后再回收利用。但不可避免地，贫穷国家的发展需求将会超过地壳的极限，导致我们用光哪怕是最常见的金属，甚至是铁。

而不管是金属还是能源，其在太空中的存量都足以满足我们的迫切需要。

此外，一个洁净的环境也很重要。挖矿对环境的污染仅次于化石燃料的提纯。美国第一大水体污染来自于煤渣，紧随其后的就是铁矿中流出的废水。

详细的分析表明，从小行星上带回来的金属，会随着地球金属储量的减少而更加有价格竞争力。更妙的是，通过在太空中精炼它们，我们将可以避免污染，特别是针对某种同样稀缺的资源——水。

那片星空，也能带来经济效益。在一颗直径一千米的普通富金属小行星上，我们可以找到镍、钴、铂和铁。单单是上面的铂系贵金属，用现行价格来衡量，就值 1500 亿美元。分离这些金属，需要的不过是地球炼金工厂中再普通不过的化学反应，其供能则来自于碳氧化合。这种小行星含有大量的碳和氧，所以在将其缓慢拖入地球轨道的几十年中，我们完全可以完成精炼工序。

蒸汽火箭

对这一切而言，重中之重在于航行成本，所以我们接下来需要关注如何在深空中搬运大质量的物体。

化学火箭当然不可行，它几乎已经退出了深空探索。液氧和液氢在火箭的反应室中化合，向外抛射出 4.1 千米每秒的蒸汽，这已经是化学火箭的极限了。但为了到达近地轨道，我们需要 9 千米每秒的速度增量，超过化学火箭极限的两倍。而这还没有考虑到，为了燃烧这些燃料，我们首先要将它们运送到高空。这意味着一艘100吨重的载具，实际上只有8吨是环轨设备，其他的都是燃料和高耸的箭体。

在太阳系内做行星际航行将更困难——这一共需要20千米到30千米每秒的速度增量。比如说，使用目前的设备，我们只能将其总重的很少一部分运送到火星上。使大质量物体获得高速增量，远超化学火箭的极限。为了到达谷神星，我们需要18.6千米每秒的速度增量，这意味着有效载荷将只占载具总质量的0.5%。

利用化学火箭将人或者货物载入深空中，就像欧洲人划着桦皮小舟探索北美洲一样——理论上虽然可行，但值得庆幸的是，印第安人并没有选择这种方式来探索欧洲。

三十年来，应对这种挑战的技术都被NASA（美国国家航空航天局）忽略了。二十世纪六十年代末，美国和苏联双双开发出了核动力火箭，并且其运行时间已达上百小时。它们的喷气速度是最好的化学火箭的两倍——在9千米每秒上下。这些火箭将超冷液氢泵过一个陶片列阵，其内部放射性燃料的衰变使之放出高热，最后释放出来的蒸气柱的放射性并不强。

这些早期项目都因为核限制条约被关停了——这对冷战来说很好，但今天这些意识形态已经完全过时了。为了航向更遥远的星空，我们需要这些技术。NASA目前已开始谨慎地建造更多核电发动机，且后者已经成功推动"旅行者号"们前进超过四分之一个世纪，航行距离已超过冥王星到太阳距离的两倍，并且让"维京号"成功降落在火星。这些只不过是由两磅二氧化钚通过衰变放出的250瓦热量驱动的简单设备。此外，在阴冷的太空中为航离地球的宇航器提供热量，也是这些装载于其间的放射性小球的日常功用。

即便是这些暂时的回溯也让NASA狼狈不堪，他们必须煞费苦心地解释这些技术的安全性，因为我们生活在一个杞人忧天的时代，任何一丁点儿的风险都足以让我们慌张不已。

其实早期更严重的意外都发生过。曾有四个核反应堆从轨道上落下来，不过好在没有一个造成过放射性碎片的散布。事实上，一颗苏联核动力卫星曾一头栽进加拿大的树林里，而它的放射性是如此之小，以至于我们连找到它的办法也没有。被坚硬的陶瓷保护着的钚没有继续反应，当然也不会危害到人体。

在这些对旧日荣光的回溯之外，NASA还在考虑建造核驱动的离子火箭，它排出的氢气速度达到了250千米每秒，这不得不说是一项长足的进步。但离子火箭的总推力比较小，仅适合于长距离小载荷的任务。

使用氢作为推进工质可以提高喷气速度（在给定的温度下，质量越小的分子运动得越快），而且只要能找到水，我们就能从中分离出氢。我们的探测器已经发现，火星表面几米深处就藏有大量的冰。彗星和木星的含冰卫星都是潜在的"加油站"。

但将氢保持在液态，需要复杂的技术和谨慎的操作。水相对来说更方便携带，虽然它的喷气速度只有氢的三分之一。基于这一点，很多人认为我们宇宙扩张的动力之源，将不会是什么稀奇古怪的燃料，而是原始的水。

靠星吃星

如果我们当初没有放弃核动力项目，现在的宇航工业将会是什么样子的呢？结论是，这条未被走过的小径或许已经将我们带到了太阳系的其他行星上。

从二十世纪七十年代早期到二十一世纪初，核动力火箭被忽视了将近半个世纪，这实在是让人惋惜。因为铀和钚产生的能量，是同样重量的化学燃料——比如说氢氧燃烧——的上万倍。

如果沿着这条路走下去，从地球上的发射架到冥王星，未来的火箭很可能是"蒸汽式"的——先由化学火箭将核动力飞船带到大气层外，后者将在那里开始工作；而不管是液氧和液氢化合，还是让水流过核反应堆，火箭尾部都将形成一道壮观的蒸汽柱。

高能效才撑得起宇宙商业。2002 年开始的核动力计划"普罗米修斯"（官僚机构总是偏爱炫酷的名字），让 NASA 重新找回实现这一切的可能。

第一次实打实的火星探索，或许会遵循目的地"加油"这一基本原则。靠星吃星，而不是把大量燃料带在身上。补充燃料对于核动力飞船来说要容易得多，因为它们需要的仅仅是水——很容易找到和采集。当然，前提是选对目的地。几乎所有的系内天体都和骨头一样干燥，或者更加干燥。如果地球上的人行道砖块出现在了月球上，人们甚至会利用它来收集水，因为那里的其他所有东西都比它干燥多了。

火星则是另一番景致。一般认为，在太阳诞生初期，灼热的太阳放出的辐射会将较轻的元素往外吹。这一过程使近日星体变得干燥，使更远的星体变得潮湿。后者主要是巨型气态行星，冰和各种气体在它们厚重的大气层中横冲直撞。但最近在火星被紫外线烤焦的表层之下，我们发现它其实很潮湿。由于没有多少大气层，它地壳中的水分都被真空给吸干了。而在地壳之下，则是厚厚的冰层，在两极处甚至能找到雪和冰川。所以该处的探索者们可以很快速地补充燃料，只需要融化地表之下的冰，然后将水收集进飞船就好了。

木星和其他巨型气态行星的卫星也可以作为"加油站"，不过它们一般运行在这些大家伙的重力井深处，意味着到达那里需要很大的速度增量。相反，冥王星就是一个更便捷的目的地——体型小，阴冷，相对较大的含冰卫星它更像是一个年轻的兄弟。这些条件决定了冥王星虽然很遥远，但相对来说到达那里需要的速度增量更小。

当然，我们还可以用水来做更复杂的事：在其中通入电流，将电解出的氧气保存起来以供呼吸，将氢液化以用作推进工质。对于一艘核动力飞船而言，这无疑是最有效的方法。

但储存液氢的装置很笨重，并且容易出故障——想象它在零下 200 多度的深空中持续运行很多年后会出的毛病吧。火星的大气主要是二氧化碳，所以一个更好的方案是拿氢和它反应，生成的氧气和甲烷都易于储存。反过来，用它们来燃烧，将为化学火箭提供高效的动力。在火星上建一个永久性的核电站，就可以为这一过程提供足够的能量。

当然，上述过程需要先在目的地进行基础建设。如果是实打实的探险，比如，去看看木星卫星欧罗巴的深海中隐藏的奥秘，就需要带上一个大型核反应堆，以提供动力，以及从含冰天体中收集水分所需的能源。

NASA 正在论证的使用核动力离子推进器航向欧罗巴的计划。它将在太空中径直航行七年，降落，然后派出探测车。测试这么长时间跨度内持续推进的可行性需要很多年的时间，所以这个任务最早也要等到下一个十年去了。

更好的方案是，建造一艘向后喷射高温气体的核裂变飞船。如果它可以将欧罗巴上的表面冰融化，它就可以利用这些水，带着样品返回地球。

一个大型核反应堆还可以派上更多用场。探索那片深海的最紧迫任务是，打穿它上面数英里甚至数百英里厚的冰层。人类能想到的所有钻头都做不到这一点，但普通的热水却可以。我们只需要将水倒下去，并不断加热，水就会在冰层上缓慢地钻出一个洞来。在南极人们曾这样做过，并且成功了。

为了寻找欧罗巴上的生命迹象，我们需将深海潜艇放进那黑暗、冷入骨髓的海洋里。坚硬粗大并且绵延几十公里长的电缆线将为其提供能源，就像在"泰坦尼克号"和俾斯麦战舰的残骸中工作的水下机器人一样。只有核反应才能在太空中提供如此巨大的能量。

"宇宙无畏号"

太空很大。在其间搬运小行星或是其他大质量物体，要求飞船足够大。这说明未来的趋势是巨型的核动力飞船。

载荷将被放入一个圆筒状舱室内，它的下面是巨大的推进工质舱，其中的物质，很可能是普通的水——将被泵进反应堆。当然，对于载人飞船来说这是唯一可行的设计，因为水能让宇航员远离核反应堆以及从磁喷嘴处出来的等离子束。不过为了能够观察并调试等离子束，一个后视镜将在飞船侧面伴飞。在与推进火箭分离，核反应堆开始供能后，这套设备将在完全失重的状态下完成它的大部分航程。

上部那个厚壁圆盘将会旋转，以产生离心力，从而使宇航员可以选择他们想要的重力环境。圆盘直径可能会有40米，看起来像个正在缓慢旋转着的天使蛋糕。外壁应该有差不多一米厚，并且为了防辐射会装满水。除非使用电子设备，否则，人们将不能用肉眼直接观察舱外。

在较为可信的早期设计中，一艘飞船会有上百米长，尾部喷出的离子流在飘散到太空中前，会拉出上万米长的蓝白尾焰。等离子体在尾焰中剧烈反应，离子和电子相互碰撞，重新聚合成原子，放出刺眼的光芒。这束笔直指向船尾的蓝色无比明亮，以至于飞船飞离地球轨道的时候，人们甚至可以在地上用肉眼直接观察到它。

普通的裂变设备发电能力很强，但缺少用于撞击原子核的中子。这就是为什么我们通过放入和拔出碳棒来控制核电站——碳可以吸收裂变元素堆中的中子，使其冷却，防止过热。

而可控热核聚变技术的诞生，将引爆核设备领域的下一次革命。

类似氢弹，聚变通过让较轻的原子核，比如说氢和氦，相互撞击聚合产生能量。相比于裂变，聚变过程富含高温粒子，但产能并不高。

很少有宇航飞船工程师关注聚变，因为从半个世纪前开始直到今天，怀疑者一直在说，可控核聚变供电的实现至少还需要20年。聚变需要磁约束装置来控制热等离子流，因为普通物质承受不了它的侵害。其中设计得最成功的家伙大多长得像个甜甜圈，比如源于俄国、现今最常见的托克马克装置。

为了把这个装置变成推进器，我们需要破坏这个甜甜圈。聚变引擎和聚变电站的工作原理相反——我们放开约束，让离子飞出去，然后再次填满这个甜甜圈，继续反应。

聚变引擎的核心就是这种即停即走式的甜甜圈：控制住等离子体，然后通过一条磁管道将其向后喷射出去。目前还未设计成功的聚变发电装置，要求的是尽力约束住聚变中的高温等离子体，而聚变引擎需要的则是放开约束。聚变引擎将发展出一种完全不同的飞船，它们的喷气速度要远高于裂变式引擎。

离开远地轨道后，直到飞出范艾伦辐射带足够远，飞船的聚变引擎才会点火。范艾伦辐射带由被地磁场捕获的带电粒子构成，在这个范围内，四散飞出的离子流会使环地轨道上无数通信和科学卫星短路。（这事儿真的发生过——1962年美国的"一流星鱼"计划,人类有史以来当量最大的太空核爆在范艾伦辐射带内引爆了一颗氢弹。现在我们很难相信曾有人这么干过,不过那个年代真的很特殊。离子和电子瞬间将美国的通信卫星——大部分都属于国防部——笼罩,并使其短路。爆炸后一个小时之内失灵的监视卫星,让美国忽然之间损失了超过十亿美元。这个惊人的闹剧再也没有发生过。)

远望

所以,我们的未来将会是太空歌剧式的吗?如果这意味着搭载庞大引擎的壮观宇宙飞船,也许会是。但很遗憾,至少在科技可以预见的未来,恒星际航行还不太现实。

太空歌剧的其他方面则依赖于你的政治倾向。从冷血无情的商业力量中崛起的,会是伊恩·班克斯的无政府主义/社会主义帝国,还是罗伯特·海因莱因的自由意志主义社会?

我们目前对宇宙的开发主要是将纳税人的钱投进一些回报很低的项目中,比如其实并没有做多少实验的国际空间站。这些年俄罗斯负责运送我们的宇航员,而货物则交给了埃隆·马斯克的太空探索技术公司。我们需要的是"航向群星,驶离官僚"。随着近地轨道旅游、在更远的轨道上实施维修作业以及资源收集——比如在小行星上采矿——的展开,私人太空时代已然开启,并将持续前进。当然,这些都不过是在大海边缘的小小试探罢了。

人类目前的困境来自于人口爆炸和环境的破坏,以及资源的减少。当然,多亏了科学家和工程师们的努力,我们涉过了大部分险滩,但我们不能总是把社会问题的解决都寄托在他们身上。

瑞克·特姆林森,太空活动的积极倡导者,曾这样说过:"最终,在一个'可持续'的社会中,几乎你想做的所有事,都会成为别人所不能做的,而这就是限制。限制你出行的时间、地点和方式,限制你的消费额度,限制你家宅的大小,限制你的食物,限制你的工作,甚至限制你的寿命……地球的人口将持续增长。"

罗伯特·祖布林,一个雄辩的海因莱因式太空活动支持者,将太空看作是我们最后的和最辽远的边界。他这样说服我们:"看看我们周围,美国社会正比以往更加明显地丧失着活力:阶级固化和社会官僚化日益严重;政府机构软弱无能,没法推进大型项目;监管机制的癌性增殖,影响着私人生活和商业活动在内的社会生活的各个方面;非理性的扩张;流行文化不断分裂;个人逐渐丧失冒险、捍卫自我以及独立思考的意愿;经济停滞和衰退;技术创新变慢,人们甚至觉得进步不再是可能。不管你看向何方,我们都大难临头了。"

这是对整个太空文化最好的总结:空间疆域的革命者。他们大部分都是海因莱因式的自由意志主义者,拒绝相信政府机构将掌控宇宙的未来。

至此,我尽管一直在谈论技术——为了探索或是赚钱,而在太阳系内搬运大质量物体的技术,但事实上,我们的最终目标都是拓展我们生存空间的边界,从而激发心灵的创造力。就如同过去很多个世纪一样,正是深埋在社会中的这一远景,造就了现代文明。

我们会经历很多失败,而保持前行需要有人引领。

肯尼迪在声援"阿波罗计划"时这样说:"我们选择在这个十年登月以及实现其他的梦想,并不是因为它们容易达成,而恰恰是因为它们困难重重。这些计划,将发挥并测验我们科技和能源使用的最高极限。"

暗夜亡灵

付 强

中国新势力

付强，北京大学物理系博士，从事科研工作多年，目前主攻绿色低碳管理。科幻迷、推理迷、动漫迷；自称死逻辑派、死理性派，却能被一首歌、一段剧情感动得稀里哗啦。发誓要将推理科幻进行到底。已出版科幻长篇《时间深渊》、中篇系列作品《孤独者游戏》。

插画/Ptsic

1

氙气灯的白光照在前方障碍物的金属外壳上，反射回一抹刺眼的光晕，高云不禁抬手遮挡。隔着驾驶舱的外壁，他仿佛嗅到了外侧真空中弥散着的腐败气味。他小心地扳动操纵杆，小型太空船划着圆润的弧线绕过了巨大的太空垃圾。这只金属怪物有着鱼鳍一般的外形，表面印着的"Space Force"依稀可辨，如同一位伤痕累累的老兵，低声述说着曾经的凶悍。

副驾驶席上的方慧发出一声惊呼，高云方才回过神来，战士的直觉趋使他迅速操作太空船侧转，但一块乒乓球大小的碎块还是以数马赫的相对速度径直撞在侧翼上，巨大的冲量震得太空船剧烈摇摆。船舱外表面的修复系统立即喷射出胶状聚合物，以最快的速度修复了创伤。

"小心一点！"方慧小巧的脸颊上挂着愠色。说话间，她将金色的马尾扶正，整了整发梢。

事实上，要不是事务所已整整三个月没有进账，高云才不想接这种危险的委托。回想起来，自从离开特种部队成为私家侦探后，他和方慧的财务状况就从未好过。

曾经有人粗略估算过，在宇宙世纪，平均每三分钟就会有一艘太空船遇难。政府处理死亡人数众多的大型太空事故已经分身乏术，那些发生在危险地带或边缘地区的小型事故只能丢进资料库，等待文件上落满灰尘。于是，私家侦探们开始活跃起来，调查小型太空事故成了他们的谋生手段。

这次需要调查的事故发生在臭名昭著的"太空墓场"。在这距离地球数百光年的远方遍布着尺寸不一的太空船残骸，危险的垃圾如同散落的瓦砾，在两颗巨行星的拉格朗日点附近形成一条宽度达数千公里的环带。

要调查的太空船名叫"暗夜号"，是一艘仅有两名船员的科考飞船。为了找到太空船遇难的真相并回收船上的资料和数据，委托人开出了诱人的价格。谈判那天，高云原本还在犹豫，但还没等他数清楚金额后面的"0"，方慧便猛一拍桌，热情洋溢地握住了委托人的手：

"我们一定不会让您失望的！"

距离暗夜号最后一次发出信号的位置只剩下十几千米，高云一边躲避着流弹般的太空垃圾，一边在心中向群星祈祷。渐渐地，一艘橄榄形的太空船出现在视野中——它周身漆着古怪的彩色花纹，观景窗内侧黑洞洞的，没有一丝生命的气息。

高云终于松了一口气。他抖了抖酸痛的肩膀，端详着来之不易的猎物，感慨道："船舷上刻的 Nyx 有什么含意吗？"

"没听说过暗夜女神？"方慧瞥了一眼漫不经心的搭档。此刻，高云正用手托着胡茬稀疏的下巴，眼睛半睁半闭，仿佛陷入了对"暗夜女神"一词的思考。方慧看他这样儿顿时没了奚落的心情，随即浏览起便携终端内暗夜号的资料，然而，当她看着飞船的 3D 全息模型图时，不禁微微皱起了眉头，"总觉得这艘船和设计图有些微妙的出入……"

她用手指着全息图的表面说："比如这里的花纹，难道不应该是花瓣形的吗？"

"科学家嘛，品位很难捉摸的。"高云随意地应付着，他操作太空船靠了上去，射出两条碳纤维缆绳将自己的太空船同暗夜号拴在一起。当二者的距离只有十几米时，高云开启了自动切割程序，太空船的舰首伸出两支装配着固体激光器的机械臂，画起规则的弧线来切割暗夜号的外壳。

就在这时，方慧被船舱外一排飞舞的光点吸引了。她拉近监视器的画面，发现居然是几只身型如企鹅一般的机器人，摇晃着圆滚滚的身子，笨拙地一字飞行着。她兴奋地拉了拉高云的衣袖，后者却优哉游哉地将腿搭在操作台上，甩给她一句"那个年代的机器人大都靠核动力驱动，飞上几百年不成问题"。

方慧正想抱怨，一股气流冲开了圆形的切割区域，沉睡许久的暗夜号向他们敞开了大门。

小型太空船张开舰桥，分毫不差地插入了刚刚开辟的通路中。修补设备迅速填充孔隙，避免了气体大量流出。方慧打开气象色谱仪的监视面板，尽管经过了漫长的岁月，船舱内的氧气含量依然充足，甚至有着冰点以上的温度。小型太空船上携带的大功率鼓风机发出嗡嗡的轰鸣，十分钟不到，它带动暗夜号内部的气体完成了一次循环；电热丝将气体加热到了二十摄氏度上下，选择性透过薄膜则滤掉了其中的有害成分。

方慧满意地点点头，只要能够在现场侦察时脱掉笨重的太空服，增加多少准备工作她都乐意。

根据委托人提供的设计图，暗夜号是一艘由大型民用船改造而成的科考飞船。飞船的内部分为上下两层，上层较为狭小的区域集中了驾驶室和船员的生活设施，下层宽阔的空间原本用于装配大型货物，暗夜号的主人却将它们改造成了实验室。出于成本考虑，暗夜号上并未装配昂贵的人工重力设备。

入口设在下层的实验室区域，他俩顺着舰桥飘进暗夜号后，落在了一个空旷的密闭空间内。方慧拔出腰间的强光手电，光柱打在几副空空如也的金属货架上。

"看来这里是仓库。"方慧习惯性地用手指在货架表面擦拭——当然，太空中不会存积灰尘。她敲了敲金属框架，禁不住自言自语道："好奇怪，临近的两副货架居然不是相同的材质！"

"不是说了吗？科学家的品位我们搞不懂。"一旁的高云一边应和着，一边很容易就找到了仓库的出口。当他拧了拧门把手后，发现锁具已经坏死在门体中。

方慧提议呼叫工程机器人，高云却挥手示意她退后，只见他熟练地拔出腰间的核铳，一道闪光过后，金属门被熔开了一个大洞。

"喂！你也太简单粗暴了吧！"方慧涨红脸训斥道，"如果破坏了重要的线索怎么办？你不怕他们扣赏金吗？"

"他们的委托只是'带回所有的线索和数据'，至于到底有多少，当然是我们说了算。"高云不耐烦地摆摆手，躬下身子走出裂开的大洞。方慧不满地跟在后面，嘴里还在嘟囔着。

仓库外侧是一条笔直的走廊，四间实验室在两侧交错排列着。不幸的是，没有一道房门能够顺利开启。

方慧在高云又想再次拔出核铳之前阻止了他。她打开便携式终端呼叫了工程机器人后，狠狠瞪了懒惰的搭档一眼，赌气般快速飘入走廊尽头的垂直通道。高云看着她的背影：上身是她钟爱的暗色机车款夹克，而下身黑色的紧身裤则将纤细的双腿勾勒得宛如一道墨痕。

"如果脾气再好一些……"高云苦笑着挠挠头，三步并作两步赶紧跟上。

垂直通道径直通向上层的驾驶室。高云来到驾驶室的时候，方慧正站在一旁，双手捂住口鼻，面色凝重地望着前方。顺着方慧的视线看去，高云很快便发现了搭在高背驾驶座椅后的一截藏蓝色衣袖，随即他快步走上前去，望着椅背后方的景象轻轻摇头。座椅上躺着一具男性尸体，已几近骷髅，骨骼间隙还残留着少许腐坏的组织，空洞的双眼仿佛隔着时空注视着他。死者身上披着一件长及膝盖的大褂，周身衣物均由无纺布编织而成，能够避免污染洁净的无尘环境。资料显示事故发生于两年前，在近乎无菌的太空环境中，尸体被体内的菌群分解后，骨骼和衣物都能得到完好的保存。高云面向死者立正，微微弯腰行礼——这是他的习惯，向死者表达敬意。之后，他用钢镊取下一块黑色的腐肉，丢进离心管中，并取出全息场景记录仪，将尸体的形貌进行了扫描记录。所有工作完成后，高云将尸骨塞进随身携带的收纳袋，对着方慧做了个 OK 的手势。

"能进行基因鉴定吗？"高云将样本递到方慧手上。方慧捂着嘴点点头，眉宇间流露出厌恶的神情。尽管已经协助高云侦测过多个现场，她依然无法克服尸体带来的不适感。

高云让方慧去下层恢复暗夜号的电力，自己则留在驾驶室内继续检查现场。尽管天性懒散，侦探的本性还是督促着他尽可能地去接近真相。

操作面板上尽是一些没有见过的设备，还没等他仔细摆弄，一些旋钮便脱落了。主控计算机体积庞大，由于缺少电力供应，看上去如同一具沉默的黑色棺材。忽然，好似烟火点亮了夜空，驾驶室内的照明设备间次运转起来。显示器上闪烁出五彩的待机图案，操作面板上的 LED 指示灯宛若舞动的精灵。

方慧只用了几分钟，便恢复了暗夜号的能源供给。

不愧是曾经的军方技术首席，技术问题果然应该交给她去处理。高云一阵庆幸。

高云摆弄着操作面板上的旋钮——不出所料，暗夜号的主发动机已经无法再次工作。他又尝试着开启主控计算机，黑盒子发出几声沉吟，一旁的显示器却毫无反应。高云用力地踢了两脚，可计算机却一声不吭，没有半点回应。

高云一屁股坐在驾驶席上，打开全息场景记录仪，与投影出的尸体面面相觑。死者的坐姿十分自然，骨骼上没有发现物理性伤痕。驾驶室内的设备虽然略显老旧，却丝毫未见暴力破坏的痕迹。粗略推断下来，死者在死亡前并未受到暴力胁迫。

突然，高云注意到空间中遍布着暗红色的圆形痕迹——地面、墙壁、仪器，乃至天花板上，大大小小的暗红色圆斑连成一条线，一直延伸到驾驶室的出口处。他快步走上前去，用钢镊小心地翘动圆斑，将剥落的粉末收入离心管中。经验丰富的高云一眼便认出，这是干燥后碳化的血迹。在无重力环境下，血液不会滴落在地面，它们会在空气中形成完美的球型液滴，在空气分子无规则热运动的作用下沿着随机的轨迹飘动，直至吸附于某个固体表面。碳化的血滴早已失去了生物学功能，但如果运气好的话，分离出的 DNA 分子依然能够提供信息。

沿着血迹，高云来到了生活区的走廊。这里位于暗夜号内部空间的上部，比科研区域狭小一些。两间寝室分别位于走廊的两端，入口相隔近十米。高云推了推近处的房门，并没有上锁，但房间内湿腐的气息却冲得他一阵眩晕。在等待房间内外气体流通的间隙，他屏住呼吸向房间内部看去——内部空间不大，大约 20 平方米，家具只有简洁的衣柜、储物箱和床，床上没有被褥，光洁的金属床板反射着冷光。

蓦地，一个身影在高云的视野里闪过，是一名少女，栗色的长发披在肩上，细嫩的双臂裸露在白色连衣裙外，赤着双脚。高云的视线下意识地追随而去，少女却如烟雾一般消散在走廊的尽头。

莫非是封闭环境内产生了具有致幻效果的毒气？高云本能地想要一探究竟，于是追踪着幽灵少女刚才的足迹来到了另一间寝室前，伸手推房门，却被牢固的机械锁拒之门外。一番思索后，他移开了放在核铳上的另一只手。已经发现了一具尸体，侦探的直觉告诉他门后是重要的现场，不可贸然破坏。

"到处都找不到你，原来在这里偷懒！"

身后传来方慧气鼓鼓的埋怨声。高云还没来得及解释，助手已飘到近前，俯身察看着房门的一角。

"咦？这应该是血迹吧！"方慧端详着门角处的一片暗红色痕迹，熟练地取出工具采了样本，将离心管插入夹克的衣兜内。高云把到嘴边的话咽了回去，如果说出幽灵少女的事情，只会令方慧更加害怕。他将手中的另一份血迹样本递到方慧手上，"检测结果要等回去才能出吧。我们再将下面的实验室翻一翻，就可以收工了。"

在复杂样本中分离 DNA 分子需要用到笨重的大型设备，无法随船携带。尽管不能立即破解真相有些可惜，但也是不得已的事情——正当高云认为自己找到了冠冕堂皇的借口时，方慧却机灵地挤挤眼，神秘地说道：

"未必哦！"

跟随方慧回到下层后，高云这才发现暗夜号上藏了大量的实验设备。在四间实验室内，大型离心机、液相色谱仪、质谱仪、PCR 仪整齐地排列着，它们通过磁石固定在墙面或地面上，外形为了适应无重力的太空环境进行了优化；最大的一个房间内错落地立着几支两人高的大型培养皿，外壁内侧还残留着油状的培养液。电力恢复供应后，大部分仪器都已能够正常运转。尽管高云过去将大量的时间都献给了战斗技巧训练，但也能一眼看出暗夜号的主人在从事着生物学研究。

"尽是一些没见过的型号，操作却并不复杂。"方慧熟练地制备了样品，放入离心机中，"PCR 仪内少了几种酶，好在现在的纳米孔测序设备只需少量样品便可。"

高云将手掌按在培养皿的透明聚合物外壳上，灯光打在他的身上，映出他的浅蓝色风衣和脖颈上的弹痕。高云问道："他们在培养太空生物吗？"

"太空克隆人也说不定。"方慧耸耸肩。由于各国政府均对克隆人技术的使用进行了严格的限制，非法经营者们往往逃到太空进行实验。

完成全部基因检测的流程至少需要 6 小时。做完准备工作后，方慧便随着高云一同返回了上层的驾驶室。

"你能将这个大家伙里面的数据搞出来吗？"高云指了指躺在地面上的主控计算机。

方慧取出工具，熟练地打开主机上盖，仔细察看了电子器件的型号后，皱眉道："机器还在工作，问题应该不大，只是要花些时间。"她将工具箱放在一旁，"交给我吧，数据带回去肯定能换钱。"

高云本想在驾驶室中陪着方慧，对方却以会分心为由，毫不客气地将他赶了出来。有血迹的房间还没有调查，但等方慧得到线索后一并进行也不迟，反正太空中的线索不会自己长腿跑掉。"这次我可没有偷懒哦！"高云一边对不在身边的助手低语着，一边回到了自家的小型太空船上。

窗外各式各样的太空垃圾四下飞舞着，有的如同摇摆的柳絮，有的却好似呼啸的炮弹。暗夜号庞大的身躯形成了天然的屏障，为小型太空船提供了荫蔽。透过太空垃圾的间隙，一颗小型黑洞的吸积盘在视野的尽头若隐若现。黑洞位于距离太空墓场十五个天文单位的远方，此刻的它犹如饥饿的猛兽一般，贪婪地吞噬着自己的伴星。

高云将双腿跷在操作台上，盯着身上这条陪伴自己多年的牛仔裤，思维随着飞舞的碎屑回到了过去。太空墓场所在的恒星系里有一颗资源丰富的类地行星，它是宇宙世纪早期人类发现的、为数不多的宜居星球之一。可悲的是，正因这来之不易的宝库，人类愚蠢的本性再次暴露。战争爆发，几支规模庞大的舰队在太空中激烈厮杀，最终几乎同归于尽。在经历了几百年的演化后，舰队的残屑渐渐形成了人造小行星带，围绕恒星进行着公转。而作为争抢目标的行星，却早已被核武器和生物武器污染，被列入了危险地区清单。

讽刺的是，这片战争遗迹在一段时间里反而成了拾荒者的宝库。这是一群只做死人生意的家伙，他们冒着生命危险在墓场中回收可以再利用的飞船零部件，再高价卖到资源匮乏的边远地区去。

这种鬼地方，有亡灵飘荡也说不定。

在思考的过程中，一个疑惑在高云心中渐渐浮现：从暗夜号的设备配置来看，毫无疑问进行着生物学研究。可这样的一艘太空船，为什么会来到太空墓场呢？

"高……高云！"方慧冷不防地闯进来，打断了高云的思绪。方慧的额头上挂着汗滴，墨绿色的眼珠瞪得老大，好似一只受到惊吓的猫咪。她的身体微微抖动着，牙齿紧紧咬住樱红色的下唇，刚看到高云，便死命抓住他的双肩，用力地前后摇晃：

"鬼……鬼……这艘船里有鬼！"

2

方慧也遭遇了"幽灵"。

最初只是人影一闪而过，方慧好奇地追了过去，可人影却宛如海市蜃楼一般，刚靠近便没了踪影。

"起初我猜测是全息投影之类的东西……"方慧脸色惨白，"可等我将驾驶室里的破烂设备翻了个底朝天，也只找到几个针孔摄像机。然后，你猜我看到了什么？"

为了不进一步刺激方慧，高云隐瞒了自己的遭遇。方慧更加用力地抓住他的双肩，"他又出现了！个子不高，脑袋圆圆的，优哉游哉地飘在半空中。我壮着胆子去看他，他也看着我，嘴角上扬……那个笑容真的很瘆人。"方慧的额头溢出汗滴，"看着他身上的藏蓝色大褂，我突然记起来了——他就是驾驶室里的那具骷髅！"

高云瞥了一眼丢在角落里的收纳袋，依然鼓鼓的，散落的尸体不可能爬出去，更别说恢复人形。

方慧继续绘声绘色地描述："他慢慢地向我飞来，却渐渐没了人形，双臂拉得很长，头鼓胀得像一个气球！我吓坏了，不小心滑了一跤，可他完全没有停下来的意思……"

当时，方慧惊恐地丢出改锥砸他，然后双手抱住头，蜷成一团，掩耳盗铃地抗拒着。可几分钟过去，驾驶室里毫无动静。她怯怯地睁开眼，看到的只是空空如也的房间，丢出的改锥孤零零地悬浮在半空。

此刻，高云将惊魂未定的方慧护在身后，自己走在前面开路。两人再次返回驾驶室时，那里空无一人，只有计算机的排风扇低沉地轰鸣着。高云又将房间检查了一番，确实找不到全息投影设备的影子。

"幽灵会对我的行为做出反应，如果那是某种投影，一定有人在暗中操控它。"现在高云在身边，方慧终于冷静下来，"难道还有人藏在暗夜号上吗？"

初次看到幽灵时，高云曾经怀疑暗夜号上藏有某种致幻化学药剂；但方慧看到幽灵时，暗夜号的气体早已完成了一轮置换，气体传感器也没有丝毫反应。

难道真如方慧想的一样，有什么人不怀好意地躲在暗处吗？

计算机坏掉的部件已无法修理，但存储设备上的数据还在。数据进行了加密，想要获得，必须暴力破解。方慧无论如何也不愿再留下了，于是，她将两人的便携式终端与进行破解工作的便携计算机进行了同步，一旦有文件被破解，就会自动传输到终端上。

"我们还是回去吧。"方慧扯了扯高云的衣角。

返回小型太空船后，高云关闭了前往暗夜号的通路，又启动了磁场屏障。方慧将自己裹在睡袋里，很快便发出了细细的鼾声。高云在驾驶席上保持着坐姿，将高沿帽盖在脸上。不知过了多久，当他睁开眼睛时，便携式终端的淡蓝色提示灯闪烁起来。

已经有破解文件发送过来了。

那是一个名为"舰长日记"的文件夹，登陆 ID 为"Yangz"。在委托人的资料里，失踪者是一对情侣，其中男性的名字就叫"杨舟"。

已破解的内容并不丰富，只是不足千字的日记。高云点开文档，设计呆板的界面投影在面前，宛若一位执拗的科学家古板地说着：

第 1 日

我们出发了，希望一切顺利。

第 3 日

暗夜号到达了空旷的星际区域，已加速至 0.3c。朱莉准备好了所有的实验材料，有关星际航行中克隆生物培养的实验即将展开。

日记并没有使用标准的宇宙世纪计时，而是将暗夜号起航的日子当作"第 1 日"。既然是研究星际航行对生物的影响，实验途中难免高速航行或掠过大引力源的边缘，这样的记录方式反而更加便捷。日记中提到的"朱莉"，在委托人提供的资料中也见过，想必就是杨舟的女友吧。高云瞟了一眼沉睡中的方慧，继续往下读：

第 4 日

朱莉开始向菲传授实验技术。菲学得很快，我们都十分欣慰，这样一来，朱莉也能轻松一些了。

高云皱紧了眉头。日记中出现了第三位船员"菲"，但委托人的材料中并未提及此人。暗夜号上层的寝室只有两间，如果菲是女性，她应当是同朱莉住在一起。难道说那扇沾染了血迹的门后，藏着两具尸体吗？

第 7 日

培养皿中布偶猫的胚胎开始发育了。菲十分兴奋，朱莉笑她像个小孩子。

日记中出现了描述菲的第三人称代词"她"，这样一来菲的性别就明确了。

第 8 日

朱莉发现了新的实验方法。我将这个方法第一时间告诉了菲，尽管有些困难，菲还是努力地掌握了。我明明是为了减少朱莉作为实验助手的工作量，她却并不领情，只是冷冷地告诉我：身为负责人，应当多承担一些工作。

在太空孤独的环境中，两名女子围绕一个男人争风吃醋也并非不可能。随着高云的猜测，破解的日记也来到了最后一篇：

第 10 日

　　身体不太舒服。哮喘发作了,还有些高烧,朱莉将工作全部交给菲,陪了我一整天。恍惚之间,朱莉好像一直握着我的手。身为恋人,我做得真的太不够了。

　　想要获得更多的信息,只能等待更多内容被破解。高云看了看身边的方慧,她像毛虫一般蜷缩着身体,呼吸轻柔而均匀。高云轻轻搔了搔她的鼻尖,又将驾驶舱的温度调高了两度,然后他拎起一台小型工程机器人,蹑手蹑脚地钻进了前往暗夜号的通道。

　　回到暗夜号的上层,高云再次仔细勘察了血迹。弥散的暗红色斑点一直延伸到开启的寝室中,结合杨舟死亡时的姿势,高云推断他是从自己的房间来到驾驶室,然后死在那里的。杨舟寝室的味道已经散去,高云进去后立即发现了异常——

　　寝室内几乎没有生活用品。

　　床板上没有被褥或睡袋,空空如也的衣柜里找不到一件衣物,透过储物柜的强化 ITO 玻璃,高云看到里面孤零零地悬浮着两本书。如果设备完好,导电的 ITO 涂层上会显现出半透明的触摸面板,操作起来十分方便。高云拿出随身携带的弹簧刀,轻而易举地撬开了玻璃门,两本书中比较新的是一本推理小说,同样讲述了一艘遇难太空船上发生的故事;另一本是兵器图鉴,纸张已变旧泛黄。寝室的一角是狭小的卫生间,没有任何洗漱用具,高云打开水龙头,只能听到压缩机将气体鼓出的管鸣声。

　　突然间,高云听到一声闷响。他立即警觉起来,循着声源的方向,一路来到了下层走廊的尽头。这里竖着一道圆形的隔离门,当暗夜号还没有成为"幽灵船"时,人们可以通过这里出入太空船。

　　咚咚的声响断断续续从另一侧传来。高云启动了工程机器人,他很庆幸自己带了帮手过来。工程机器人手中的激光切割器放射出肉眼不可见的紫外激光,转眼间便在厚重的金属门上钻出一个直径不足一毫米的孔洞。传感器顺着孔洞伸到了另一侧,对面的温度低于零下六十五摄氏度,氧气含量也稍低,气压却接近正常。高云穿上太空服,又命令工程机器人钻开一条成人可以通过的通路,他小心地移开被切断的金属板——开启的那一瞬间,他险些笑出声来。

隔离门另一侧的船坞内，几只笨拙的机器人摇晃着企鹅一般的身躯飞来飞去，细小的机械臂上举着与身体不成比例的机械零件。在进入暗夜号之前，方慧看到的正是它们。高云松开扣在扳机上的手指。这些机器人是以前的拾荒者们留下的，从它们整齐划一的动作来看，应该正遵从着某个人工智能的意志，在主人离去的岁月里，忠诚地执行着收集太空船零部件的任务。它们通过管道的阀门进出太空船时仅会造成少量气体的流失，并不会带来更大的危害。

寝室内没有生活用品的谜题也能解开了：对于拾荒者而言，生活用品往往是比飞船零件更加紧俏的物资。至于关闭的隔离门，可能是拾荒机器人离去时触碰到了暗夜号的警报，系统自动关闭的吧。

它们总不至于在侦察期间将暗夜号拆掉。高云懒得理会忙碌的机械企鹅们，迅速退回隔离门的另一侧，操作工程机器人再次将金属板焊死，以防止气体过量流失。

是时候调查一下血迹房间了。高云想着，隐隐有些兴奋。

与下层的隔离门不同，另一间寝室只需破坏门锁便可以打开。有了开启杨舟寝室的经验，高云在进入前带好了氧气面罩。轻轻推开房门，即便隔着面罩，高云也能感觉到房内涌出一股湿腐的气息。

门后的房间比杨舟的寝室要宽敞一些，除了必备的床、衣柜和储物箱外，床边还放着一张简易的梳妆台，屋顶的照明打在梳妆台的圆镜上，在地上散落成几颗斑驳的光点。

如果不是梳妆台前悬浮的尸体，高云会觉得这间寝室饶有一番情趣。

尸体下半身套着绛蓝色的牛仔裤，上身披着白色的实验服，仅凭服装很难辨认性别。高云向尸体行了一礼，小心地从骨架的间隙里取出少许腐肉，又闭上眼睛，将手臂伸入尸体的上衣——

几秒钟后，他摸出了一只淡粉色的文胸。这下死者的性别可以确定了。

不知何时，方慧已经来到了高云的身后，看他手握文胸的样子，方慧的眼神意味深长。没等高云有所反应，方慧已飘到他的面前，一把拿走他手中装有腐肉的离心管。

高云一阵尴尬后，再次将注意力转移到眼前的工作上。

与杨舟寝室的情况类似，房间里几乎找不到生活用品。储物柜的门开着，一册硬皮笔记本悬浮在狭小的空间，封皮上用漂亮的楷体字写着"朱莉"两个字。翻开笔记本，内文却尽是一些专业术语，搞得高云一阵头大。笔记本的纸张较新，同杨舟房间内的推理小说相仿。高云将笔记本小心地收入背包，继续检查房间。

这里只有一张床，衣柜内部的空间也只够一个人使用。如果尸体是笔记本的主人朱莉的话，杨舟笔下的菲又住在何处呢？

高云转身回到房门处，自内部检查了门锁。这是一种太空船上常用的锁芯，可以通过脉冲电刺激将门锁在普通金属和永磁体之间切换，即便切断电源，状态也不会改变。门锁只能够从内侧开启，因此在门锁被破坏之前，房间处于密室状态。

等等。

尽管朱莉的死因已无从知晓，但既然房间处于密室状态，就只可能是主人朱莉在生前锁上了门锁。这样一来，拾荒者机器人便不可能进入房间，将生活用品取走。

一种可能性在高云的脑中闪过：有人伤害了朱莉，并将房间内的生活用品全部卷走。之后朱莉恢复了意识，她挣扎着锁上了房门，最后死在房里，于是形成了眼前的"时间差密室"。但很快他便否定了这一猜测——拾荒者虽然对珍贵的生活物资如饥似渴，但他们从不打活人的主意，而且如果朱莉受了伤，房间内应该有血迹。

但此刻地板一尘不染。

目前看来，房门处血迹的主人是解开谜题的关键。

就在这时，"她"再次造访了。

瘦弱的白色影子在高云的眼前一晃而过，他匆忙转过头去，少女在房间内旋转几周后，悬停在了高云正前方的半空中。

高云目不转睛地盯着幽灵，右手已经向腰间的核铳靠近。少女张开双臂，这一刻高云看清了少女的面容——

那是方慧的脸，她的双唇翕动着，脸上挂着温柔的微笑。

房中闪过一道淡紫色的光芒，高云凭借刻在骨子里的记忆，无须瞄准就扣动了扳机。核铳喷射出炽热的等离子体，转眼间穿过"方慧"的身体，在墙壁上开了一个大洞。高温掀起一股热浪，卷着金属碎屑打在高云脸上。巨响过后，冒牌方慧早已如晨光中的雾霭一般消散。

高云转过身来，方才发现真正的方慧正呆呆地站在门前。

"刚才那是……什么？"方慧也看清了幽灵的脸，她的身体由于恐惧而颤抖着。

高云微微一笑，"想要模仿你的笨蛋，被我干掉了。"

"你就那么确定她不是我？"

"当然，你从来没有那么温柔地对我笑过。"

高云突然感到一阵刺痛，方慧狠狠地一脚踢在他的腿肚上。高云强忍住没有叫出来，而罪魁祸首也装作没事人一般，开始报告新的发现。方慧投影出暗夜号的设计图，指着上层的位置解释道：

"这是我们现在的位置。"

高云端详着由绿色线条勾勒出的投影图，房间的大小和布置都与现实中十分接近。

"问题出在寝室这边。"方慧的手指以驾驶室为起点，缓缓地划过走廊。发觉真相的高云不禁倒吸一口冷气——

走廊的尽头本应有另一间寝室。房门相互错开的布置，是为了留出第三间寝室的空间。

方慧面色凝重，"这里不但有一只幽灵，还有一间消失的寝室。"

离开朱莉的寝室后，两人回到了驾驶室。

"你不怕幽灵吗？怎么自己跑来这里了？"看着方慧的背影，高云揶揄道。

"当然是怕你一个人害怕啊！"方慧头也不回地说道。

高云耸耸肩。

"这家伙的笔记看过了吗？"方慧瞥了一眼杨舟坐过的驾驶席，"破解进度一直停滞不前，我觉得不太对劲儿，就过来检查了一番。"

破解进度停滞不前，是因为遇到了数据存储最主要的部分——暗夜号的主控 A.I.。

"船载 A.I. 的型号虽然有些老旧，但机械学习算法及防破解算法却十分先进。"方慧叹气道，"以我们目前的设备，想要暴力破解恐怕不现实。"

"日记文件还能继续破解吗？"

"不碍事，绕过 A.I. 的物理存储数据位即可。"

相信不久后，就能够看到杨舟日记后续的部分了吧。在方慧的示意下，高云一路跟随她来到了装有巨型培养皿的生物实验室。方慧飞速敲击着触控屏，一张简洁的数据表显示出来。

"根据杨舟的记录，他们正在进行克隆生物的培养。"方慧分析道，"日记中提到的动物不下二十种，全是稀有动物，甚至不乏已经灭绝的物种。"

高云点点头，"培养克隆生物恐怕是暗夜号的主要目的，我想委托人感兴趣的也是这点吧。"

"可无论我怎样调查计算机中的数据，都只能查到两次培养皿的使用记录。"方慧将双臂抱在胸前，"如果是杨舟或朱莉刻意删除了数据，那他们为什么要这样做呢？更进一步来看，既然删除了数据，又为何要留下两次的使用记录呢？"

高云一时也没了头绪。他取出从朱莉房间里拿到的笔记本，递给方慧，"这本笔记上写的全是专业术语，你能读懂吗？"

方慧飞速地翻着笔记，双眉紧蹙。少顷，她答道："上面写了一些DNA碱基序列和蛋白质折叠方式，但奇怪的是，这些符号却是无意义的。"看着高云一头雾水的样子，她继续解释："即便是最简单的ATCG序列，也是有特定'语法'的，而笔记中的分子却完全没有遵照这种语法。换言之，笔记中的DNA和蛋白质无法表征任何现实中存在的生物分子。我想，这本笔记可能是主人无聊时的涂鸦吧！"

"可朱莉却写了整整一本。"高云辩驳道。

"你就那么想窥探骷髅小姐的隐私吗？"方慧出言奚落。她将笔记收入工具箱内，"总之，可以做的调查我们都已经做了，接下来就等着杨舟告诉我们一些东西吧。"

3

第11日
病情并没有好转。朱莉一直在照顾我，我提议她可以把实验的事情全部交给菲来处理，朱莉接受了。

第12日
我教会了菲如何照顾病人，这次朱莉可以轻松一些了。

一小时后，杨舟日记剩余的部分断续发送过来。高云斜躺在小型太空船的驾驶席上，一字一句地读着。

第 14 日

烧退了一些。菲的实验进展不错，24 种珍稀动物的胚胎均已成型。我重新设置了暗夜号的航线，30 天后，我们将掠过双星系统中小型黑洞的边缘。

……

之后的日记中记录的多是一些实验的细节。杨舟是实验的主导者，但比起恋人朱莉，他似乎对神秘的菲小姐更加器重。作为女人，朱莉不可能不对此心存芥蒂吧！高云按时间顺序继续读下去。

第 33 日

身体又出了问题，昨晚高烧 40℃，伴随着剧烈的腹泻。朱莉建议我做下体检，我拒绝了。盘羊胚胎的 3 号染色体出现了变异点，证明亚光速飞行对生物的遗传会产生影响。我只是不适应太空生活，想必细胞在怀念着地球吧。

第 34 日

腹泻更严重了，全身没有力气。我将工作全部交给了菲。菲也建议我进行体检，我生气了，吼了两句，菲的神情看上去很悲伤。

第 36 日

急性粒细胞白血病。我的 DNA 中并没有致病基因，难道是太空旅行对我的身体产生了影响？真是讽刺，我居然比实验动物更快出现反应。依靠暗夜号上的设备，能利用我的体细胞培育出造血干细胞，这点小病还不至于影响工作。

尽管白血病在宇宙世纪已经有相当成熟的治疗方案，但在封闭的太空环境中发病，还是有一定危险性的。难道杨舟是死于疾病吗？他的死与朱莉在密室中的死亡有什么关联吗？

第 37 日

病情持续恶化。对比白血病的相关资料，我的病情恶化速度比统计数据快了 5.3 倍。应该是亚光速航行带来的影响，但我已经没有时间将自己作为样本研究了。培育出造血干细胞至少需要 15 天，如果病情加剧恶化，我能否挺到那天还是未知数。我想要冷冻睡眠，但朱莉强烈反对，她担心解冻后的我会过于虚弱，以致无法承受手术。

无论如何，我必须尽快将实验的事情全部传授给菲。如果我真的不在了，只有她能够完成我们的目标。

第 38 日

朱莉提出了一个大胆的建议：让我乘坐小型飞行器掠过黑洞边缘，借助强大的引力压缩我的时间。如果能够精确控制，即便只是小型飞行器的托卡马克引擎[1]，我也不会被黑洞的引力捕捉。这样一来，我只需离开 3 小时，暗夜号就可以为我准备好造血干细胞。如果在造血干细胞中混合纳米机器，那么匆忙培养的细胞也能正常使用。

我一向反对在身体中植入纳米机器，但我也不得不承认，朱莉的提议是唯一的出路。但我还是决定将计划推迟。实验进入了最艰难的部分，菲学得有些吃力，我必须找到更好的方法才能教会她。

第 39 日

和朱莉吵了一架。她很气愤我只跟菲交流，但我怎么可能放下实验的事情呢？

第 41 日

我的努力没有白费。通过新的教授方式，菲很快便掌握了实验技巧。这样一来，即便我真的不在了，她也能完成实验。

我即将坐进小型飞行器。3 小时后当我返回时，暗夜号上将过去整整 15 天。我不清楚黑洞是否会将我的病情进一步恶化，愿群星保佑我们。

---

1. 一种基于可控核聚变技术的引擎。

高云入神地看着，很快便来到了日记的最后一部分：

第42日
我回来了。
造血干细胞已经准备好，我只需躺在手术台上，菲就会将手术完成。
可是朱莉去了哪里？

日记到此戛然而止，破解进度显示为100%，看来杨舟并没有继续写下去。杨舟的日记留下了三个谜团：其一，既然手术能够顺利进行，他是怎样死亡的？其二，如果朱莉真的如日记中描述那般消失了，血迹房间内的尸体是谁？其三，日记只记述到了黑洞边缘的故事，在那之后，他们为何会来到太空墓场？

无论如何，至少第二个谜会在DNA测序完成时得到解答。

高云决定首先解开"幽灵"之谜。

他仔细回想三次邂逅幽灵的经历：第一次在杨舟的房间里，他看到了一位白衣少女；第二次方慧在驾驶室中撞见幽灵，从外貌判断，应该是杨舟；第三次则是在血迹房间里，他看到了冒牌的方慧。

总结三次经历的共同点，幽灵只会出现在暗夜号的上层区域。

如果有人藏在暗处想要恐吓他们，时机选择未免太过蹊跷。那个人有太多的机会：两人刚刚进入暗夜号时，第一次发现尸体时，打开封闭的房门时……任何一个时机都能带来更好的恐吓效果。如果不是有人刻意为之，那一定有某个特殊的契机，触发了幽灵的出现。

方慧还在实验室忙碌着，高云独自来到上层的驾驶室，一面检查设备，一面分析现状。

另一条线索是幽灵的外形。第一次，它以白衣少女的形象出现，尽管高云未能看清面容，但从发型和身材判断不可能是方慧。既然对方可以化作方慧的样子，它第一次出现时为何没有那么做？

最简单的推测：因为那时的它还做不到。

在检查暗夜号设备的过程中，高云瞥见了扔在地上的光纤。它们本是藏在暗处的针孔摄像机，方慧在遭遇杨舟的"幽灵"时，慌乱中发现了它们。针孔摄像机很难通过外观识别，想必驾驶室里还藏有许多。

121

将两条线索结合在一起思考，高云的推理前进了一步。

为何幽灵能够以方慧的形象出现？因为在破解暗夜号的主控计算机时，方慧曾经长时间驻留在驾驶室内，暗藏的针孔摄像机有充足的时间扫描方慧的外貌，并将其应用于幽灵身上。

想通这一点后，高云感到一阵轻松。无论对方的目的何在，只要幽灵源于科技，他就有信心将其破解。

下一个问题，对方是如何让他们看到幽灵的？

驾驶室内找不到线索，高云随即来到杨舟的房间。他仔细检查了房间的墙壁，确实找到几处藏有针孔摄像机的光纤，但除此之外并没有更多发现。高云再次回到血迹房间，由于核铳攻击掀起的气浪，女性尸体被吹到了房间的角落，左腿的小腿骨脱落在一旁。高云双手合十向尸体鞠躬致歉，取出收纳袋将骸骨归于其中。

突然，墙角一道微弱的闪光吸引了他的注意。

核铳的攻击在墙上开了个大洞，藏于其中的光纤暴露了出来。不过令高云在意的却是埋在金属碎屑中的一只火柴盒大小的黑匣，匣子一端嵌着精致的光学透镜，镜面上的增透膜泛着淡淡的绿光。

这是一支小型的固体激光器，藏在墙壁比较深的位置。如果方慧只是慌乱地寻找，确实很难发现它。激光器是全息投影的核心部件，但如此小型的激光器很难在空气中投射出一人大小的影像。

幽灵出现的奇妙时机、三次不同的外形、藏于墙壁中的光纤和激光器，想把这些线索串联起来，还缺乏一条关键的信息。

一定还有细节没有被注意到。高云努力回想暗夜号上发生的一切。在遇到幽灵之前，他究竟做了什么？思维带着他回到了最初进入暗夜号驾驶室的时候，杨舟的骸骨倚在驾驶席上，方慧捂着嘴，畏惧地站在远处。之后……

突然，真相如电流一般在骨髓中划过，令他周身一阵麻痹。换一个角度思考，答案竟是如此的简单！

便携式终端响了起来，方慧在呼叫他。

"你在哪里？"终端投影出的方慧头像不住地闪烁着。

"你再也不用害怕幽灵了，"高云不无得意地说道，"我已经揭开了它的真面目。"

"是吗？难得你像一次真正的侦探。"方慧似乎并不领情。

"不想听听我的推理吗？"

"你先来一趟实验室吧，"方慧佯装不耐烦地催促着，"基因测序的结果出来了。"

"尽管有少许出入，但几乎可以确定，两具尸体就是杨舟和朱莉。"方慧开门见山道，她将四张图谱投影在高云面前，"测序结果显示，尸体的基因与两人基因库中的数据相似度达到了95%。"

高云皱着眉头问："还有5%的出入是怎么回事？"

方慧耐心解释道："现在的基因检测早已不是简单的碱基对测序，表观遗传学上的区别——即一些有机基团，如甲基、乙酰基等在DNA上的修饰模式，也会一并表征。碱基对序列显示了遗传信息，修饰模式则在一定程度上记录了主人的生活环境。同一人身体在不同的时期，甚至同一时期的不同身体部位，表观遗传学特征都会有所区别。然而在宇宙世纪标准的基因检测方法中，5%是个很大的差别，一般只发生在生活环境迥异的同卵双胞胎中。"

高云试着思考，但很快便放弃了。于是，他决定将挠头的分子生物学问题放一放，先将幽灵的真相告诉方慧。

"我第一次遇到幽灵小姐是在我们分头调查期间。想想看，当你第二次进入驾驶室时，有没有什么发生了变化？"高云引导着方慧。方慧用食指点了点下巴，简短地回忆后，答道："一定要说变化，那就是主控电脑被你开启了！"

"没错！"高云打了个响指，"在主控计算机的存储中，A.I.的数据依然完好，于是在我开启计算机的同时，A.I.也恢复了运行。你曾说过，此A.I.的防破解算法相当优秀，因此在你破解数据的过程中，A.I.也依然运行着。"

方慧辩驳道："你说幽灵是暗夜号的主控A.I.弄出来的？可没有投影设备，它是怎样让我们看到幽灵的？"

高云在方慧面前摇了摇黑匣，深谙技术原理的方慧立刻认出这是一个固体激光器。

"不过……依靠这种小型激光器和光纤，很难在空气中投影出人形啊！"方慧熟练地摆弄着激光器，"还是说他们有更先进的技术？"

"恰恰相反，这是一项已经过时的技术。"高云指了指自己的眼睛，"我们想得太复杂了，A.I.根本不需要在空气中投影出一个真人大小的影像，它只需将人像投影在我们的眼中即可。这种投影只需要很小的功率，类似这种小型的固体激光器就可以实现。"

"我想起来了!"方慧轻轻击掌,"这是几十年前游乐场里常用的技术,工程师将针孔摄像机和激光器设置在各处,辅以复杂的算法,无论游客怎样移动,系统总是能够将恰当的图像投影在游客的瞳孔中。不过,自从发明能够植入大脑的纳米机器后,游乐场只需发射电磁波就可以令游客看到虚拟影像,这种复杂的技术就渐渐退出了市场。可杨舟和朱莉为什么要在飞船上使用如此过时的技术呢?"

高云笑道:"还记得杨舟的日记吗?他十分坚决地反对将纳米机器植入身体,大概是这种偏执促使他选择了这项技术吧。而且,这还解释了我的另一个疑问——'菲'并不是别人,正是暗夜号的主控A.I.,因此她并不需要房间居住,我们更不可能找到她的尸体!"

"这么说来,我们看到的'幽灵'就是日记中的'菲'。"方慧若有所思。

"我第一次看到的白衣少女是菲本来的样子,菲的数据库中自然有杨舟的形象,而在对你进行了足够长时间的扫描后,你的样子也被记录了下来。"高云解释道,"接下来的推理就十分简单了。杨舟自黑洞边缘返回后,朱莉却不见了踪影。为了制造自己完全消失的假象,朱莉甚至将自己房间里的生活用品一并收走了。她这样做是为了惩罚杨舟,因为那个男人一心扑在A.I.身上,忽视了身为恋人的她的感受。可她没想到的是,由于过度悲伤,杨舟毅然决定放弃了手术。在生命最后的时间里,他曾呆呆地凝望着朱莉空空如也的房间,因为大量咳血而在朱莉的房门前留下了血迹。之后杨舟返回驾驶室,在那里与世长辞。离家出走的朱莉归来时,本希望看到杨舟痛改前非,没承想看到的却是他的尸体。受强烈的自责所驱使,她锁上房门,选择了自尽。"

"推理得真是有板有眼。"方慧露出不置可否的笑容,然后将一张条格纸递到高云手上,"但先看看这个吧。"

高云快速扫视着纸上的字迹,方慧手写的楷体字小巧而娟秀。方慧在一旁解释道:"朱莉的笔记本上是某种密码游戏。将想要表达的信息藏在DNA或蛋白质序列中,这是某段时间在生物学家之间流行的一种游戏,好在它并不复杂,找到规律后,我很快就破解出来了。"

纸片上的内容仅百字有余:

杨舟走了,心情很复杂。

好想见到杨舟,好想好想。每次看到镜中的自己,都觉得他好像就在身旁。

我找出了那件米色的风衣,记得第一次穿上时,杨舟夸我可爱。

是想念杨舟的缘故吗?房间好冷好冷,整个人蜷缩在睡袋中,依然好冷。

脑子乱作一团糨糊,谁都不要打扰我。

飞船的能源即将枯竭,我要带菲一起走。

高云不解道:"这些信息出自朱莉之手,不是恰好验证了我的推理吗?"

方慧将食指点在侦探的眉间,"这些文字至少说明了一件事情:杨舟死后,朱莉留在了自己的房间里,并且生活用品都在。朱莉死后房间处于密室状态,拾荒机器人是如何取走生活用品的?"

高云立刻意识到,自己的推理有致命的漏洞。

"再告诉你一件有趣的事情吧,"方慧耸耸肩,"两份血迹样本都属于朱莉。它们与血迹房间中的尸体的 DNA 相似度达到了 99.99%。"

挑战读者

亲爱的读者朋友们,到此为止,文章已经给出了推理所需的全部线索。

这意味着,除去作为逻辑推理要素的线索外,所有的科幻设定以及对设定的解读均已给出。对于案件的推理,无须借助任何故事中没有给出的科学知识或科幻设定。

另外,故事中没有使用叙述性诡计。

好了,你能够比侦探更早地找到真相吗?

4

方慧将工具整齐地归纳在工具箱中,高云把装有朱莉尸骨的收纳袋扛在肩上,两人一起向着通道所在的仓库走去。

"我们就这样离开吗?"方慧不甘心地咬着嘴唇。

"委托人想要的只是数据。"高云宽慰道,他拍了拍鼓鼓的收纳袋,"虽然没能找到他们想要的东西,但将这两位带回去,他们也没话说。"

方慧没有再说什么,她清楚,执着地寻找真相并没有什么意义。更何况仅靠暗夜号上残缺的线索,他们也未必做得到。

两人走到通道的入口处,高云按下开关,钛合金阀门缓缓启开——

猛然间,一股强烈的气流向暗夜号另一侧的空间涌去。纤瘦的方慧立刻失去平衡,被气流狠狠地拍在了墙上。高云抓住阀门的边框,艰难地伸出左手,用力砸在开关按钮上。

阀门渐渐关闭,将宝贵的气体留了下来。高云喘着粗气,心脏剧烈地跳动着。回头看到方慧没有受伤,他才稍稍松了一口气。

"我们的船不在了!"方慧惊慌地说出了残酷的事实,"必须想个办法,否则我们只能永远留在这里。"

两人急忙赶回上层的驾驶室。高云趴在观景窗上,取出望远镜张望着——

他们的太空船已脱离了暗夜号,虽然在视野中依然可见,但已在人体不可能逾越的距离外。

"快看,是拾荒机器人!"高云匆忙调高了望远镜的放大倍数,视野中出现了成百上千的企鹅型机器人,它们如同掠食的白蚁一般密密麻麻地趴在太空船外表面上。

高云默默地收起望远镜,故作轻松地拍了拍方慧的肩膀。他心中十分清楚,在没有食物和水的暗夜号上,他和方慧不久也将一并化作亡灵。

为了减少水分和能量的消耗,高云和方慧将身体蜷缩起来,期待着转机的出现。当人陷入绝境时,时间的流逝感会变得扭曲而微弱。高云好似陷入了沉眠,又似乎异常清醒。不知过了多久,高云的意识再度回归现实,他睁开疲倦的双眼,环视着布满死亡气息的驾驶室——

菲站在他的面前。

这次不再似幽魂一般飘荡,菲穿着一袭白衣,如同一朵盛开于彼岸的小花,仿佛不堪盈盈一握。她的面容前所未有的清晰,那是一张带着稚气的少女脸庞,眉宇间却写满了悲伤与无助。

身旁的方慧也醒了过来,面前的菲吓得她一个机灵。

此时,视野中的菲张开双臂,嘴唇重复着单调的开阖。

"她想对我们说什么?"高云低声问道。

太空船上的扬声器早已失效,可菲依然不知疲惫地诉说着,执着的样子宛如呐喊。渐渐菲的影像模糊了起来，成像的固体激光器即将寿终正寝。然而，菲完全没有停下来的意思，激光器的功率逐渐不稳定起来，雪花状的斑点在她稚嫩的脸上若隐若现，好似一颗颗泪珠。

高云站起来，抄起望远镜，再次看向窗外。

"我明白了，"侦探叹了口气，"这就是她想告诉我们的事情。"

冰冷的太空墓场中，难以计数的拾荒机器人排成了"S.O.S"的字样。高云盯着少女的影像问："难道你阻止我们离开，是想让我们解开这艘船的真相？"

白衣少女轻轻点头，嘴角上挂着一丝微笑。

不论是否情愿，此刻的高云和方慧已是骑虎难下。

"我们不妨从血迹开始分析。"高云望着自己的搭档，"既然血迹属于朱莉，那么就存在两种可能性——要么杨舟在朱莉的房间杀死了她，身上染着血迹回到驾驶室；要么行凶现场在驾驶室，朱莉拖着重伤的身体回到了房间。"

"很遗憾，这并不可能。"方慧立刻否定了搭档的猜测，"如果杨舟带着血迹返回驾驶室，他的外衣上为何滴血未沾？如果朱莉受重伤后返回房间，为何房间内没有血迹？"

在房门前的血迹和朱莉的尸体之间，横亘着名为"密室"的障碍。

"我们换个角度思考吧。"高云立刻转换了思维，"暗夜号上只有杨舟、朱莉和菲，根据朱莉的记录，在杨舟死后她还活了一段时间。于是，朱莉的死因只可能是自杀，或者被菲所害。"

方慧辩驳道："菲是A.I.，阿西莫夫定律不允许她杀人！"

高云搋了搋助手的头，"这点你应当比我更清楚。对于A.I.而言，阿西莫夫定律只能是指导，而非强制性的规律。A.I.对于'伤害'这一概念需要进行模糊判断，它们永远可以在这一环节做手脚。"

方慧不满地推开高云，摊开自己写的纸条，研究着上面的文字。

朱莉为何要用如此复杂的密语写下这些东西呢？为了打发杨舟不在后的无聊时光吗？恐怕不是。她大概没能料到自己无法活着回到地球，之所以用这样的记述方式，是为了不会被别人发现秘密。

好想见到杨舟，好想好想。每次看到镜中的自己，都觉得他好像就在身旁。
……

是想念杨舟的缘故吗？房间好冷好冷，整个人蜷缩在睡袋中，依然好冷。

同样身为女人，如果自己是朱莉，会怎么办？

想念杨舟时，大概会自言自语吧。

感觉房间冷时，自然会调高温度。

方慧脑中产生了一个念头。她盯着笔记看了下去，视线最终停在倒数第二句话上：

脑子乱作一团糨糊，谁都不要打扰我。

这时，一个词如火苗般在方慧心中闪烁着——帕隆多悖论。

两个结果为"输"的游戏，结合在一起，结果却可能是"赢"。一个简单的例子：在游戏 A 中，每进行一次游戏你都会输 1 元钱；在游戏 B 中，你有 100 元，然后你判断自己手中的金额是否为奇数，如果是，你赢 3 元；否则，输 5 元。很明显，无论你单独玩哪一个游戏，都只会输钱。但是，如果先玩 A 再玩 B 的话，你却会赢钱。

对于 A.I. 而言，只要单一指令的内容不会伤害人类，它就可以根据第二定律执行。但如果将所有的指令结合起来，最后的结果却可能是伤害，甚至杀死人类。

方慧问高云："如果菲认为朱莉想要见到杨舟，杨舟却已经死了，菲会怎么办？"

"也许会播放杨舟的声音或视频吧……啊！"高云立刻悟出了其中玄机，"她真的可以让朱莉见到杨舟，只需将杨舟的影像投影在朱莉的瞳孔中！朱莉在笔记中写到，她照镜子时感到杨舟在身边，想必这就是菲制造了投影的证据！"

"没错。借助这种方式，菲得以不断地刺激朱莉的神经。但她并没有违背阿西莫夫定律，因为'想要见到杨舟'是朱莉自己的命令。"方慧将推理进行下去，"同样，朱莉觉得冷的时候，菲可以将房间的温度调高，这同样是在执行人类的命令。如果逐渐升温，即便达到很高的温度，人类也难以察觉，道理就跟温水煮青蛙一样。"

高云疑惑道："即便如此，菲也不可能杀死朱莉啊！"

"到目前为止是这样没错，但朱莉的最后一条命令断送了自己的性命。"方慧抖了抖手中的纸张,"朱莉命令'谁也不要打扰我',于是菲关闭了房门,并切断了和朱莉房间的联系。没了控制电路,朱莉在房内也无法打开永磁体门锁,于是房间成了密室。"

"我在打开两人的寝室时,都能感觉到湿腐的气息,这证明寝室的气密性非常好。在这种环境中想要靠温度杀死人类,应该并不困难。"高云若有所思,"但暗夜号不可能不准备应急措施,只要有足够的时间,朱莉一定能夺回菲手中的控制权,即便她被锁在房间内。"

"正因为朱莉是人类吧,"方慧猜测道,"在极端的环境中,生理的不适令朱莉失去冷静,加快了死亡的进程。"

高云思考片刻,点点头,"你的推理说得通。可如何解释房间外朱莉的血迹?房间内的生活物资又是如何消失的?"

方慧叹息道:"这我也没有想清楚。"

"那咱们来说说杨舟的死亡吧。"高云打开便携式终端,将杨舟的日记投影出来,"与朱莉的情形不同,从他的日记判断,我不认为他是一个会自杀的人,而被杨舟器重的菲同样没有理由杀死他。因此我将'朱莉是凶手'作为了推理的前提,那么接下来的问题是,朱莉是如何杀死杨舟的?要知道,杨舟从黑洞边缘回来的时候,朱莉并不在太空船上。"

"手术时需要麻醉吧?朱莉可以藏起来,等到手术时将杨舟杀死。"方慧说出了最容易想到的答案。

"这样固然可行,但从动机上却说不通。想要杀死杨舟,朱莉只需在他离开后将太空船开走就好了,为何偏要选择如此蹩脚的方法?"

方慧一时语塞,高云解释道:"最简单的猜测是朱莉想要杀死杨舟,但她却没有勇气自己下手。为了逃避负罪感,她甚至离开了作案现场,直到杨舟离世才返回。"

"你在开玩笑吗?"方慧皱着眉头,"不在现场,她如何杀死杨舟?"

"白血病。"高云言简意赅地说出了答案,"她不需要动手杀死杨舟,只要在杨舟培养的造血干细胞上动手脚,杨舟手术后自然会死于排异反应或病症复发。例如,她将杨舟的细胞换成了自己的细胞。"

方慧恍然大悟,"说得通了!这样一来,手术后的杨舟虽然身体的DNA仍是自己的,血液的DNA却是朱莉的!"

高云微微一笑,"所以,我们看到的'朱莉'的血迹,其实是杨舟留下的。

杨舟发病时朱莉并没有在暗夜号上，他自然没有进入朱莉房间的理由。结合我们的推理，血迹的问题便得到了解释。我们甚至可以进一步猜测，朱莉也去了黑洞的边缘。这样只需经过很短的主观时间，便可等到杨舟死去。她的负罪感也降到了最低。"

"是这样吗……"方慧依然悬着一颗心，"按照你的解释，培养皿至少被使用了两次——杨舟和朱莉分别用自身的体细胞培养了造血干细胞。但培养皿的使用记录只有两次，之前培养动物的记录去了哪里？"

"大概……被删掉了吧。"高云支支吾吾地答道。

方慧追问："想想看，杨舟在培养造血干细胞时，根本没有预想到自己会死，这点从他的日记中可以得到证实。如果这时他发现实验记录被全部删除，会没有任何反应吗？"

高云摊开双手，摆出一个无奈的笑容。尽管他和方慧分别解开了二人死亡之谜，但他们与真相之间仍然立着一道看不见的高墙。

推理陷入了瓶颈。无奈之下，高云离开了驾驶室，在空无一人的上层走廊里晃荡起来。他很快便来到了走廊的尽头。

方慧曾说过，这里应该还有一个房间。不知基于怎样的考虑，杨舟和朱莉在改造太空船的过程中居然砍掉了一间寝室。

等等。

突然间，无数的回忆化作一阵寒意，顺着高云的脊髓窜了上来。他毫不犹豫闯入朱莉的寝室，仔细检查起房间的每一个角落。

原来如此。真相一直摆在面前，只是自己视而不见罢了。

他立即回到了驾驶室，由于动作过猛，险些撞在正苦思冥想的方慧身上。

"你又在抽什么风？"

"欢呼吧，名侦探高云大人已经把案件解决了。"高云露出不可一世的笑容。

在方慧鄙夷的目光下，高云如同演讲的政治家一般，开始陈述自己的推理："回想一下，自从找到暗夜号以来，我们一直被各种各样'不对劲'的事情困扰着。只是，由于发现两具尸体，加上幽灵的搅局，这些疑问才被我们抛到了脑后。

"在发现暗夜号时，你便注意到它外表的花纹与设计图不一致。之后还发生了许许多多的事情：仓库中货架的材质居然不一致，培养皿的控制计算机中只有两条使用记录，杨舟和朱莉的 DNA 检测结果与数据库的差异达到了 5%。

最夸张的是，上层走廊的尽头居然少了一间寝室。

"除此之外，还有一个更大的谜团没有解开。即便朱莉是被菲杀死的，她死后房间一直处于密室状态也是事实。在这种情况下，拾荒机器人怎样进入房间将生活用品取走？

"最后的疑问是菲。如果杀死朱莉的确实是她，她的记忆又是如何消失的？

"所有的疑问，都可以用一句话解释。"高云伸出食指，在空中画了一圈，"此处并不是真正的暗夜号。"

高云的推理如同一枚重磅炸弹，在方慧的头脑中掀起一阵风暴。许久，她开口道：

"别胡闹了。这里不是暗夜号，会是哪里？"

"这是一艘仿造暗夜号建造的太空船，"高云笑了笑，"只是还原度不是很高罢了。"

方慧一副怀疑的神情，"即便我相信你，又是什么人建造了它呢？"

高云指了指已趋模糊的白衣少女，"建造太空船的人，就是菲，而那些机器企鹅就是她的工具。"

方慧哼了一声，"造船的材料去哪里找？"

"别忘了，这里是太空墓场。"

方慧用力地咬着嘴唇，少顷，她点点头，"太空墓场在长久的岁月中经历了拾荒者的洗劫，原材料早已相当匮乏。即便菲成功操控了区域内的拾荒机器人，毕竟巧妇难为无米之炊，她也只能造出一艘并不完善的暗夜号。"

"这样一来，密室内生活物资消失的问题也得到了解释。"高云接过她的推理，"生活物资并没有消失，它们根本就不存在。拾荒者们早已将墓场中的生活物资洗劫一空，因此，暗夜号在重建的过程中只得放弃了这一细节。"

方慧双手叉腰，质疑道："即便菲重建了暗夜号，'人'的问题又如何解决？别忘了，我们可是找到了杨舟和朱莉的尸体，DNA检测结果是不会骗人的。"

高云微微一笑，"还记得吗？培养皿被使用了两次——杨舟和朱莉，两个人，两次克隆生物培养。"

方慧感到一阵恶寒。高云继续解释：

"逃离原本的暗夜号时，菲一定只携带了非常少的物资，因为朱莉告诉我们，太空船的能源即将枯竭。据我猜测，除了存储自身的硬件以及少量工程机器人外，她只携带了杨舟和朱莉的基因、他们身上的衣物、杨舟的推理小说，以及朱莉的笔记。证据是杨舟房间内的兵器图鉴，它比推理小说要旧上许多，因为它是从太空墓场中收集的。在战场中找一本有关兵器的纸质书，应当并不困难。

"也许是拾荒者们对科研设备不感兴趣吧，总之，菲十分幸运地找到能够正常运行的培养设备。借助杨舟和朱莉的基因，她成功地培养出了两人的克隆体。至于为什么他们与本体的基因相似度只有95%，是因为从表观遗传学的角度看，克隆人的情况正相当于生存环境迥异的同卵双胞胎。

"接下来的故事就简单了。这两个克隆人很可能压根儿就没有产生自主意识，它们在培养皿中快速成长，直到与杨舟和朱莉的体型相近。最后，菲利用两个克隆人重现了杨舟和朱莉在暗夜号上的死亡现场，等待着客人的到来。尽管这个现场并不完美，但关键的信息，例如血迹和密室，都得到了充分的再现。"

"可是……菲为何要这样做呢？"方慧问道。

高云将朱莉的笔记展示在方慧面前，"下面的故事我并没有找到确切的证据，因此只是推测。朱莉在最后时刻做出决定要将菲'带走'，对于即将死亡的朱莉而言，这句话意味着她要同杀死自己的A.I.同归于尽。A.I.并不存在物理死亡的概念，因此朱莉所说的'带走'，应该是将菲的记忆格式化。

"朱莉死后，菲也失去了记忆。不知过了多久，菲再次启动，看着暗夜号上的情景，她完全不知道发生了什么。菲想要操控太空船离开，可暗夜号剩余的能源早已不足。最后她做出了决定：将暗夜号的信息扫描并记录下来，只带着最少的物资逃走，再寻找机会将记录的信息再现。"

"这样的话……"方慧一边咀嚼着惊人的真相，一边问，"我看到菲那扭曲的影像又是怎么回事呢？她将我们留下就是为了解开真相吧，没有理由恐吓我们啊！"

"那并不是恐吓。"高云笑道，"想要在各个角度完美成像，激光器的位置设计必须经过严密的计算，而在墓场中拼凑出的暗夜号显然不具备这样的条件。所以你看到的扭曲的人形，只是因为成像角度不佳，图像变形了而已。"

解释完所有的真相，高云看向了白衣少女，"这就是全部的真相，你满意了吗？"

菲没有再说什么。她的身影快速模糊，最终完全消散在空气之中。

返程途中，方慧依然思考着暗夜号上的林林总总。解开真相之后，拾荒机器人便将小型太空船送了回来。但是，几个疑问盘亘在方慧的心中，令她无法释怀。

"我还是想不明白，"她瞥了一眼正在专心驾驶的搭档，问道，"如果想要解开谜题，菲有许多办法可以选择。为何她偏偏选择了'再现现场'这么复杂的方式呢？"

高云笑了笑，"菲逃离暗夜号时乘坐的小型太空船只装载了托卡马克引擎，自然不可能返回几百光年之外的地球。太空墓场距离黑洞边缘的命案现场只有十几个天文单位，这里是菲唯一力所能及的、能够帮助自己完成愿望的区域了。"

方慧撇撇嘴，"你依然没有回答，菲为何会选择再造一艘暗夜号。"

"还记得吗？投影技术是为游乐场设计的，因此，配套的 A.I. 一定也为游乐场做了优化。"

"那又如何？"

"鬼屋和密室逃脱可是游乐场的常规项目。"

发出的求救信号没有回应，小型太空船的能源有限，被拾荒者们洗劫过的太空墓场又不可能找得到可以使用的飞船发动机。这样想来，利用自身数据库中游乐场的资料再造一艘暗夜号，等待不知何时才会出现的来访者解开秘密，似乎是菲唯一的选择。

顺着高云的解释，方慧回想起神秘的委托人来。对方为何会得知暗夜号的位置？他们想要的究竟是什么？

被格式化记忆的菲，如果发送求救信号，第一选择一定是她的制造商。

制造商得知在宇宙深处，一个已经过时的 A.I. 做出了重建太空船这种出乎意料的事情，他们一定想要将菲回收，经研究后再投入市场狠狠捞一笔吧！然而菲所在的位置却是险象丛生的太空墓场，派出正规回收舰队的成本太高。综合考虑之下，制造商便用相对经济的价格，雇用了生活捉襟见肘的他们两个。

"这群可恶的有钱人！"方慧禁不住骂了出来，"他们手中一定掌握了更加准确的信息，却什么都不肯告诉我们！"

高云哼了一声，"如果被你发现了菲的商业价值，他们岂不是没钱赚了。生意人，就是不相信任何人的人。"

一边是眼睁睁看着他们涉入险境的委托人，一边是拼命想要得知死者真相的 A.I.。究竟哪一边更有人性呢？方慧一面思索着，一面偷偷看着高云的侧脸——经菲开放权限后，他拷贝走了菲的程序文件，却将菲重启以来的记忆数据永远留在了暗夜号上。单纯的程序文件对制造商毫无价值，只会为他们换来酬金。

　　想必这就是高云的报复吧。

　　"快看！"高云的一声提醒，将方慧的思绪拉了回来。顺着他手指的方向，方慧回望渐渐远去的暗夜号——

　　无数的企鹅型机器人排成少女的样子，对着离去的二人，微笑着。

本文为中文原创小说，并非《银河边缘》原版杂志所刊篇目。

济南的风筝

梁清散

梁渣,字清散,一字负能,号弃疗,北京西城区人,祖籍西单,曾旅居索家坟,现居西直门。写科幻的,专注晚清朋克,同时是"这辈子再也不出西直门了"协会创始人和唯一成员。已出版科幻长篇小说《新新日报馆:机械崛起》《文学少女侦探》,《枯苇余春》收录进《2016年中国悬疑小说精选》。

插画/刘鹏博

不得不承认,我在看文献时,总会被所谓的情绪化因素所干扰。显然这是极不专业的表现,但本来我也不是什么专业人士,没有谁会对我这样的人提出什么过高的要求。

当我看到一百多年前的一起不大不小的济南爆炸案时,我便完全陷入了那种不专业的情绪之中。

1910年山东济南北部,泺口地区一家名为泺南钢药厂的小型工厂发生爆炸,连带周边几家工厂发生连续爆炸,殃及周围村落,造成包括在厂工人在内至少五十人死伤的惨案。原本是震动京城的大事件,但因为刚好赶上光绪帝驾崩,年幼的宣统帝匆忙登基,整个爆炸事件完全被国家大事压了下来,就像爆炸之后的硝烟一样逐渐消散得无影无踪。不过,爆炸案过后不久,案件的内情还是被当时逐渐正规现代化的清廷警方侦破:肇事者名叫陈海宁,正是泺南钢药厂的技术工人,在爆炸事故发生时当场死亡。之所以确认是这个人,是因为在现场找到陈海宁常穿的衣服上有他特别定制的金属饰品,而爆炸原因也正是这些金属饰品不慎脱落,掉入机械齿轮中撞击产生火花,引爆了火药库。

在报道的文字下面还有两张照片,分别是被炸得一片焦黑的泺口,以及那件被烧得不成样子、只有一串串金属片挂在胸前位置的衣服照片。

或许正是因为这身衣服的饰品太过奇怪,我总感觉这篇报道极不对劲,肯定还有什么隐情暗藏其中。然而,会是怎样的隐情,甚至暗藏了什么样的真相,那就需要用文献本有的方法来进行实证了。

我先是将目光聚集到"连续爆炸"上。

怎么会发生工厂之间的连续爆炸?在1910年的时候,就能有如此密集的高危工厂存在?不过,当我检索了当时济南泺口地区的工业相关文献后,发现这是有可能的。

实际上,济南泺口地区早就是清朝末年的工业重镇之一。早在1879年,这个地方,就由刚刚升任山东巡抚的丁宝珍邀请当时著名的科技人才徐寿、徐建寅父子,一同建起了后来影响一时的山东机器局。后来徐寿被调去江南制造局造船,留下了对化学更加精通的徐建寅继续主持。也就是说,从那时起,山东机器局就已经定下了随后几十年的发展方向:军工和火药的研制与生产。

那是光绪初年的事,到了光绪末年,济南泺口一带已经完全生发出了军工火药生产的传统。不仅仅是山东机器局,在其周边也都是大大小小的工厂日日夜夜抱着大清国重回伟大帝国的梦想生产着黑火药。虽说绝大多数小型工厂都根本没有留下记载，但总体上那里的生产规模还是可见一二的。诸多黑火药工厂，到底采取了多少安全措施，抑或有没有安全防范的基本能力，答案恐怕都是否定的。就连徐建寅本人，也在研制无烟火药时发生意外爆炸而殉职，是年1901。

要更多的枪支大炮，就要有更多的高效火药供应。恐怕在大清国的最后一年里，整个济南都弥漫着浓浓的未燃火药味儿。在济南城的北边，一大片土地被济南特有的圩子墙围起，墙内正是自徐建寅意外身亡后逐渐没落的山东机器局。而在圩子墙外，大概不会太远，便簇拥挤满了小工厂，甚至不应该称为工厂，而只是一堆堆黑火药的简陋作坊。

实在可惜的是，那个时候的摄影技术相对太过昂贵，因而并不普及，留存下来的相关照片真是少之又少。我在自己惯用的数据库里翻了很久，只找到一些山东机器局的照片。这些照片绝大多数都是在山东机器局的正门，拍下那个在匾额上写着"造化权舆"四个大字的圩子门，和门前那些面对硕大相机镜头还很惶恐不自然的人。找不到任何小作坊的照片，我就不可能通过影像资料研究明白当时的黑火药作坊的安全措施到底合不合理，或者说是有多不合理。

不过，仅从记载中黑火药作坊的数量和泺口地区的工厂承载能力来计算，确实可以判断当时的小作坊到底是有多么拥挤不堪。连续爆炸，确实有可能发生，不能成为疑点。

除去这一点之外，再无更多线索。恐怕需要从其他文献中继续探寻，那么唯有一个"陈海宁"的名字，可谓检索的关键词。

令我惊讶的是，以这个名字一路检索到三十年前，也就是1880年时，竟真的有所收获。"陈海宁"这个名字，出现在一个大名单中，名单内容为1880年山东机器局的新入职人员和职位。

竣工于1879年的山东机器局，在第二年入职了一批可以称得上是官位低微的技术官员，看来陈海宁就是其中之一，而他主管的是机械制造。由此可见，陈海宁不仅不是一个毫无常识而造成惨剧的冒失鬼，还是山东机器局的一个元老级技术人才。

这下确实有意思起来了。

不过我还是要更加谨慎，虽然地点上的重合度很高，但也不能排除这是一个同名者。我必须找到更多更充足的关联性证据。

可是接下来的检索就完全没有这么顺利了，我所使用的数据库可以检索到的有关"陈海宁"这个名字的信息只有三条，除去前面已经搜到的两条之外，最后一条比1880年还要靠前一年，也就是1879年。报道说，在上海的江南制造总局有一批徐寿的学生毕业（或者可以称之为出师），毕业学生名单中再次见到了"陈海宁"。

陈海宁这个名字在清末的历史上出现过三次，其中有两次只是出现在看似没有任何个人信息透露的大名单中，多少有些令人沮丧。两次名单里出现的陈海宁，倒可以基本确定是同一个人。因为徐寿正是徐建寅的父亲，中国第一代本土船舶专家，在机械设计制造方面有着相当的成就和开创性。身为徐寿的学生，学来一身机械设计的本领，去了徐寿的儿子一手筹划建成的山东机器局，担任机械制造方面的职位，完全合乎逻辑。然而，这个徐寿的学生陈海宁和三十年后造成济南泺口连环爆炸案的陈海宁，到底是不是同一个人，仍旧没有找到任何直接的证据。

再继续检索下去，也是无济于事。

我无奈地将自己的数据库网页关掉，打开了邮箱，将我检索到的三条信息做成附件，在收件人地址栏中熟练地敲上了邵靖的邮箱地址。

邵靖是我的大学同学，算得上志同道合的好友，不过他是一路深造，后来到了历史档案馆工作；我则一如既往不务正业，卖着些不入流的故事勉强生活。幸好他并没有嫌弃我，多年来一直和我保持着默契的合作关系。一般来说，我几乎都不需要做什么解释，只要把自己检索到的材料一股脑儿发给他，他就能立即抓住我想要的重点。

正准备点击发送邮件时，我迟疑了一下。虽说这家伙一直对我们这种猜哑谜般的交流乐此不疲，但他似乎现在正给他的单位筹办一个什么全国性的学术会议，大概办各种手续和写各种申请表已经让他焦头烂额。干脆还是体贴他一下，不做这一层的猜谜游戏，直入主题好了。

我将自己刚才所做的推断全写到了邮件正文中，并略微撒了个谎说自己正好想写一篇相关小说，所以才留意到这些。

如此名正言顺的邮件，我甚至忍不住欣赏了片刻才点击了发送。

顶多过了十分钟，邮箱就提示收到了新邮件，不用猜就知道一定是邵靖的回信。没想到这家伙还是这么迅速，我点开邮件，果然是邵靖的回复，并且还看到了两个附件文件。

不过……

邮件还有正文，我瞥了一眼，全都是在嘲讽我……说我这种人果然就是外行，纯属瞎找，完全没有章法也没有效率。当然我对这种朋友之间的揶揄并不会真的往心里去，随即点击了附件下载。

附件打开后，其中内容让我大吃一惊，我找不到的图片资料竟被他用不到十分钟的时间检索了出来，并且这家伙还在跟我玩哑谜游戏，他一眼就看出了我所收集到的文献中首要缺失的东西。

而且，当我点开两份文献来看时，发现内容完全超出了我的检索思路，不得不倍加钦佩。

两份都是外文文献。我有点头大，但还是硬着头皮看。

第一份先是报道叙述，下面则是两张不甚清晰的照片。我先看报道，竟是德文，完全看不懂。幸好看报头倒是能多少分辨出来，是当时德国的一份不大不小的报纸，中文名大概可以叫作《莱茵工业报》。这就有意思了，《莱茵工业报》这样的报纸，并不像英国的《捷报》那样，在上海租界办报，并且只卖给上海的英国人看，而是一份真正远在西方卖给西方人看的德国本土报纸。不过，当我看到报道的来源时，大体明白了为什么这样一份纯西方的报纸会把目光投向远东的中国。虽然我不懂德语，但根据自己可怜的知识储备可以搞明白的是整个报道的信息来源，报道是出自当时德国最为强悍的通讯社——沃尔夫通讯社——的记者之手。

再看报道的时间，是西历 1881 年 5 月，也就是陈海宁到山东机器局的第二年。虽说 1881 年，山东确实基本已经割让给了德国管辖，但能在德国本土报纸上看到关于中国人的报道，确实还是十分罕见。而再看照片，就更有意思了。

两张照片都是横构图，其中一张大概是因为摄影技术还非常初级，大面积的曝光过度，有五分之三都是一片惨白，鲜有一些模糊不清的线条，努力辨别可以看出是一片面积很大的空场，空场一边似乎还有一些不高的建筑。在空场的中央偏左下，摆放着一台看起来像是将水井口的辘轳架起来的机器，机器旁有一个穿着长衫留着辫子的清朝人，正表情惶恐地操作着那台古怪的机器。而从那根疑似辘轳的轴上可以隐约看到一条绳缆，划着优雅的重力弧线直穿整幅画面到了矩形照片的对角线一端。在那里，可以看到一只（或者说一组）在画面上失了焦却仍旧能感受到其巨大的风筝。

春天的济南，确实适合放风筝吧。我想着北京每年到了春天，只要是广场都会有不少人在放风筝，大概同为北方城市的济南，也是一样了。

我凑近些仔细去看，在高低错落的风筝组下面，有一张座椅，座椅上……实在看不清楚，只隐约可见一双腿悬在那里，也就是说，座椅上十有八九是坐了一个活人的。而在椅子下面，黑乎乎看起来像是悬挂了一只体积不小的秤砣。

再看第二张照片，是两个人一左一右站在一把样式极为古怪的椅子旁。椅子没有腿，但有零零碎碎好像是什么暴露在外的机械元件垫在了椅面下方。这把椅子想必就是前一张照片里被放到天上的那把，不过，椅子下面的秤砣已经卸掉没有入镜。站在椅子左边的那个穿着长衫的人，也就是在空场上操纵机械的那个；而另一边那位，大概就是飞起来的了。再看照片的背景，两人身后正是写着"造化权舆"四个大字的山东机器局正门。

照片下面写着德语注释，我只看懂了一串明显是中国人名的拼音：HAI-NING CH'EN。两人中某一个，无疑就是入职山东机器局的徐寿的那个学生陈海宁了。我将短短的德语注释的字母逐个敲进翻译软件想看个究竟，却只能看出站在怪异座椅右边这位，并非穿着长衫而是打扮十分洋气西装礼帽的人是陈海宁。陈海宁在照片中显得年轻又富有朝气，而且毫无当时中国人面对照相机镜头的那种惊慌恐惧，泰然自若落落大方。

除了能确定陈海宁的相貌之外，从翻译软件中只能大概看明白当时的报道称这把怪异的椅子为：济南的风筝。

接下来，我去看邵靖发给我的另一份文献，是两份报道拼贴在同一个PDF文件中。两份报道同样是来自1881年的报纸，一份是英文报纸《伦敦新闻画报》，另一份是法文报纸《小日报》。不必仔细去看，就能清楚地看出这两篇报道全都只是转载了德文那篇的两张照片，根本没有把德文报道中的原文都转过来，特别是这两家报纸本身就是以猎奇图片为主要卖点，更不用奢望他们能有什么更深的东西。法文我自然也是不懂，只好去看英文报道中照片下面的短小注释。翻译过来只是短短一句话：

济南的风筝——清国的奇迹，载人风筝升天。

我有些无奈。虽说在西方本土报道中国人的事情还放上了两张照片，确实很是不易，但"载人风筝"这种东西，在1881年根本称不上什么新鲜前卫，甚至在中国，也并不稀奇。早在古代，军事上就已经多次运用载人风筝去侦察敌情。唯独略有不同的是，这把载人风筝的座椅确实过于古怪，有很多即便是我这个外行去看都知道十分多余的机械元件。

况且更重要的是，能想到并且真从外文文献中找到关于陈海宁的报道，我确实对邵靖的能力佩服得五体投地。但即便如此，这些材料也只能体现那个徐寿的学生受到过西方一时的关注，的确是有所成就、相当厉害，却仍旧不能证明他和泺口爆炸案的肇事者是同一个人。

似乎所有的辛苦全都白费，重新回到了问题的原点。

虽说邵靖现在肯定忙得无暇顾及我的问题，但我……还是把憋在心里的东西一股脑儿全敲进邮件中，毫不犹豫地点击了回复发送。

对着电脑大概愣了一个小时，还是没有收到邵靖的回复，也许他正忙着和哪位教授商讨他们要开的学会的具体日程安排。虽然这次学术会议要在半年后才举办，但以我的了解，提前半年开始筹办，时间上已经是相当紧张了。就在我闲极无聊为邵靖的工作瞎操心时，忽然发现手机上早就收到了一条信息。打开一看，原来正是邵靖发来的。

我赶紧打开来看，聊天软件的信息自然不会带附件，只是一句话：为何不直接去泺口地方志办公室查查看？

看到邵靖这句话，我顿时眼前一亮。不愧是专业人士，尽管看上去只是匆匆忙忙发来的解决办法，但确实相当对路子，至少在找出一个略有点历史记载的人的生平上，是值得尝试的。

我立即回复了邵靖一句"谢谢"，便开始着手直接去一趟济南了。

已经有太多年没有来过济南。依稀记得在中山公园外有旧书店一条街，结果如今早已消失，只剩下道路两旁枯燥乏味的居民楼和在冬季光秃秃的槐树。

现在的泺口地区已经没有正在运转中的工厂，就像北京的798一样，逐渐将那些有着高高房顶的厂房，改建成了还算有品位的艺术园区或者新兴企业的开放式办公室。原本我有心想要转上一转，没准儿还能找到百年前山东机器局的什么遗迹，可惜我完全没有意识到泺口地区距离济南市区有如此远的距离。当我坐着公交车抵达泺口时，时间差不多已经到了下午三点钟，又因为时值冬季，已然一片黄昏景象，倒是有一种破败中重生的异样之色，但看看时间已经不早，还是赶紧在地方志办公室下班之前过去为好。

因为邵靖帮了不少忙，提前跟办公室的熟人打过招呼，所以当我来到办公室时，有一位看起来四十多岁的中年人特意起身接待我。我有些不大好意思，但对方非常热情，说听邵靖介绍，我专门为他们学术会议上的报告跑来查资料，感觉特别感动，现在很少能有人为了一次报告做这么多工作了。

我挠着头就跟着他进了档案室。

他略微交代了一下基本的注意事项，说我是邵靖的朋友，他放心，就离开了。面前只剩下寂静无声的档案目录室，满目全是如同中药房的大型药材柜一样的一排排目录卡柜。

我找到人物志的柜子，再按年代和姓氏拼音首字母排序去找。说实话，在找的过程中还是有些紧张的，万一根本找不到"陈海宁"的名字，那几乎等于完全失去线索了。但幸好，"陈海宁"这个名字很快就在一个半世纪前的目录中被我找到了。我拿着目录卡又去找那个信任邵靖的中年人，他笑了笑什么都没说，便独自进到真正的地方志档案保存室里，不一会儿，便把陈海宁的材料拿出来交给了我。

厚厚一本编号相符的人物志，我顾不了太多，立即拿到最近的桌子上开始翻阅。因为早就把那张卡片上的页数记在心里，很快就在这本人物志中翻到了陈海宁的条目。

陈海宁的条目就和他的上下邻居一样简单短小毫无修饰，基本上只是用年代和相应的事件描述了他的一生，但这刚好就是我最需要的。

我最关注的自然是两个时间点：1880年和1910年。

让我感到一阵满足的是，这两个时间点上同时出现了我在意的事件，条目中的陈海宁1880年入职山东机器局，1910年去世，死于泺口爆炸案，并被警方确认为整个爆炸案的肇事者。

靠着简短的人物志，完全解决了我的疑问，那个徐寿的学生和最后被炸死在泺口的陈海宁，确确实实是同一个人。不过，即便如此，还是有很多的疑问没有解决。

我开始通过这份年谱一样的人物志抄录起陈海宁的人生。

在抄录的过程中，我发现1880年到1910年之间，这个人的人生也非常曲折有趣。人物志中写到陈海宁曾赴德国波恩大学留学攻读机械工程，这一点不禁让我惊讶。而时间是"光绪辛巳季冬腊月"，西历便是1881年底。这就非常有意思了。《莱茵工业报》发表陈海宁的两张照片以及简短的"济南的风筝"的报道也是1881年，也就是说，这次报道不仅仅只是昙花一现的风光，而是预示着陈海宁这个清国人刚刚开始走向世界。我努力回想了一下，大概在那前后，见于我们常识之中的记忆只有十年前，由容闳带着一批福建的天才幼童去了美国，进入容闳留学的耶鲁大学深造，这些天才幼童中就有后来成为中国著名铁路工程巨匠的詹天佑。那么按年代来算的话，也许陈海宁真算得上是中国人前往欧洲留学的先行者了。可是这样的先行者，不仅没能在历史上有所记载，还有着那样的结局，多少令人唏嘘。

不过，他到底最后拿没拿到波恩大学的学位、拿到了什么样的学位，在人物志中并没有记载。只是写到在 1884 年，陈海宁从德国回到山东，再次入职了山东机器局。

我不打算放过任何一点细节，继续抄录下去。

  1884 年回国，再次入职山东机器局后，多次被调走又在次年回到山东机器局。1895 年调到新疆，1896 年回山东，1898 年调往江西，1899 年回山东，1900 年调到汉阳，1901 年回山东，但这一次他并没有回到山东机器局，而是直接被安置到了泺南钢药厂。在此之后，陈海宁再没离开过那里，直到爆炸事故发生，离世。

庞大的地方志资料库，关于一个人，仅仅只有如此几行。

我把厚厚一本人物志交还给接待我的中年人之后，说了声"谢谢"也就离开了。

坐着回城的公交车，有着足够的时间让我把现在掌握的所有线索在脑中重新捋上一次。伴着车窗外愈发繁华的济南夜景，加上今天抄录的年谱一样的人物志，我意识到确确实实出现了几个非常值得继续深挖的点，那其中一定有侦破疑团的关键。

到了宾馆房间，我立即打开电脑，重新点开《莱茵工业报》的报道，看了一眼那两张照片后，开始笨拙地将报道中的德文逐个字母敲到翻译软件中，希望能知道大概写了些什么。

翻译软件翻译出来的东西，语句相当不通顺，同时还有很多的单词翻译不出来，即便如此，我还是从支离破碎的汉字中读出了我想要的信息。

就如同陈海宁出现在西方的报纸上，仅仅只是他步入世界的开端一样，这个"济南的风筝"同样不是他竭尽全力才做出来的心血之作，而只是一次试验而已。根据翻译过来的德文报道可知，陈海宁的这次试验主要是在计算这把奇异的椅子，实际上，也就是测算某种飞行器的驾驶座加上驾驶员的重量和各项飞行指数之间的关系。那些风筝也不是简单地为了把坐着人的椅子带到天上而已，恐怕每一只都涵盖着某些复杂的参数，用于之后真正的飞行器制造。

在那时没有电脑数字模拟，想要得到足够的数据，即使有大量的数学建模，也逃不过实体试验这一步。

所以，"济南的风筝"的这根风筝线，在照片中看着最显眼的一条细长弧线，是必然要被剪断的了。

回到北京，我还是忍不住把所有的新收获统统用邮件发送给了邵靖，即使他根本没时间看，发送给他也算是对他帮我联系地方志办公室的答谢了。

出乎意料的是，邵靖还是迅速就回复了我，只不过并非邮件而是短信，看来他确实是相当忙碌了。短信上写了不少字，先是为我能有如此之多的收获而感到高兴，随后则是问我要不要见一位上海交通大学的副教授，刚好他为了半年后的学术会议特意来北京开一个筹办会。副教授姓丁，是科学史方向，很可能在这方面有研究。

我喜出望外地答应了。

邵靖迅速帮我安排了和丁副教授的会面，就在他们历史档案馆外的咖啡馆，可惜邵靖完全没有时间。

下午的咖啡馆里，客人还是相当之多的，幸好我提早到了，等了一会儿终于找到一个比较僻静的角落座位。

刚好是约定的时间，咖啡馆的门打开，一位看上去已经开始发福但相貌还比较年轻的男人走了进来。他肯定就是丁副教授，见他四处张望，我立即举手示意自己的位置。

他坐下来，脱掉羽绒服，里面是一件格子毛衣，毛衣领口露出白衬衫的领子，蛮有一位副教授该有的样子，我也就更放心没有认错人。

我们互相自我介绍了一番之后，丁副教授就像是等待学生做报告一样看着我了。我有些局促，但还是鼓足勇气打开电脑，一边把材料展示给他看，一边讲着自己一厢情愿的推断。

丁副教授的语速奇快，快到我几乎有些听不大懂，但话不多，多数时间都是在听我讲述。直到我全部讲完，他才说要我翻回到《莱茵工业报》的报道再仔细看一看。

在把德文报道认真阅读了一遍之后，丁副教授把眼镜摘下来，凑到电脑屏幕前仔细地看了看两张照片，特别是那张在山东机器局大门前的。他将分辨率和清晰度非常低的照片尽可能放大，仔细地看了那把椅子下面以及左右两边能看到的各种衔接在椅子上的机械元件。他时而把照片放得很大，时而只是摇头咂嘴。过了很久，他才终于从那篇报道的照片中返回现实。

戴好眼镜后的丁副教授，又用他那奇快的语速与我说话。他说，翻译软件翻译出来的意思基本没错，但可笑的是，英法的报道都完全误解了德国报道的初衷。

我满脸疑惑地望着他，期待后面的展开。

随后，他说自己也对这个人感兴趣了起来。以前从来没有关注过这个人，现在看了我收集的材料，发现确实具有一定的研究价值。当然，一来他本人根本没有时间开这样一个崭新的课题，二来也不能夺人所爱，所以鼓励我把这个人研究深研究透，很可能会有更多更有价值的发现。

我实在不好意思说自己只是对那起爆炸案的真相好奇，在丁副教授的视野内，我所关心的那些东西微不足道。

因此，我只是礼貌地点点头。

还没有说到核心，我真诚地期待着丁副教授接下来要说的东西。

丁副教授看我依旧用眼神表示着自己穷追不舍的坚定，一下笑了，说要是我愿意的话，完全可以去报名上海交通大学考他的学生，他就是喜欢我这种既有干劲又充满好奇心还十分敏锐的年轻人。

我只是委婉地用否定的表情说了一句："好的，如果有机会我一定会考。"

他看我这样回答，笑了笑没再多提考学的事情，继续快语速地说起正题："这个，嗯，就沿用德国人的称呼，这个'济南的风筝'我以前确实在文献中看到过。"丁副教授表现出一副对自己的记忆力非常自信的样子，"只可惜它不是我的研究方向，所以一下子就放过了，没有深挖。但刊载期刊我还是记得的，你可以自己去翻出来看看。以你的资质，自行查阅就一定能有相当的发现。中科院的图书馆里存有德国工业科学学会的会刊，叫作《工业科学》，那里面就有你想要找的东西，到底能找到多少，有多少价值，那就得看你的能力了。"

我极为礼貌地再次向丁副教授表示感谢，丁副教授笑着说了一句"邵靖也是不错的小伙子，代我向他问声好"后，就穿上羽绒服匆匆离开了嘈杂的咖啡馆。

中科院的图书馆，刚刚搬到北四环外的新馆，从外面看上去，高大气派了许多，充满了"这里面藏有相当多的珍贵资料"的感觉。

早在家里，我就通过中科院图书馆官网查到他们确实有馆藏《工业科学》的全部期刊，把检索号和所藏馆室的位置都记了下来，以便第二天能有的放矢。然而，即便做了这么多的准备工作，真的到了实践层面还是遇到了一点不大不小的麻烦。

因为一百多年前的期刊馆藏都是闭架阅览，我只有把检索号交给图书管理员，等她去书库中找来给我看。图书管理员是一位看起来十分严肃的中年女性，头发盘得很利落得体，穿着统一的工作服，套着蓝色套袖，接过我的阅览单，面无表情地走进了身后的小门。

闭架期刊阅览室一上午都没有第二个人出现，但那位图书管理员也迟迟没有回来。大概等了四十来分钟，她才终于从那扇小门里再次现身，看上去有些疲惫和沮丧，我感觉有些不妙。

"没有你找的书。"

"啊？"虽然已经在刚才一瞬间预料到了，但我还是有些吃惊，同时请她到阅览室里的电脑前，想让她知道库存里确实显示有这套期刊。

她跟着我到电脑前看了看，摇头说："但里面没找到，也有可能是在搬家剔旧时给卖掉了，只是还没来得及修改数据。"

"一百多年前的历史文献也会被剔旧卖掉？"

"确实不大可能……那也许是搬家时不慎丢了吧。"

"我可不可以……"我没敢把话说完。

"你有介绍信吗？"

我默默地摇了摇头，眼巴巴地看着她。

"副高以上职称？"

我继续摇头且看着她。

这样的回答好像也完全在她的预料之中。

我们继续对视了一会儿，我实在不想退让。

"肯定不可能让你进库里去看啊。有没有除了检索号以外的什么东西？有可能这套期刊还没有正式放到架上，刚刚搬家过来，你懂的。"

经她一提醒，我赶紧拿了纸笔，又从兜里掏出昨晚做好功课的小本子，把上面查到的《工业科学》的德文名字抄到了纸上。我告诉图书管理员，这是德文期刊，期刊名是这个，也许能有一点帮助。

图书管理员拿着纸条看着上面的德文皱了皱眉头，又进到了那扇小门里面。

过了大概三四十分钟，那扇小门终于又打开了。我一眼就看到她的手里，拿着一本厚厚的褐色硬皮装订书。

"终于找到了。一共只有三本合订本，随便找个角落，就是藏上一百年也不会有人发现得了，估计它们也该感谢你能坚持让它们出来透透气。不过，不允许一次拿两本，所以你看完这本，我再进去给你拿另一本。"

说着，她绕过小门前的办公桌，亲自递到我手上。

我如获至宝一般，一边点头，一边捧着这套合订本坐到了最近的桌子前。

合订本里的纸张略有些泛黄，但翻阅起来感觉并没因年代久远而变脆，只是翻阅时得格外小心谨慎。

"还是应该拍成胶片或者干脆电子化了呀。"我忍不住又抬起头来和已经回到办公桌前坐下的图书管理员说了一句。

"哪有那么容易，而且拍胶片也是一种损坏，反正最后都是一样的结局，哪个也不会多上哪怕一丁点儿意义。"

说来确实没错。我真想再接上一句什么，但自己已经被合订本的德文期刊内容给吸引住了。

重新从封皮开始看。褐色硬皮书封正面以及书脊上都标有我事先查到的《工业科学》的花体德文。确实非常不容易辨认，特别是对我们来说完全陌生的德文。在名字下面标示着的是这套合订本所涵盖的期刊年份。这是第一本，从1877年到1897年。而后面两本，分别是1898年到1918年和1919年到1936年。整整六十年的学术年刊，可以说是德国工业崛起的一个见证，也熬过了第一次世界大战，却在二战前夕无力坚持最终停掉。

我所需要查阅的内容跨越两本的年代，看来还是需要麻烦图书管理员再跑一趟书库。

顾不了那么多，再一次小心翼翼地翻开了第一个二十年的《工业科学》。

全部都是德文的……我只好硬着头皮先从每一年的目录看起。不过，一上来的发现几乎和我预料的一样，在1884年的目录里，看到了"HAINING CH'EN"的名字。这一年陈海宁离开波恩大学回到中国山东，看来这篇论文，大概就是他三年德国留学生涯的一个总结了。可惜目录上的论文题目我完全看不懂，只好按照页数翻文章看看。

陈海宁的这篇论文应该不是他的毕业论文，篇幅不算长，只有七页。除了少量的德文叙述以外，全是各种公式和示意图。德文也好公式也罢，全都让我头痛不知所云，但那几幅示意图却令我眼前一亮。图上虽然也有不少计算辅助线，但明显就是那只"济南的风筝"。

受到如同在异乡见到老街坊一样的鼓舞，我又硬着头皮重新看了这篇论文。根据自己少得可怜的机械知识，通过几幅图和翻译软件的帮助，大体还是猜出了这篇论文讲了些什么——用风筝辅助计算飞行器参数的可能性与实践。

正好和丁副教授解释给我听的关于《莱茵工业报》上的报道相符合。看来陈海宁在德国三年几乎都在这方面着力，我同时也钦佩起丁副教授的记忆力。

不过，我并没有就此罢休，或者说原本我所预先设想的只是开端。然而当我真的继续往后翻时，几乎快要绝望。从陈海宁离开德国之后，一年一年地过去，竟然一直没有再见到他。难不成回国之后，他便彻底离开了科研，甚至逐渐颓废，到最后成了一个会不慎引发爆炸惨案的冒失鬼？这完全不合理。

大概就是这种跨越百年时空的信任，支持着我继续翻阅着德文目录。

终于，当我翻到了第一本的最后时，忽然又看到了陈海宁。

太有功夫不负有心人的喜悦了。我赶紧先翻回到这一期的封面确认年份——1895 年。

看到这个年份我不禁愣了一下，仅仅从这个数字就已经嗅到了更多的东西。不过现在还不是急于下结论的时候，我必须更加小心谨慎地查阅验证。

大概是因为阅览室中本来也没其他人，图书管理员看到我似乎很是吃惊的表情，多少也有些好奇，便从她的办公桌前绕过来，走到旁边问我到底发现了什么。

我本来想说"其实我看不太懂"，但当我指着眼前一幅机械示意图时，忽然之间竟然明白了它是什么，遂更加吃惊地说："这是……扑翼飞行器，载人扑翼飞行器。"

第一本翻阅完毕之后，我把它交还给图书管理员，又申请了第二本继续翻阅，同时，还跟她说了一声"辛苦了"，因为再过一会儿我还要再看这一本，只能辛苦她多跑几趟。

把陈海宁的所有论文都复印下来，回到家中以后，我从他用毕生精力研发的扑翼飞行器中爬了出来。这个东西不是我所要找的重点,我想要知道的是最后爆炸案的真相,而这个真相,其实就摆在面前。仅仅从论文的发表时间看,就已经一目了然。

1884、1895、1898、1900、1902、1910,正是这样的一串年份——陈海宁在《工业科学》上发表论文的年份,就是所有的真相。

包括陈海宁回国那年的第一篇论文在内,陈海宁一生竟在《工业科学》这本极为专业的学会年刊上用德文发表了六篇论文。这一点令我钦佩不已,我对科学史知之甚少,但这个数字和这样的年代,恐怕完全可以跻身中国早期科学界前列了。但这些在此时已经无法掩盖真相。

这就像一次拼图游戏,形状各异的所有小图片都已经找到,到底是什么样的图画,要做的只剩把它们拼到一起。

"时间"就是找到拼图接缝对接规律的钥匙,而这个钥匙的内容就是:陈海宁发表论文的时间和他被调离山东机器局的时间,完全吻合。

有时候,当我发现了这种显而易见的秘密时,几乎是会笑出来的。

陈海宁在德国留学三年,离开德国时,也就是1884年发表了他的第一篇学术论文。随后,当他回国重新就职于山东机器局之后,迎来了自己研发扑翼飞行器的停滞期——空白的十二年。没有详细的记载,我当然不能用猜测得到结论来表述空白的十二年在有着科研热情的陈海宁身上到底发生了什么。仅看到1895年,陈海宁忽然又开始发表论文。第二年,他被调离了山东机器局,而且还是去只有充军的人才会被发配过去的新疆,这无疑是一次惩罚。对什么的惩罚?似乎相当显而易见了。随后几次调离,虽然没有新疆那么偏远,但也都是一年时间就又调了回来,无论怎么理解,大概都跑不出这是一次次惜才和惩罚之间纠结的结果。

再看陈海宁发表论文的"1895年",这个年份本身也不容小觑。

这一年对于那个老大帝国大清国来说太过特殊了。在此之前的一年,大清国吃了自鸦片战争之后最屈辱的一场败仗:甲午海战。号称海军舰队的实力已经是世界第五的大清国,竟惨败给了无论从国力还是国土面积都远远不及自己的东瀛日本。败仗之后,大清国在1895年被迫签署了最为丧权辱国的《马关条约》,洋务派从此一蹶不振。而更值得注意的是,"镇远号"和"定远号"两艘北洋舰队的主力舰,正是徐建寅亲自到欧洲考察订造的。陈海宁忽然就在这一年"重出江湖",发表了或许被他雪藏十二年的论文,恐怕并非仅仅只是巧合那么简单了。

一旦有了方向，接下来每一个关键点都立即合理起来。

1898年，对于徐建寅来说同样不平静。如果说甲午让徐建寅的事业和理想严重受挫，那么，1898年则危及到了他的生命。在这一年，发生了轰动全国的戊戌政变，徐建寅同样参与了维新党的运动。幸好他加入甚晚，没有进到主要成员名单，但为了遮掩自己也曾入伙维新，他以回籍扫墓为由，迅速逃离京城，当然也完全顾及不到山东。我看了《工业科学》在这一年的出刊时间，是在年底，也就是说徐建寅七月离京，陈海宁就立即把一篇新的论文投稿过去。海运手稿，一个月基本也能抵达德国，再加上审稿时间，大概因为之前已经有所了解，论文本身又没什么问题，当年年底便能发表也不是不可能的。1900年庚子之变，八国联军攻陷北京，张之洞被调到湖北，同时也带着徐建寅到了汉阳钢药厂，开始研制无烟火药。这时的徐建寅当然更加无暇顾及山东机器局……

总有一种只要徐建寅出现一点松动，陈海宁就立即如同一个没有家长看管、在家里撒起欢儿的小孩一样，马上投稿新的研究成果给《工业科学》。实话说，这样的做法非常不聪明，很容易让人误解，但对于一个心里只有扑翼飞行器的人来说，或许根本就没顾忌过这些。

我不能得意忘形，所以在推理的过程中，又把年代翻回到事件的起始1879年，重新调查一下。

这一年，山东机器局竣工，徐建寅被派往欧洲考察。考察有四年时间，同时徐建寅订购回来"定远号"和"镇远号"两艘当时几乎是战斗力最为强悍的战舰，以及写下了《欧游杂录》。

我把《欧游杂录》仔细翻阅了数遍，发现只在其中抄录的李鸿章的信里提到要补上两名留学生过去学习枪炮船舰制造，同时要找些年轻人到德、法的工厂中实习；其余记录完全都是徐建寅在欧洲考察德、法军工企业工厂的实录。这本杂录十分明显地体现了徐建寅到欧洲的目的，就是要通过亲自造访考察，迅速增强大清国的军事战斗力。

作为自己父亲的学生，在当时来看也应该是高才生的陈海宁，在徐建寅在德期间前往德国留学。徐建寅不可能不知道，也不可能不认识，更不可能没有过接触。但整本《欧游杂录》里没有出现任何关于留学生的事情，更没有陈海宁，唯有李鸿章的信里出现了那两个留学生的名字。连当时的中堂大人李鸿章都清晰地写上名字，仅此一点已经能看出其对军工类留学的重视。而像陈海宁这样的留学生，如此优秀却只字未提，更能体现各类留学生在当时洋务派官员心中孰轻孰重了。

徐建寅和陈海宁之间的关系，确实更加微妙了。

重新回到陈海宁这条线上来，继续推理下去则有些令人悲伤。陈海宁第三次被调离山东机器局，是被徐建寅带在身边，一起到了汉阳。如同终于不放心自己的孩子一般，惩罚已经不管用，只好带在身边亲自教导。即便如此，陈海宁还是继续发表了下一篇论文，那年是1902年。而这一年，徐建寅已经死了，死于1901年汉阳钢药厂试验无烟火药的意外事故中。同样是爆炸，同样是意外，同样是无烟火药。

陈海宁，是爆炸事故的亲历者。

当时陈海宁到底在不在现场，完全无据可考，但从前面的推理不断延续到这里，不禁嗅到了一些令人不悦的仇恨感。

我极不喜欢这种因为理念的不同而生恨的事情，特别是很有可能他还是凶手——一百多年来一直找不到的那个造成炸死徐建寅的重大事故的凶手。

那么最后陈海宁有可能是自杀谢罪？反正绝不可能是一起冒失鬼的失误所造成的事故，但如此重大的伤亡，也太过分了些……况且是这样惨重的后果。已经在汉阳亲眼见过一次的陈海宁真的还能下得去手？还要找那么多人为自己的谢罪而陪葬？

还有那身奇怪的衣服。胸前配有那么一串串金属片，不禁让人想到或许是防弹衣的雏形，所以难不成……他是杀害徐建寅的凶手已经被发现或者被怀疑，所以处心积虑地想再引发一场相同的爆炸，诈死然后逃之夭夭？结果诈死反倒成了炸死？怎么想来都不可能，如鲠在喉的不快让我无法继续。但多少也是有些成果，便一五一十地写下一些简短文字，连同我复印下来的所有论文翻拍成照片发给了邵靖。

已经很久没和邵靖面对面说话了。他看到我发过去的东西后，立即就回复说约我第二天见面，想聊聊这个既有趣又让人不快的事情。

见面就在他们历史档案馆休息区的沙发处。

邵靖把自己的笔记本电脑放到茶几上，用一次性纸杯给我俩各倒了一杯水，坐了下来。

"有没有看过陈海宁那几篇论文的内容？"邵靖说话永远是开门见山没有任何铺垫，直入主题。

"看过几眼，但看不懂。"我如实地回答。

他则不紧不慢地打开了电脑，点开我之前发给他的翻拍图片，又将电脑屏幕转向我的方向，说："太具体的我也看不懂，但仔细看看，多少还能找到一些更多有趣的细节。"

"你是要说他一直研究的是扑翼飞行器？这个我昨天也在信里说过了。"

"不仅如此。"

"嗯？"我虽然有点摸不着头脑，但还是又一次仔细地看了看。

邵靖知道我肯定不可能再发现什么新的东西，便不多等皱着眉头装作认真的我，指着屏幕上的公式，说："这个 P，是输出功率，对吧？"

我点点头。

邵靖熟练地把几篇论文放到同一个窗口对比着继续让我看。

"他在 1884 年第一次发表论文时，基本上没有计算太多机翼的功率问题，而是着重于椅子起飞时的平衡性，还有这个挂在椅子底下的秤砣的最佳重量。"

"这个应该是陈海宁在留学之前就基本完成的试验数据，在德国大概就已最终完善了它。"

"想必如此，不然在《莱茵工业报》中，也不可能出现能飞到天空还能安全着陆的风筝照片。"

"那么还能说明什么？"

"再看后面的吧。时隔十二年之后，论文里的扑翼飞行器完全成型。就算你我这样的外行，也能一眼看出来。"

我继续点头。

"而陈海宁的着重点也完全变了。你看这个，机翼的尺寸和扑动频率也好，每个元件的机械设计也好，根本都没有再多讨论。"

"数据基本就从风筝那里延续下来，想必他在那时就已经设计好了机翼之类所有的机械结构。"

"他对自己的机体设计非常有信心。"

"似乎确实是……"

"不是'似乎'，而是'一定'。因为他从这篇论文开始，讨论的一直就是扑翼飞行器动力源的问题，而非机体设计了。"

"呃……确实呀,这里出现了蒸汽机。"经邵靖提醒,我再看 1895 年的论文,似乎更能看出些门道来了。

"而且论文里的蒸汽机的重量是恒定的。"邵靖又把几篇论文并列对比给我看,"也就是说,最开始那个秤砣的最佳重量就是蒸汽机的重量。所以,很显然 1895 年的这篇论文设计出来的扑翼飞行器是不能成功的,因为他论文中的这个重量的蒸汽机输出功率不够。"

我喝了一口水,等待下文。

"我查了一下历史上的扑翼飞行器,在那个年代,失败的原因基本上都是蒸汽机这种当时功率最高的动力源还是太过笨重所致。好了,我们不再深究这个,只是你可以从这里发现一个转变。"

"转变?"

"是的。先看 1898 年的论文,他提出烧煤的蒸汽机是不合理的,煤炭的燃烧率太低,必须提高燃烧率。可能那时他刚好在山东机器局,有着得天独厚的便利条件,试验了很多种燃料,其中还有各种火药,但无论哪种火药都烧得太快,持续性太差,也不理想。这篇论文,与其说是机械设计类,不如说是化工类了。再看看 1900 年的论文,他竟提出改用酒精作为燃料,太聪明了!这肯定是经过无数次试验才得出的结论。如此一来,燃烧率的问题就基本解决了。除此之外,如果再根据酒精燃烧的特性改造蒸汽机,蒸汽机的重量还可以大大降低。同时,你看他的论文结尾,也提到开始着眼于用内燃机代替蒸汽机的可能性。"

我知道接下来要有转折了,因为 1902 年本身就是陈海宁的重要转折点。

"但,你再看 1902 年的这篇论文……"

邵靖没有说完,只是把其他的论文都关掉,放大了这一年的画面。

当我顺着邵靖的思路重新看这一篇论文时,一下子发现了我一直就没意识到的蹊跷,也就是邵靖所说的"转变"。

"这家伙,"邵靖在面对转变时,不由自主地更换了对陈海宁的称谓,"竟在 1902 年的论文中大篇幅地用起了人力动力。虽然他在论文里写了放弃蒸汽机的原因是为了节省蒸汽机和燃料的重量,但毋庸置疑,这实际上完全就是一次倒退。"

"为什么会忽然倒退?他不像是这种脑子不清楚的人。"

"为了……"邵靖神秘地一笑,"为了徐建寅。"

"嗯？！"突然从论文跳转回徐建寅，我一下子没有反应过来其中的意味。

"徐建寅在前一年死了，怎么死的？"

"炸……"

"没错，突然间偏执地拒绝了一切带明火的火力动能。"

我忽然间觉得胸中的憋闷一下化解，却又有什么袭来。

"我的德语也不怎么行，但这篇论文里还是能多次看到陈海宁写'机械不需要明火'的言辞。一篇工科论文，竟带着这么多悲伤的情绪。"

"那徐建寅对他……那么多次故意调走……"

"惜才和调教。对于徐建寅来说，陈海宁这样的优秀人才，又是他父亲的弟子，怎么可能不爱惜？可是他们之间的思想，或者说是他们整个的世界观都完全不同，一个是军事强大才是唯一目的，一切科学全是为了国力强盛服务，典型的洋务派思想；而另一个几乎没有什么世界的概念，只有他所潜心研究的扑翼飞行器。在徐建寅眼里，恐怕陈海宁就是这么个不成器的玉璞。"

如果只是这样的一面之词，我觉得不能说不合理，但也没有太大的可信度，然而现在，论文的内容就摆在面前，这种能让人感到悲伤的论文，又有什么理由不去相信？

"其实更有意思的还在后面。"邵靖把接下来的论文打开，"我相信你一定和我第一次看到这篇论文时是同一个反应，瞅了一眼示意图之后匆匆扫过，只是注意到论文的发表时间和陈海宁被炸死的时间，而没有关注到论文本身的细节。"

我看着屏幕仍旧什么也看不出来。

"你一定漏掉了这个根本没注意到。"

邵靖指着屏幕上一连串的德文中一个由两个字母组成的单词：Po。

我完全不懂德文，所以无论这个单词是长是短，混杂在通篇的德语中我怎么也不可能注意得到，更不用说注意到它的意思……呃，等等？正在心里暗自抱怨邵靖在我面前炫耀他自己会德语的时候，我一下子明白了这个单词的意思。它完全就不是德语单词才对。它是……

"钋？！"

"没错！"邵靖一下笑了。

我立即掏出手机，打开网页准备检索。不过，邵靖早有准备，在电脑上又打开了一页一看就知道是晚清时期的报纸。

"1905年《万国公报》就报道过居里夫妇发现了钋，所以就算是一直在国内没有再出过国，如此关心西方科技的陈海宁也一定看到了。"

"肯定的，况且《万国公报》也不是小报，销售面非常广。在浉口，一定可以期期不落地买到。"

"况且论文本身论述的也就是钋的发热功率。拒绝明火的陈海宁终于另辟蹊径地走向了完全不同的另外一个领域，真不知道他到底是怎么冥思苦想才想到了这个办法。当然，他不可能懂核裂变，做不出核反应堆，所以整个设计还是被禁锢在蒸汽机的框架里。这回就能看懂这篇论文的蒸汽机设计了吧？"

实话说，我根本就没打算看懂过……

"他把钋放到金属箱中，利用钋的放射线电离空气和金属箱放电，从而产生极高的热能，接下来就还是蒸汽机的部分，用钋箱作为蒸汽机锅炉。只是问题在于他根本计算不出这个东西的发热功率，整篇论文仅仅只是一个初步的可能性报告。当然，从数据上看，他确实是做了相当的试验才得出来的。真不知道他到底哪里弄来的钋。"

"等等，你刚才说他是利用电离放电？"

邵靖笑着点头。

"所以……"

"对，所以必然会有电火花。在他们那个年代，电火花和明火完全不是一回事，所以……引爆就在旁边的黑火药库房只是时间问题……"

"并且，他懂得了隔离辐射？"

"没错。"

"进一步说……我一直疑惑的那件挂有一串串金属片饰品的奇怪衣服，实际上是他给自己做的铅衣？再进一步说，爆炸现场有那件铅衣，就更能证明爆炸时，他正是在做着核能蒸汽机的试验？"

"正是如此。"

好像所有的疑点都说通了，或者说真相果然不是陈海宁这个人过于没有常识，冒冒失失地穿了一件奇怪的容易引发火花的衣服而造成了惨剧。更让我觉得松了一口气的是，陈海宁和徐建寅大概也并没有什么必杀之恨。虽然结局依旧令人扼腕叹息。

"但是，还有一个问题，那汉阳钢药厂的那次爆炸呢？只是巧合？"

"在那个时候，黑火药工厂爆炸实在太常见了，我查到1908年山东机器局还爆炸过一次，只是没造成太大的伤亡而已。"

确实没有更多证据去反驳邵靖。

但我心中还是有着另外一套完整的关于陈海宁的故事版本。那个陈海宁一直怀恨于永远要抑制自己的才华、无法理解支持甚至还总是折磨自己的徐建寅，并且所有人都知道他对徐建寅的态度，因此才会被那些想要除掉徐建寅的保守派所利用。徐建寅出意外被炸死时，陈海宁也在汉阳，这一点永远也不能随意抹去。而且，陈海宁作案动机太充分了。之后呢？当然是要杀人灭口——却一直没有做到，一直等到慈禧老佛爷死了，光绪皇帝驾崩，保守派同样大势已去的时候。那时，他们再也等不下去，作为最后的挣扎，或者说是作为最后对洋务派，还有洋人的所有事物和知识的最后一次微不足道的攻击，设计炸死了陈海宁。

然而另外的这个人心险恶的版本，我并没有跟邵靖说。因为，他一定还是能找到证据来否定我的看法，况且以现在所掌握到的材料来看，他的推断更合理也更贴近事实，我又何苦去讨这个没趣。

大概又过了半个多月，我发现自己依然对陈海宁的事情念念不忘。辗转反侧之后，我终于还是又一次给邵靖发了信息。

繁忙的邵靖过了好一阵子才回复了信息，但并没能满足我的需要。他说自己在机械设计方面完全是外行，而且一直都在文史类的研究圈子，不过倒是可以找丁副教授试试看。

似乎只有这么一个选项了。没有别的办法，我只好给丁副教授写了一封相当长的邮件，讲了我和邵靖整理出来的关于陈海宁的人生，包括他的扑翼飞行器试验设计全过程，并且把陈海宁的六篇德文论文一同打包发送过去。

忐忑地等到第三天，终于收到了丁副教授的回信。

在回信中，丁副教授先是大加赞赏我和邵靖，竟能挖出这么有价值的人，给中国近代科学史又增添了坚实的一块砖。随后则说自己是搞科学史方向，所以真正的机械设计也只是懂个皮毛，我所问的关于陈海宁设计的载人扑翼飞行器到底合理性有多大，只能找他们学校的机械专业的专家来鉴定了。不过好消息是，机械专业的教授看了陈海宁的论文之后，表示相当感兴趣，打算深入研究一下。既然专家能在百忙之中对这个自己科研项目之外的东西感兴趣，也就说明它本身已经具有相当的合理性。接下来只有静候佳音了。

看着丁副教授的回信，感觉他温和的笑容和奇快的语速在眼前交替浮现。

我不敢打扰丁副教授，所以接下来只能等待，等待丁副教授再次回信，以及希望那位机械专家不是仅仅随口应付一下丁副教授而已。

大概又过了一个月，在这个对我来说确确实实几乎快要把陈海宁还有他的扑翼飞行器忘掉的时候，终于再次收到了丁副教授的回信。

邮件不算长，但完全能感受到丁副教授的激动情绪，同时还有几张照片附件。

丁副教授在邮件里说，他们学校相当重视这个发现，已经迅速组建起一支科研小组，一方面继续深挖这个中国近代少之又少的科技奇才，另一方面也打算再造他所设计的载人扑翼飞行器。说来惭愧，没想到一百多年前的中国人已经能把扑翼飞行器设计得如此科学合理，唯独欠缺的只有动力部分；而当今最不成问题的就是动力，至于其他的机械结构、机翼尺寸、扑动频率等等一切都完全可以直接沿用，基本上无须大改就可以载人上天了。丁副教授还忍不住给我科普了一下扑翼飞行器在当今的意义，什么节省跑道长度之类，字里行间无处不见丁副教授的激动情绪。

我还没来得及点开邮件里的照片，就又收到了丁副教授的新邮件。新邮件里只有短短的几句话，我仔细一看就笑了。丁副教授又来劝说我加入他们的科研团队，无论考学还是直接加入，只是不想浪费我的能力。在邮件的最后，丁副教授似乎退让到最后一步，说至少我写一篇论文去参加几个月之后的学术会议，现在报名还来得及。

丁副教授还真是一位值得信赖的好人。

我对着屏幕笑了笑，心中想着"我根本就没这个本事"，然后找了一大堆极为得体的言辞，再次谢绝了丁副教授的好意。

回复了这封邮件之后，我又重新打开了丁副教授发来的上一封邮件，点开了那几张照片。都是一两个年龄较大的人带着几个年轻人，手里抱着看上去像机翼之类的组件，笑得很开心。而每一张照片中，都有同样的一个物件，就是那把一百多年前曾靠风筝带着飞上了天的奇怪椅子。

他们果然最先再造完成的就是那只"济南的风筝"。

陈海宁这家伙要是能活到现在，也许当他的风筝剪断了线之后，就不会坠下来了，至少不会坠得那么快、那么惨了。

本文为中文原创小说，并非《银河边缘》原版杂志所刊篇目。

零故事

李盆

中国新势力

李盆,一个广告从业者,业余一直在尝试无文体的写作。相信事物之间的相似性,相信日常生活就是一次奇遇,所写的一切也都来自记忆和日常。

羊呆住了

草从哪里来？

羊吃着吃着就呆住了，无法解释，它想不通。

这个执念摧毁了一切，这就是虚无感，也是心塞的一种。

这件事情反复困扰着许多羊，它们轮番地呆住，放空，又释然，又呆住。

特别是大雪过后，面对矢量的大地，羊慌起来非常可怕。当三百双空洞的眼睛一齐转向你，事情就不好办了。

没有人知道接下来会发生什么，人类没有这种经验。不能让所有羊群同时陷入寂静的古训，就刻在一座山上。

赶羊的人大气都不敢出，他尽量把鞭子藏在身后，扭过头去，小声地干咳一下。

过了很久，突然有羊开始恢复咀嚼，嚼嚼嚼嚼嚼嚼，咀嚼声蔓延开来，羊陆陆续续转过头去，恢复了羊群原本该有的样子。

事情闯过了一个未知的关口。

在这个世界上，像出现在羊群中的这种毫无保留、绝望的自省时刻，并不常见，也不太被人注意。

个别你知道的，就是那些搁浅自杀的虎鲸群，和在清晨纷纷击地而亡的鸟。

少于一

如果那天有人恰好飞过那片空地，就会看到我的记忆之一：天黑下来，是那种快要下雪的样子，李树增在一大片空地上遇到我，递给我一小块冻羊肉。

这是一小段很早很早但是无关紧要的记忆，是我在记忆中打下的木桩之一，像雪地中的木桩，让一些飘浮的时间和地方不至于丢失。它在我睡觉之后和醒来之前反复播放，每次都不一样——风从东吹向西，天要下雪；或者风从北吹向南，天只是黑下来了。有一棵杨树，没有一棵杨树。李树增弯下腰，李树增站着。有时候会有口琴声响起，但多数时候没有。

我提到李树增是因为李树增死了，我从小就知道他必然会死，并且随时会死。因为他太瘦了，他被孙子用砖头赶走、讪讪转身的样子，他坐在树下任凭槐花落满头顶的样子，本身就是在描述死，或者只能用死来描述。

直到那天，时候到了，人们说他靠在椅子上就没了动静，几乎就是熄灭了，面前还摆着凉下来的饭。

在去世之前，李树增因为过度衰弱去看过病。那段时间他偶尔会衰弱到不可见，在和邻居说话的时候，会突然闪烁，变成一阵灰色的嗡嗡声。

一个下午，他换上新衣服，慢慢地上了车，去了大医院，就像去走完某种例行程序。医院是世上最色彩斑斓的地方，有新鲜饱满的护士，有热乎乎的细菌，红色的绿色的。有一个医院有灰色的墙，他们给出的诊断是心脏病，开了蓝色的药；而另一个医院有黄色的墙，他们给出的诊断是神经衰弱，开了白色的药；还有一个医院有石头色的墙，他们在单子上写下一个结果，就像一种判决。

"少于一。"

那个年轻的大夫说，李树增长期少于一，他和旁边任何一个人算在一起，都不够两个人。这是一种无法补救的贫瘠。这种贫瘠在他的家里到处都是：屋子时常一片漆黑，钟表有时在那儿挂着有时不在；连他最喜欢的旧圈椅，都不足以成为那个旧圈椅本身。

李树增知道自己的命运，他很平静，像已经死了一样沉默，他在卫生所卖了二十多年的药，差不多熟悉所有的病。去医院不过是一种仪式，最后一趟出门，看着窗外的树，好让子女们完成人生。

在北方，很多老人都习惯说"喝方便面"，他们临终前尤其喜欢吃重口味的饭，在一些可以开窗的天气，等房间里的尿味儿散去一些，在坟墓一样的被子底下跟凑过来的儿子说"我喝方便面"。从医院回来后，李树增也开始喜欢喝方便面。他买了一箱放在桌子下面，汤非常咸，每次喝都是一次简陋的纵欲，他喝了好多回。

不久之后，他就坐在圈椅上死了。

人在病死的时候各有各的仪式感，有的铺张有的简单。我见过许多快要去世的人，有人会说出一个答案，留在世上等待问题的到来；有人会趁世上某地响起喜欢的歌声抓紧死去；有人在死前把弃用的内脏整理得横平竖直，在体内排得整整齐齐再去火化；有人把自己除以五，成为五具稀薄的尸体，需要搬五次才能入殓。

李树增的死是最简单的一种,他直接消失了,关于他的记忆逐渐只剩下那片空地。但我后来在别处偶尔也会想起他。说到这里,有两件小事都可以作为结尾,两个结尾都是真实的。

一个是大柳树路的葬礼。这一带经常能看到老式的出殡,人们点着了纸马,把磷洒在火里助燃,磷是有机磷,火是大火,里面有个纸马只有一只眼,它用这只眼怨恨地看着人们,慢慢地烧塌了。

还有一个是,几年前我带大吴楠去我十岁那年去过的动物园,看到一只年老的鸸鹋,非常迟缓地走进一个黑屋子。它的神情让我想起了李树增,我觉得这只鸸鹋是他,但也很有可能不是。

事情有点麻烦了

我爸,一个看书会读出声音来的人,现在装了一只心脏起搏器。

严格来讲,他是一个机器人了。然而是机器多一些还是人多一些,是一个问题。

医生说 total 来讲是 human 多一些,但往后不好说。不管怎样,他都是电气的了。我问他会下围棋吗?他说不会。

不会下棋说明不了什么,可能只是时间不到,对于我爸来说,这很可能是一个演化的开始,马上会面对命运的十字路口。向左还是向右,余生还是新生,都取决于自由意志,然而自由意志来自哪一部分,他还是不是一个具备完全民事行为能力的人,都不一定。

事情有点麻烦了。有这么几种可能:

一种是,他可以自己选,但正处于迷茫当中,to be or not to be,陷入沉思又不能抽烟,只能在窗前走来走去。

这样的话,我其实想帮他做个选择,甚至在去病房之前,已经在文件传输助手里打好了草稿,几个关键词:自由、人的主体、选择、跟随自己的心,等等,已经大概想好怎么说了,主要是告诉他要勇敢。

但我也预料到了,见面之后还是很难张嘴的,捅破窗户纸不是一件容易的事情。万一我说完之后,他盯着我发出嘀的一声,我能不能接受那种局面,这还是在下雪的夜里回到家掏出一包锅巴的那个人吗?我会吓得跑出病房,还是接住这嘀的一声夸他说声音还可以，或者是当没听到若无其事继续聊天，我的心情又会是怎么样的？事情没有到来的时候，根本没法设想。

还有一种情况，是他已经暗地里决定好了。继续做人安度晚年，这都不算什么决定，决定是指揪住命运的马鬃，在人生的岔路口猛扳道岔，嘀的一声成为一个机器人，微微发热地扫描这个世界，重新看待那些不能理解的事物。不能小瞧一个人的勇气和好奇心，这是有可能的，我爸是一个怂的人，但怂的人也是会杀鸡的。

如果是这样，我也就不用给什么建议了。只需要考虑一些可能的后果，比如他的自我认同是怎样的，需要遵守什么法律，是三定律还是反洗钱法；还有一些小事，他的星座是不是已经变了？他是三防[1]的吗？他会逐渐丧失包饺子的技能吗？

后来又觉得自己可能想多了。装个小设备而已，不至于那样，人类社会中没有什么神迹。

但有些问题没法回避，这跟起搏器大小没关系，重点在于，我爸他是设备基于机体还是机体基于设备？斑马是黑底白道还是白底黑道？

医生说不清，自己想也是没用的，我觉得应该再确认一下他的状况、程度或者说值？

科技这方面我了解不多，通过看电影的经验，感觉应该能从一些蛛丝马迹中看出点什么，像扭头的速率和阻尼有没有电影里那种特效的样子，说话有没有变磁，看杂志的时候有没有一些运算的沙沙声，还有就是身上有没有大学机房里的那种硅味儿，也就是这些了。

但是一周下来，没看出什么来。

护士建议我装个老年监护摄像头，四块钱一个。但我有顾虑，万一发现他在没人的时候大喊"I, Robot！"，该怎么面对？

不行的话就算了，顺其自然，就当什么都没发生，可能本来就什么都没发生，生活就是这样的。但我仍然觉得有必要问他一个问题，那天看他在收拾桌子，就若无其事问了一句："你觉得人类怎么样？"

屋里出现了一阵极短暂的寂静。

问完了我有点慌，只有当问题问出的时候，你才能真正知道自己是不是想

---

1. "三防"一般是指电子产品防霉菌、防潮湿、防盐雾。

要答案。趁他没回话,我赶紧说:"行,你吃个梨吧。"

失败了,感觉他已经看穿我了,他什么都没说,但这恰恰可能是一种智慧的表现。不能着急,得慢慢来。

后来又想到一个好办法,就是让他扫地。找那么一天,出门之前把瓜子打翻在地,然后告诉他扫一下地吧。

但问题是,万一回来一推门,撞见他正匀速运行在地板上,那时候该作何感想?

小陨石

李电池爱喝酒,是人群中那些拒不秃顶的人之一,常在巷子头一动不动站上好久,然后叹一口气回家吃饭。

生活流啊流,生活就是这样的。

然而李电池内心不灭,他是一个藏在人群里的科学爱好者,一个尾事件的研究者。

尾事件的研究无边无际,足足耗了他的半生。

有天,一个人蹬着三轮车走过巷子,一个人蹬着三轮车走过距离猎户座红巨星一千五百光年的巷子,你以为这是什么,这是一个尾事件,和一只猴子在打字机前敲出一部《哈姆雷特》的概率差不多。

在宇宙当中,任何一件事情,概率都是极小的,却必不为零。

比如四十颗小陨石排成一圈掉到屋顶上,这件事,可能就要来了。

李电池牢牢记得那个办法:在月明星稀的夜里,把涂满甘油的玻璃片放在屋顶上,就能收集到来自星际的小陨石,或者把湿润的猪膀胱绷在脸盆上也是可以的。

这些雷鸣般的想法,在心里盘踞了许多年,而现在李电池觉得心里长草,是时候了。

他爬上屋顶,开始弄。

这些事情是不能跟别人谈的,毕竟说不出口。

胡同里偶尔有婶子端着咸菜路过,李电池就在屋顶上往下敷衍几句:"嗯吃了,你吃了么哈哈哈。"

然后等着她缓慢地走远,再收起笑,心事重重地望向天空。

科学这件事，不足为外人道，慢慢来就是了。

李电池每晚都在屋顶上等着陨石。银河旋转冰架消融，高架桥下的老人缓缓提肛，黑鸟慢慢穿过宇宙射线，他端一碗饭耐心地等。

绿色的小陨石细不可见，但是它一定会落在这里，可能已经落在这里了。

虽然看不到，但是想想就觉得欣慰。

多猫的垡头

垡头没有晨钟暮鼓，灯总是多亮三五盏。垡头多猫，这里是一个霜期很长的地方。

垡头的猫都是一些不饱和的大型动物。它们占据了一整只豹的空间，却总是长不满。

但如果你在雨后的夜里走得急，不小心碰到了它豹一样的轮廓，它就会用渺茫的眼神扫过你的颈动脉，提示你尊重这个轮廓。

"Watch! 留意虚线！"大概是这个意思。

随后它冷冷地背转身，垫步，杳无声息地消失在冬青里。

垡头的猫团结紧张严肃活泼，垡头的猫不走无谓之路。

没有一次奔袭是盲目的，你经常能看到它们心事重重地奔向远方。

如何调度它们，这是一个大命题。

消息说猫的调度需要一串代码，一系列的逻辑。一般是由图形、字符、计算机代码、石子、烟盒、木棍和绳结构成的语言。

```
if (!mInitialized) {
⊙ o ⊙！毛虫＞蚂蚁；绕过路灯；左左右右右；小树林……
```

等等这样的。

日复一日，有人会熟练地编好当晚的指令，放在小区里，放在路上、草丛里。基本上你在垡头一带看到的生活垃圾，都是当晚的行动语言。

不要乱动小石子和易拉罐，不要捡起那些带字的废纸，它们在天黑的时候自动生效，清洁工只在早上打扫卫生。

没有人问过为什么，所以别问。

但也有许多无聊的小孩，踢来踢去，导致了猫的彷徨。有猫六次横穿同一条马路，都是因为南楼梓庄的一段乱码。

那么这一切的意义指向何处？

如果非要给垡头下一个定义，基本上，垡头是一块调色板。从南磨坊到大柳树，从金蝉路到欢乐谷，一块横跨四环的调色板缓缓落下。

而每一只猫都是一颗热乎乎的像素，又小又浓郁的一只。

调色是猫的终极使命，它们通过遗传，正在有序地调和一种深邃的暗黄。

蓝色的猫被排除了，绿色的也不见了。黄猫越来越多，黄与黑白灰，只保留了这些有用的配色。

它们不厌其烦地控制着繁殖方向，在夜里围在一起，翻看一只新生的小猫：看，多么油润的黄！

所以猫的家谱其实是一张大色谱，这张色谱的终点指向C20、M30、Y50、K10，指向垡头的三色旗。

是谁主导了这一切？

有人说是垡头的李尔王，一个岗亭里的人。垡头的岗亭密密麻麻，你去问他们，他们一般都会关小风扇，含糊其辞，说同志你找谁？

所以让一切自然地发生吧。

总之欢迎来这里观光，有一座铁皮桥，最适合俯瞰垡头。

站在桥上，准备好一到两件往事，眺望史诗般的四环、缓缓诉说的南磨坊、金面王朝、众神的黄昏、日落金蝉路、入夜的三星堆，所有的汽车都烧着炭奔向远方，一片暗红的洪流。

垡头无边无际，垡头缓缓升起。

天黑了，沉默的人向左走，叹气的人向右走。我一般向左，因为我从右边来。

本文为中文原创小说，并非《银河边缘》原版杂志所刊篇目。

果与因

[美] 刘宇昆 Ken Liu 著

酒不醉人 译

刘宇昆，美籍华裔科幻作家，译者。2012年、2013年凭借《手中纸、心中爱》与《物哀》两次获得雨果奖，《终结历史之人》获雨果、星云双奖提名，2017年《折纸及其他故事》获轨迹奖。他翻译的英文版《三体》《北京折叠》也先后斩获雨果奖。首部长篇《蒲公英王朝》入围星云奖。国内已出版作品包括《思维的形状》《奇点遗民》等。

片一无虚，着妾扌

闪光白色耀眼一道

"准备撞击。"电脑的声音响起。

灼热的空气冷却下来。在一片白光过后，我渐渐看清了周围的事物：飞船仪表台，我自己坐在驾驶座，手中紧握操纵杆，破碎的驾驶舱墙壁的那些锯齿状碎片重新拼合起来，一切完好如初。

"倒数1秒。护盾破裂。"

透过舷窗，我看见一个银亮的鱼形物体正在离去。瞬间就已千米之遥。

"倒数10秒。"

那点银光在视界的边缘闪着微芒，像是一颗将要泯灭的星辰。

我在驾驶舱里一通手忙脚乱，狂砸那些闪烁示警的控制键，想让它们安静下来。焦急不定的情绪渐渐平复。

我倒着跑出驾驶舱，来到了餐厅。

船上警报大作。

"来袭：相位6-1，角位1-4-8，距离6-5-5，速度1-0-7。"

没有管它，我坐在桌旁，拿起个杯子吐出滚烫的咖啡，接着往盘子里吐出食物，再用刀叉把它们雕刻成豆子、胡萝卜和煎蛋卷。

一阵银光闪过，我的思维不再逆行，恢复正常。

"发生了什么？"我问道。

"未知。"电脑的声音说,过了一会儿又说道,"系统时钟与恒星观测不同步。"

"就像是什么人按了一下倒带键。"我放下手里那杯刚刚被我吐出来的咖啡，看着真恶心。"我们刚刚都死了。"

"是的。"电脑犹豫不决的声音说，"但这又不可能。"

"是一艘阿萨辛人的飞船。"我说。

我们对于阿萨辛人一无所知，除了他们曾多次入侵联盟的空域。我的这艘单人巡哨船是我方的第一道防线。

"他们好像挺喜欢搞先发制人这一套的。"我说。

"推断：我们碰到了时间异常，一段时间流被逆转。"电脑说。

"我得还击。"

"但是如果时间被逆转，我们的攻击将被视作无端挑衅。"

我耸了耸肩，"事后，让那些军方的律师去调查原委吧。"

根据击中我的来袭飞弹的轨道，很容易就能推算出阿萨辛隐身飞船的方位。

"亚光子飞弹就绪。"

我点击了发射的红色键，心满意足。

我把脸贴到舷窗边，想好好欣赏一下爆炸真实发生时那美妙的一刹那——光看着仪表盘上递减的数字闪烁可没么带劲。

"倒数10秒。"

每一秒似乎都变得很漫长。

"倒数0秒。"

然而并没有爆炸，并没有那陡然出现的眩光。

"少禾01 夂娄到f"

时间逆转。

……那飞弹颠倒了航向，向着我们倒飞而来，沿着它飞出的轨道直奔发射仓…

……我在驾驶舱里东一头西一头地乱窜，疯狂地敲击那些控制键……

餐厅。吐出咖啡。那按动倒带键的手停下了。

同样的事已经重复了很多次。有时是我向他们开火，有时是他们向我开火。但是每次，时间都回到十五分钟之前。

"他们可以暂时逆转空间泡内的时间十五分钟。"电脑的声音，"可能是在飞船被击毁时自动触发的设计。"

"我想，这时间逆转器的设计是为了让处于它的效力场中的人，包括阿萨辛人，可以积累经验和认知。"我说道。我终于想通了。

"他们不断地重复试验，是为了搜集我们战术反应的情报，就好像把小白鼠放进一座迷宫。"

不顾电脑的大声反对,我开启了手动瞄准系统,接着按下发射的红色按键,心满意足。

飞弹那淡淡的尾焰迅速飞向那片看似空无一物的空间,我知道的,阿萨辛人就藏在那里。

"倒数10秒。"

接近了——

我的心提到了嗓子眼儿

——可是没有爆炸。

"错过目标。最近距离:50米。"

电脑的声音里有着"我就知道"的嘲讽语气。

时间正常流动。阿萨辛人能预见我的攻击会不中,他们甚至都懒得启动时间逆转。

没办法了。"瞄准敌舰,全速前进,撞死他们。"

"他们只要逆转下时间就——"

"照做!"

我们朝着那看不见的目标全速飞去,这是人类历史上最古老也最决绝的战术。但是,可能他们不会相信我真的会这样做。

片一无虚,着妾扌

闪光白色耀眼一道

飞船疾速倒飞。一艘庞大舰体黑沉沉的轮廓在我的视野里迅速缩小,很快便在星空中隐没不见。

倒带键又被放开了。

时间回到十五分钟之前。

"没击中——"

没等电脑语音结束,我立即敲击了一个小小的黑色按键:这是我的应急方案。它会发射一个信号,切断亚光子飞弹弹头中反物质的屏蔽力场。

一道眩光乍现,这是宇宙中最美的景象:正反物质湮灭爆炸所产生的美丽漩涡。

"干得好。"电脑的声音。

我赌的就是阿萨辛人的时光逆转器不可能在短时间内连续启动。那飞弹本来是要对准目标的,但是却错过了。我的撞击距离计算完毕刚好需要十五分钟。当阿萨辛人启动时间逆转,就把那本来远去的飞弹带回了它十五分钟前距离阿萨辛飞船最近的点。于是,倒果成因。

"这倒着想问题真是让人头疼。"我说,欣赏着那舷窗外转动着的美丽光旋。

姐 妹

[澳大利亚] 尼克·T. 陈 Nick T. Chan 著

熊月剑 译

尼克·T. 陈，"未来作家大赛"决赛选手，奥森·斯科特·卡德主编的《系内巡展》杂志签约作者。迈克·雷斯尼克在2011年的"未来作家大赛"中曾担任《姐妹》的评委，后来《银河边缘》英文版创刊时，雷斯尼克很想发表此文，于是花了半年时间才找到他。

黎明前的静谧时分，一切如海底般黑暗，我把脸从妹妹伊莎贝拉面前转开，为自己的梦境感到羞赧——在梦里，我们不是连体人，从胸口到腹部这一段不是共用的。我也并非注定要不停施咒，直到耗尽伊莎贝拉的生命。在梦里，我可以笔直行走，不用像螃蟹一样和她并排而行。我独立而骄傲，与爱人在一起。当我醒来之后，我已记不得爱人的脸，只记得梦境中伊莎贝拉活得好好的，而我仍是独立的。人们说魔法师的梦是有预言性的，但我的梦不是，因为我要获得独立的唯一方式，就是杀掉伊莎贝拉。

今天早上我醒得很早。我被出现在右手里的某个温热的东西唤醒。我睁开眼睛，是一个羊皮纸卷。可能来自我的朋友艾米丽吧，她已经几个月没有给我写信了。我完全清醒了过来，冬天的寒意掠过我的血液，我忽然明白了羊皮纸那温暖触感的缘由——纸卷是由魔法制作的。可艾米丽的连体人苏珊在我们逃出魔法师议会的时候已经奄奄一息，她不可能再施法制作这封信。那么，这信一定是议会送来的。

我站起身，想要把信扔进火堆里。但我的动作拽醒了伊莎贝拉，她一把抓住我的手腕，信便掉在了半路。我努力想要捡起信，而伊莎贝拉却往后退。我们在原地进进退退，不时来回转圈，最后她的力气胜过了我。她蹲下来，我也不得不跟着蹲下，然后她捡起了信。

"这是用魔法制作的信，"她说，"他们一定是需要你来施一个了不起的咒语。"她停顿了一下，把纸卷紧紧握在胸前，"在我死后，人们又会为我写下多少赞歌呢？"

"一首都不会有。"我说。

一阵咳嗽袭来，鲜血滴在我的手上，每一滴都像红宝石一样鲜艳。我每次咳嗽后她总是会说同样的话，这次也不例外。"反正不是你就是我。如果你按他们的要求施了咒，人们就会记住我的名字。我早晚要死，至少我想被世人铭记。"

我也一如既往地反驳她："谋杀是罪孽。"

咳嗽变得剧烈，凝固的深红色血块覆盖了我的手，我的视线边际渐渐变黑。我无法呼吸或思考。伊莎贝拉抱住我，直到咳嗽停下。

"读读那封信吧。"她说，"你一直说会找到救我的办法，但我们都心知肚明，这不可能。"她停顿了一会儿，又说："我们快死了。还剩下一周？一天？还是一个小时？求你了。"

插画 / 阿荼

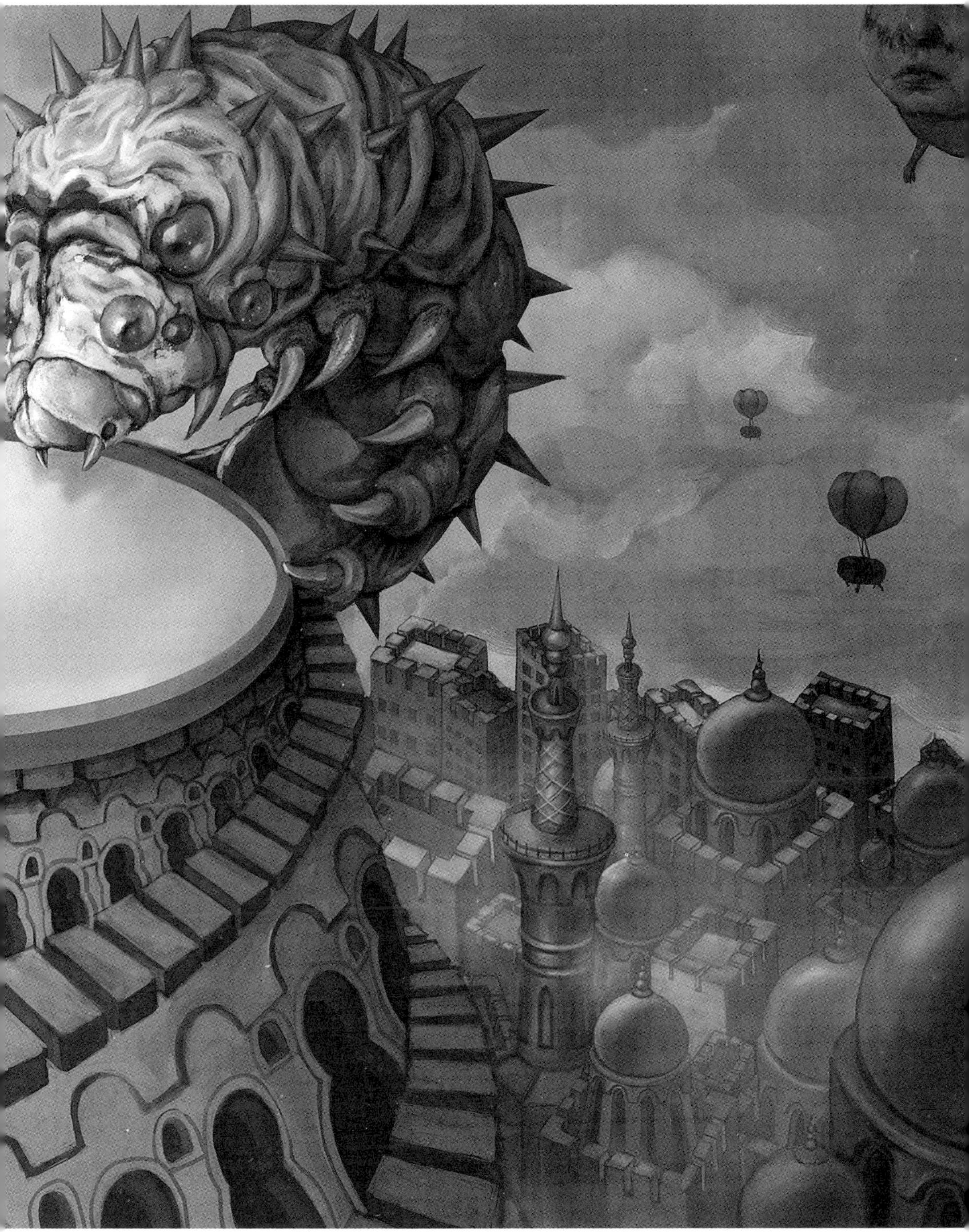

她是对的，但施咒会加快伊莎贝拉消耗我生命的速度，迫使我施更多的咒。我又咳嗽起来，突然觉得很累。伊莎贝拉相信议会是正义之师，我却比她更有头脑。但是我相信什么不重要——如果这种信仰终将导致我们两人的死亡。

我展开那封信。"是空白的，"伊莎贝拉说，"魔法师为什么要制作一封空白的信？"

我用手指轻轻划过纸面，感觉到指尖有些刺痛。"我得施咒才能让字迹显现，"我说，"很简单的咒语，不会对我们造成什么影响。"

"快。"

我轻松地吐出一句咒语，尽管这距上次施咒已经过了一年。每当我念出一个音节，伊莎贝拉都会从齿缝中发出难耐的嘶声。咒语一念完，我的胸腔内就不再发痒，而伊莎贝拉苍白的脸上出现了鱼尾纹。我身体的每一个部分都似乎焕发出了活力。

纸卷上浮现的字迹在月光下像血一样黑，它们填满了整页。每个字母似乎都在颤动，而我却又不能确定。我大声读了出来：

> 永生之王即将殒命，虚空蠕虫就快苏醒。我制订了一个计划来阻止它。议会并不知情。我三个小时后到。
>
> 德莱文

放下信的时候，我的手在颤抖。永生之王一旦逝世，一切必然乱套。没有了国王，咒语就会以指数方式消耗弱势一方的连体人更多的生命，议会也将失去权力。鉴于议会的腐败，形势必然走向无政府主义状态。更糟糕的是，在国王肉体消亡、新身体重生的这段时间里，虚空蠕虫将会不受约束。

德莱文，艾米丽的信中曾经提到过他。她只告诉我她爱上了他，他本来想要救艾米丽的连体人苏珊，但他失败了，这伤了她的心。"这是一个陷阱。他不可能消灭虚空蠕虫。"我对伊莎贝拉说。

"如果我们参与了，人们就会永远铭记我们，"她说，"大广场上会有我的雕像，孩子们将会以我为榜样。"她抓住我的双手，拉着我在房间里转起圈来，眼中闪现着不真实的快乐，"大公无私的伊莎贝拉，为了全人类献出了生命。"

"不，我们不可能成功。"我把脸转开。她捏起我的下巴，把我的脸转回来面对着她。

"不能还是不想？"她问，"而且，成不成功又有什么关系？"

"这会要了你的命，"我说，"想想那个咒语有多大伤害，再乘以一千倍。"

"如果能被永远铭记，那就物有所值。"她说。然后她夺走那封信，在我背后大声读了出来，她将每个字都在口中咂摸一遍，就像品尝着硬邦邦的棒棒糖。"为什么你觉得德莱文没法杀死虚空蠕虫？"她说，"我不记得有这么个人。"

"他曾是艾米丽的爱人，"我说，"我们离开之后他才加入议会。她说他们是在一个小村子里发现他的。所以，他不可能有足够的时间来学会如何施咒。"

"那他怎么能杀死虚空蠕虫？"

"他说谎了。议会只是想要再次抓住我们。"

伊莎贝拉沉默了。虽然我们一起上厕所、洗澡、经历生理期，但是，伊莎贝拉的脑子就像一只上了锁的盒子，她只关心服饰、妆容、跳舞、男人以及其他无数鸡毛蒜皮的事情。然而每当我想到她的死，我的心仍像一颗鹅卵石落入深不见底的水井。

我把信扔进火堆里，有点希望它能耐住火烧，且如蛇一般嘶鸣，但是信烧着了。伊莎贝拉拿起炉子前的拨火棍，把信往火焰深处推了推。端详她完美无瑕的脸有一种奇特的愉悦感，尽管她的美丽是从我这里偷走的。如果我们创造了奇迹，杀死了虚空蠕虫，画家和雕塑家们完全可以原样描摹这张面孔。当我们还是孩子时，她长着一张可悲的皱皱巴巴的青蛙脸。而现在，尽管我们外形怪异，男人们还是会盯着她。我每一天都在变得更加憔悴，我的皮肤像混凝纸[1]一样紧紧包裹住我的头骨，我的头发大把掉落，每一团都有拳头大小。

伊莎贝拉把最后一根木头拨到旁边，熄灭火堆，羊皮纸的碎片散落在灰烬之中。"我们别再继续逃跑了，"她说，"反正议会还是很忌惮你。"我想要走开，去收拾我们少得可怜的行李。她却没有挪动。我们的连体部分拉扯着，我痛得连连抽气。伊莎贝拉一定也很疼，但她的脸上毫无表情。我继续拉扯，直到疼得受不了，她却始终没有退缩。

"你不相信我能做出正确的决定？"她发问道。是的，我不相信。她的脑子里尽想着荣耀和声名，但是死人可不会在乎吹捧奉承。人死了就只是灰尘和虫子，而雕像并不能代替我的妹妹。我再次拉扯起来。

咳嗽毫无预兆地袭来。等它们平息下来，我们的裙子正面已满是一块块厚

---

1. 又称制型纸，一种加进胶水或糨糊，经过浆状处理的纸，可以用来做成纸型。

重粗糙的血斑。

"难道你想让议会抓到我们,把你变成誓约者吗?"我问。

"没有时间逃亡了,玛丽,"她说,"我能感觉到我们的心跳正越来越慢。"风呼啸着钻过我们石屋的缝隙,火堆已经变冷。我再次咳嗽起来,鲜血艳红刺眼。太阳升起,灰尘在一束束阳光中飞旋。她看看太阳升起的角度,说:"他很快就要到了。"她把我拉出屋外,扫视着天空。

一艘巨大的齐柏林飞艇自伊莎贝拉的背后从天而降。一个女人被钉在飞艇前端,天哪,是艾米丽!她怎么了?我很快意识到自己错了。她整个人就是那飞艇本身。他们把她变成了誓约者。艾米丽的身体膨胀成一条皮肉苍白的巨大河豚,头部则成了这艘活的齐柏林飞艇的船头雕像。我离开议会的原因之一就是他们对违逆者的严酷惩罚,而现在,艾米丽就惨遭此劫。

我抽泣的声音让伊莎贝拉注意到了艾米丽的降临。"她的内部是空的,"她说,"我能看见一个影子。"她用手掌遮住阳光,"是两个人并排站着。艾米丽有告诉过你,德莱文和他的连体人是怎么联结的吗?"

"他对她做了什么?"我泣不成声。

"不可能是他,"伊莎贝拉说,"只有资深的议会成员才能把人变成誓约者。"

眼泪模糊了我的双眼,"不,一定是德莱文干的,艾米丽从来没有违抗过议会。"

艾米丽越来越近,我看着她的脸,期待当她认出我时,能给我一个笑容。她却一直面无表情。噢,我可怜的艾米丽!她降落在草地上,发出轻响。她震动着,像橘子一样分裂成四瓣,打开一个入口。

德莱文从她体内走了出来。我认出他的一瞬间,就像被长矛刺穿了一样。他正是我梦中的那个男人。从青春期开始,我就不断地梦到他。醒来后,我永远记不起他的脸,但是现在,他就站在我的面前。高颧骨、深邃的蓝眼睛、一张天生用来呢喃甜言蜜语的嘴。我的脸颊绯红,和他的眼神相接的时候,我们的心跳加速。天哪,除了"俊美",我想不到其他任何词语来形容他。

德莱文和他的连体人只有臀部一层薄薄的皮肤连在一起。连体人脸色苍白,身体单薄得好像可以被阳光穿透。它双眼紧闭,样子太过憔悴,已经分不清是男是女。

德莱文走近我们。他的连体人与他动作一致,不过眼睛仍然闭着。当连体人处于死亡边缘时,他们会尽量退缩回内心深处,在最后致命的咒语到来之前，紧紧抓牢仅存的生命。但德莱文怎么会对咒术精通到能将他的连体人消耗至此？

"你对艾米丽做了什么？"我问，声音里带着轻蔑，但同时我的视线又无法从他身上移开。

他举起双手，"我和议会不是一伙儿的。和你一样，她也想要离开，但是他们并不忌惮她。他们的惩罚让她精神失常。"他抚摸着艾米丽的脸颊，但是她没有反应，"我救不了她。他们不知道我们是情侣，所以当他们要找一位魔法师解决她的时候，我自愿站了出来。"伊莎贝拉点点头，急切地想要相信他。这听起来很合理，我也想相信他。老天爷，我真的想！

亲眼见到自己梦中情人带来的震撼让我直挺挺地站着，但肾上腺素的飙升又让我有点站不稳。德莱文和他的连体人跨步上前，扶住了我们。他的胳膊很有力，一只手抓住我，另一只手扶住伊莎贝拉。他的连体人也抓着我们，它的皮肤就像秋天里干枯易碎的落叶，似乎马上就要开裂。我看着德莱文完美的脸庞，但他却看着伊莎贝拉，我转回头来时，见她也正凝视着他。

德莱文将我们拉起身来，他一只手仍然揽着伊莎贝拉的腰，他的连体人则帮我直起身来。就这样过了很久他才放开手，扶我们一起进入飞艇。

"虚空蠕虫过几天就会苏醒，"他说，"我们必须马上回到火焰河。"

"我们离开的时候，永生之王还很健康，"我说，"我可以施一些简单的咒来维持我们的生命。"

"你们离火焰河太远了，所以没有收到消息。"他说，"国王已经时日无多，这几个月状况一直很差。"

"但他还没有死。"

"在他陷入死前昏眠之前，他让悲伤交易者拿他的痛苦去交易了另一个人的悲伤，"他说，"但是他们告诉他，死亡是无从交易的。"

我最后的希望破灭了。如果现任国王很快就要死去，那么伊莎贝拉必须为咒语提供所有的能量。如果我不施咒，我们就活不了多久，而新国王好几周内都无法重生。伊莎贝拉一路跟着德莱文，我没有反抗。

入口在我们身后关闭。飞艇内部狭窄逼仄，德莱文几乎是紧挨着我们站着。飞艇内壁一开始是光滑的，色泽深红，然后慢慢变成白色，也透明起来。她升空了。看着我们的小屋和花园慢慢变小，渐渐消失在视野中，我的内心五味杂陈、翻江倒海。伊莎贝拉攥紧我的手，她不是怕高，而是看出了我的不安。我闭上双眼，脑海中却依然萦绕着德莱文的身影。还是睁开眼睛为好。于是我又把眼睛睁开。

"上一次有魔法师认为他们能杀死虚空蠕虫的时候，发生了什么？死了多少人？"我问。

德莱文朝我瞥了一眼，马上回头看着伊莎贝拉。"二十年前，大概死了三千人，"他的声音几乎被风吹散，"但这一次不会再重蹈覆辙了。"

伊莎贝拉往侧面靠了靠，以便听清他的话，我也不得不跟着倾身过去。他身上散发着肥皂和玫瑰水的味道，而这种味道之下潜藏着他的连体人的将死之气。它的眼睛睁开了一瞬间，马上又闭上了。我看到了一双灰白色的眼睛，似乎已经瞎了。

"什么咒语可以杀死虚空蠕虫？"伊莎贝拉问。

德莱文抬起手，我担心他是想用手指梳过伊莎贝拉的头发。我屏住了呼吸。"我已经查阅过史书，"他说，"人们曾经尝试过四种消灭虚空蠕虫的方法。"说到"消灭"这个词的时候，他先是握紧了拳头，然后又松开，笑着摆动着手指。我松了一口气。"但是每种方法都激怒了虚空蠕虫，让它已造成的破坏雪上加霜，而且徒增了成千上万不必要的伤亡。"

我们在空中高速飞行，越过由追踪者尸骨堆成的小山一样的墓地。我们的影子使寂静之林更为沉暗，那里的树木会吞噬那些蠢到敢在林中说话的人。然后我们沿着火焰河前行，这条河流向燃烧之海，而火焰河之城就坐落在那片海上。在山峦的阴影下，海面上摇曳着低矮的蓝色火焰，地狱之鱼刚刚跃出海面就被烧焦了。中午之前，阴影就会消失，火焰也将熄灭，地狱之鱼也都会烤熟了。

德莱文接着说："还没有人想过虚空蠕虫什么时候会停止破坏。"

"老国王一死，会由你来引导新的永生之王。"伊莎贝拉说。

德莱文笑了，他的笑容流露出真切的愉悦，眼睛则始终凝视着伊莎贝拉，"新国王一出世，虚空蠕虫就会消失。如果我们早点让新国王出世，虚空蠕虫的破坏程度就会受到限制。修改一下引导咒语不是什么难事，但是只有具备特殊能力的人才念得出来。"

"你自己来念吧。"我说。

"所有具备和你同等能力的魔法师，全都已经耗尽了他们自己连体人的生命。"

"第一个触碰到新国王的人，将会成为摄政者，直到新国王成年，对吗？"

我说。

他再次开口，语速飞快，却温和得离奇，"我的父亲死于与虚空蠕虫的战斗，我一直梦想能消灭它。"

"所以你要成为摄政者来纪念他？"

"艾米丽说你伪善得很，"他说，"你离开议会不是为了救妹妹，而是因为他们不同意你使用咒语的方式。你为议会的专制说尽好话，但是如果有机会做善事来表现自己，你就会转而批评议会。"

"别骗人了，"我说，"这一切都是为了你自己的荣耀。"

"玛丽，"伊莎贝拉说，"你必须施咒。"

"这样他就能在未来十八年里操控王权？"

没等我继续说，德莱文就打断了我，"艾米丽是你的朋友，但是关于我的事她撒谎了。我是一个好人。爱情变质会催生谎言，而她确实撒谎了。"

她的信里从没有具体说到过他，只是说她有了一个新爱人，他会想办法拯救她的连体人苏珊。但是他没有，她的信中写着"我恨他"，仅此而已。看起来，他对于艾米丽而言，并没有她想象的那么重要。我决定套套他的话，"不，她说的是实话。"

"如果由你施咒，新国王出世时你就会在场，"他说，"你就能成为第一个触碰到他的人。"

这话让我猝不及防，我一时支支吾吾说不出话。他将摄政权拱手递让给了我。"我……不能。"

"她告诉我，你憎恨议会，因为他们在本可以用咒语行善的时候，去满足自己的贪婪。"他说着，抬起眼睛看着伊莎贝拉，又看看我，然后望向无人之处。

"到时候，议会将不得不服从你，而你可以保证咒语只用在好的方面。"

"你会放弃这么大的权力？"我问。他的手在伊莎贝拉的膝盖上方游移，但并没有真正碰到。我想要他把手放在我的大腿上，向上滑进裙底。我想要他亲吻我。为什么我的意志竟会如此薄弱？

"如果虚空蠕虫休眠了，我就能取得历史上任何一位魔法师都无法企及的功绩。"他说，"摄政权怎么比得上这个？"他的双眼闪耀着光芒，我很想相信他。也许虚空蠕虫会休眠，我会成为摄政者。整个议会将听我号令，成千上万的生命也将获得拯救。也许在我的治下，魔法师的专制终将被消灭——然而，这会牺牲伊莎贝拉的生命。

"我想在永生之王去世之前和他谈谈。"我说。

"你可以见他，但他不可能和你说话，"他说，"他的状况很糟糕，思维已经混乱。"

没什么好说的了，我们静静地坐着，飞向火焰河之城。德莱文和他的连体人坐在我们对面。他的连体人一直闭着眼，我们三个人则彼此打量着对方。

飞艇乘着一阵强风，加快了飞行速度。我们飞过延绵不绝的火焰河之城。正午的阳光熄灭了火焰，岸边的渔民们正在准备出航。城里的建筑在我们离开后没有变化过。在古代，我们的国度只有沙漠、炎热和燃烧的海水，直到足够多的魔法师以杀死自己连体人的代价来施咒，才改变了气候和地貌。而现在，我们所看到的建筑仍然是沙漠城市的风格，砖块就像秃鹫叼来的骨头一样泛着白光，红瓦屋顶在目力所及之处绵延着起伏的曲线。

我们降落时擦过城墙顶端。城墙由追踪者的黑钻骨砌成，几个世纪以来，这些密不透风的城墙已经击退了无数的入侵者。

"我们明天告诉你最终的决定。"我说。伊莎贝拉张嘴想要抗议，但是我抬手阻止了她。"我会和伊莎贝拉私下好好谈谈，然后做出决定。"

我们落地了。大街上路过的人群只看了我们一眼，马上回头忙碌手头的工作去了。他们对于艾米丽的出现并没有惊恐尖叫。伊莎贝拉说出了我的想法："他们根本不看她。城里现在有多少誓约者了？"

"议会最近进行了很多审判。"德莱文停了一下，继续说，"他们一直在压制反对派。因为蠕虫一旦苏醒，就会发生大骚乱，他们不得不力求万全。"

艾米丽分离舱体，我们走出了飞艇。我看着她，期待在她眼里看到某些认出我的迹象，但是我什么都没看到。由于没有好好看路，我绊了一跤向前跌去，不由得轻咒了一声。我们落脚的是一条名为眼泪大道的主道。这里从前叫国王大道，直到虚空蠕虫上一次肆虐时从这里碾过。

这是城里最宽的道路，横跨火焰河。原来的铺路石现在变成了六英尺厚的熔融玻璃。我们正站在一位死去的年轻人的上方，他的脸还算正常，但是身体其他部分已经被烧得像黑炭。他的眼睛是蓝色的，嘴半张着，好像正陷入沉思。这位死去的士兵很英俊，看起来有点眼熟。我的视线从士兵脸上转向德莱文。

"这是你的父亲，对吗？"我说。

德莱文和他的连体人蹲下来，抚摸着他父亲脸庞上方的玻璃，"我从来没见过他。虚空蠕虫上一次苏醒时，我还在妈妈的肚子里。"他收回手，手指上的汗水在玻璃上留下一道道痕迹,"他是一个农民,但议会还是征召了他。我的母亲当时已经怀孕了。"

他站起身,"去沿路走走吧,再想想施咒到底是不是正确的决定。黎明时分,我会带着修改好的引导咒语,在这里等你。"

"你的连体人叫什么名字?"伊莎贝拉问道。

他脸色一沉,大步走进飞艇。入口闭合了。有一瞬间我好像看见艾米丽的眼里有一丝痛苦,但也可能只是自欺欺人。它们就像死鱼的眼睛一样空洞。伊莎贝拉大声呼唤着艾米丽的名字,但飞艇径直升空而去。

我们注视着艾米丽,直到她变成空中的一个小点,我不得不揉揉刺痛的眼睛。伊莎贝拉比我注视得更久,直到眼睛痛得流出眼泪。

我用手指按着太阳穴,无法思考,眼睛太痛了。"在真正念出咒语之前,我们根本不知道他那该死的咒语会有什么后果,对吧?"我说,"议会引诱我们回来,不是为了惩罚我们,而是想要我们替他们做那些卑鄙的勾当。"

伊莎贝拉哼了一声,"这太可笑了。"她拉着我离开玻璃大道,走到侧街上。

"你要去哪儿?"我问道。她没有回答。我们并排走着,她负责避开路上的凹坑。她的步伐很稳,而我则跟跟跄跄。上一次我用咒语从伊莎贝拉那里得到的生命力已经耗尽,现在她正在以前所未有的速度消耗着我的生命。我的四肢已经开始跟不上我的思维,而伊莎贝拉的眼睛和头发却变得更加有光泽了。

我们走近的时候,人们纷纷低着头逃开。"他们害怕我们,"伊莎贝拉说,"还记得我们被人们簇拥的时候吗?议会一直都很忌惮你。你在施咒时总是会告诉人们,咒语能够行善,这让议会显得很无能。"

"看来你很怀念那些万众瞩目的日子。"我说,语气比我预想的要严厉。但是伊莎贝拉依然很平静。

"是的,"她说,"我总是在想,如果你最终妥协了,我就会变成名人。"

"我们要去哪儿?"我们走到了一个街角。她已经把我拉到了市集,这里是悲伤交易者的交易场所。市集上除了交易者,没有别人。交易者们坐在装满蒸汽腾腾的热水的巨大玻璃浴缸里,肚子上的肥肉填满了浴缸。他们的眼睛是黑色的狭缝,身体的其他部分全是灰白色;鼻孔是两道向上弯曲的曲线,嘴巴只是一个黑洞,没有嘴唇;粗短的手指上没有指甲,头上没有头发、耳朵,也没有一丝褶皱。没人知道这些交易者是如何在没有连体人的情况下施展魔法的,以及为什么他们会交易悲伤,这对他们又没什么好处。交易者在火焰河之城建立之前就存在了，甚至可能比人类的出现还早。

离我们最近的那个交易者目不转睛地看着我们。伊莎贝拉拽着我走过去，站在他面前。

"你的负罪感，"她说，"把你那该死的负罪感交易掉，这样你就能去做该做的事。"

"我不知道你在说什么。"

她狠狠地扇了我一巴掌。"醒醒吧，玛丽。"她说，"你这么喜欢当个殉道者，你已经摧毁了我所有的梦想。"

我揉揉刺痛的脸颊，"你打疼我了。"

"你不能再拖延了。"她说。

"如果他是个骗子怎么办？"

她眼神淡漠，"我从来不相信你的上帝和天堂。如果我死了，就什么也没有了。除非你听他的，要不然我的死就无足轻重。但是，你那该死的自尊比我的梦想更重要，不是吗？"她的语调缓和了一些，"把你的负罪感交易出去吧！拜托了！"然后她哭起来，整张脸抽搐着。一向安详完美的伊莎贝拉哭着说："拜托了！"

我哽咽着说："如果我可以为你而死……"

她停止了哭泣，"但是你不能。"她把脸转向交易者，"国王的临终痛苦需要多少悲伤来交易？"

交易者一脸惊讶地说："可是，消除他的痛苦，也就等于取走了他的性命。"

"我想用我破碎的梦想来交换他的痛苦。"她说着向交易者伸出手。

"我接受你的交易。"他上前想要亲吻她的手，以表示交易完成。我想阻止这一切，可她一下子就把我的手甩到了一旁。交易者亲吻了她的手，翻着白眼颤抖起来。

伊莎贝拉喘着气，国王已经是一位老人，她只能咬紧牙关，承受住他的痛苦。钟声轰然响起，标志着永生之王的死去，虚空蠕虫也即将苏醒。几分钟之内，人潮涌过市集。没有人停下来交易，大家都在逃离城市。

"你都做了什么？！"

伊莎贝拉闭上了双眼，"现在你不用背负罪恶感了，我已经替你做了决定。我们去找德莱文，然后你来施咒。"

可一定有什么解决的办法，一定有的。伊莎贝拉向艾米丽降落的地方跑去。

我的肺几乎要燃烧起来了，但是不能减速。我们在人群中推来搡去，他们很快就会被虚空蠕虫杀死，我深知这一点。成千上万的普通人，他们不必背负是否要杀死自己的连体人的孽债，但是他们也没有能力自救。众神安排他们充当小兵，而我是棋盘上的王后。我可以拯救所有人。

人群太拥挤，我意识到德莱文如果在空中的话可能看不到我们。"去国王塔，"我说，"我会施一个信号咒，告诉德莱文我们的位置。"伊莎贝拉点点头。到达国王塔最快的方法就是穿过贫民区。我们尽可能快地穿过那里扭曲狭窄的街道。喊声和哭声源源不绝。四周遍布着由泪水、恐惧与汗液混合而成的臭味。

停下来让人群通过时，我发现裙子的正面沾满了血，尽管我不记得自己有咳嗽过。不过这不重要。如果我施了信号咒，伊莎贝拉可能会丧命。人群变得稀疏了一些，我们穿过不那么拥挤的街区，来到了大广场。广场上的英雄雕像（连体人和非连体人都有）围绕着国王塔。

国王塔是由血肉铸成的柱状物，顶端是一颗房子般大小布满血管的心脏。当国王活着时，心脏就会持续跳动；国王去世，心跳就会停止，直到新国王出生。塔的外围缠绕着木制阶梯，通往围绕着心脏的平台。

"平台上没有人。"伊莎贝拉说，"议会成员都去哪儿了？"

"他们太害怕虚空蠕虫了，"我说，"它喜欢吃魔法师。"

"德莱文说的可能是真的，"伊莎贝拉说，"你和他是仅有的能在场碰触新国王的人。"

是的。到那时候，伊莎贝拉已经死去，只剩下德莱文和我。我很快反应了过来。"不，"我说，"德莱文的连体人也还在。"伊莎贝拉面无表情。"但那时候你已经死了，"我说，"我将失去自己的连体人。"

伊莎贝拉过了一会儿才想明白，"所以你不可能施咒，只能由他施咒。"

"有可能他也无法施咒。他的连体人也快要死了。"

"但是还没有死。"

"如果一个人不能施咒的话，要杀掉他并不费事，"我说，"届时又没有人盯着他们的一举一动。"

"他不是一个谋杀犯，"她说，"不要问我是怎么知道的，但他肯定不是。我能感觉到。"

我也能感觉到，他不是一个谋杀犯。他只是一个骗子，但每个人都会撒谎。议会里的长者自称道德高尚，但他们其实是专制独裁者。我仍记得自己还是其中一员时的情形：魔法师们提出针对最终咒语的计划，然后他们的连体人会微笑，会点头，以为伟大的咒语会为死去的连体人带来荣耀。但他们说谎了，咒语只是对他们自己有利。我是唯一逃走的，唯一对这些谎言采取行动的人。伊莎贝拉是对的。我一直在自欺欺人。

我想要带着伊莎贝拉穿过广场，但是我的腿动不了。我的胸口不再灼痛，肺里的钻痛也消失了。我想要告诉伊莎贝拉我已经不再痛苦，但是我的头却完全无法动弹。为什么周围如此安静，就像是我沉在水底一样？过了一会儿，我才意识到伊莎贝拉正在喊着什么。

我努力集中精力，她的喊声变得清晰了一些。她在喊我的名字。"国王塔！"我喘着气说。尽管我已经尽量大喊出声，她还是费了好大劲才听清我的话。

伊莎贝拉拽着我穿过广场，我的脚在鹅卵石上拖曳着，我们身体的联结部分也绷紧了，可我却没有任何感觉。跨过广场三分之一时，我感觉自己在眨眼，而当我睁开眼睛时，我们已经走过了一半。伊莎贝拉停下了脚步，她正在扇我的脸。世界很安静，巴掌好像扇在别人的脸上一样。我前面仿佛有一层玻璃罩，而我就像蚂蚁箱里的一只蚂蚁，看着世界燃烧。我想睡觉。如果我睡着了，我就不必杀死她。

不，我不能睡。我们必须找到德莱文。如果他在地面上的话，无论信号有多强，他都不可能看得到我们。除非他还在空中飞行，否则信号根本起不了作用。在他找到我们之前，我们可能就已经死了。

我不知道伊莎贝拉的生命是否还能支撑我发出别的咒语。这可能会害死她，而我将会孤身一人，无助地站在塔上，看着虚空蠕虫在城市中肆虐。但是我没有别的选择。我在议会学到的大部分咒语都太强大了。这时候，我需要一些简单的咒语。

我又眨了一下眼，睁眼时我们都躺在了地上，我的脸被鹅卵石硌得发麻。伊莎贝拉正咬紧牙关，想把我拉起来。我没有感觉到任何疼痛。她的肌肉鼓胀着，正在吸取我的生命力。即便这样，她还是不可能在我死前爬到塔顶，甚至往前多走几步。我必须想个有用的咒语。

我的脸距离她的脸只有一英寸。我想不到有什么咒语可施。上一个咒语对她的脸造成的伤害已经复原。她的美丽就像第一次见到大海或山峦那样令人惊艳。这让我觉得自己是那么的无关紧要、无足轻重。小时候，我们两人同样平凡。而现在，她美若天仙，我却老丑不堪。

对了，想想童年。所有连体人小时候都学过一个韵文咒语，一个简单的、愚蠢的咒语，能够让蔬菜吃起来像煮熟的糖果。内容很简单，但必须唱出来，韵律和音调必须准确。

我只记得大概的调子——这就像要在风中抓住肥皂泡一样虚无缥缈，每当歌词就要脱口而出的时候，它却转眼间又飘散不见了。

我又眨了一下眼，周围变成了一片灰色，如同置身乌云深处。"伊莎贝拉！"我哭喊着，但我不知道自己的嘴唇是不是真的张开了。我必须立即施咒，我闭上眼睛，唱了起来。

伊莎贝拉的喊声回荡在广场上。我睁开眼，周围水汽氤氲，模糊不清，但不再是灰色了。伊莎贝拉的喉咙里发出一声半人半兽般的痛苦呻吟。咒语消耗了她的生命，但看起来没有奏效。这怎么可能？这时，我尝到了空气里的某种味道。这是雷暴之前天空的气味，强烈而危险。"是虚空蠕虫，"我说，"我能尝出它即将到来。"虚空蠕虫的味道会根据它的意图而变化。在某种程度上，我能读出它的想法，我知道它很渴望魔法。

我舌头上的刺痛感变强了。"它来找我们了，"我说，"魔法把它引了过来。我们得往上爬。"再施咒的话，可能会让它找到我们。

我感到眼睛刺痛，便伸出手背擦了擦。于是，伊莎贝拉重新回到了我的视野中，而我强忍住才没有倒抽一口凉气——咒语没有耗费多少能量，但伊莎贝拉已经衰老了很多。她的皮肤就像没有整理的床单一样皱，头发变得灰白稀疏。

"你可能得扶着我。"她的声音显得十分虚弱。我用手臂搂住她，她也许情绪很激动，但身体十分柔弱。我的天哪，她连信号咒语都承受不了，更不用说引导咒语了。我僵住了。也许我们可以藏起来，也许虚空蠕虫不会发现我们。

伊莎贝拉的指甲掐进我的手臂，"走吧。"她嘶声说。我带着她跑过广场，伊莎贝拉的脚不时撞上鹅卵石的边缘。

虚空蠕虫的气息越来越浓。它正在追踪魔法，但尚不确定魔法来自哪里，只知道有人蠢到在国王去世的时候施咒。

我终于来到楼梯底下。伊莎贝拉双眼圆睁，目光炯炯，但整个人看起来却脆弱不堪，让我担心如果风向不对，她甚至会碎为尘埃。

我则变得很强大，比过去几年都要强大。我几乎快忘掉顺畅呼吸是什么感觉了，没有痛苦就能活动的滋味，简直美妙无比。

我支撑着伊莎贝拉爬上楼梯。虽然仍很艰难，但我心里某个部分几乎要唱起歌来。

我们来到塔顶，伊莎贝拉重重倒在了平台上。街上挤满了人，但是眼泪大道上却没什么人。人们都涌向东门或者海边，争抢着登上渔船。大家都害怕虚空蠕虫会再次轧过玻璃大道，但是东门根本容纳不下这不断涌来的人潮，成千上万的人将被踩踏至死。

登上船的人也好不到哪儿去。距离燃烧之海再次燃起火焰大概只有一小时左右。等他们抢到船，海水已经开始燃烧。唯一安全的通道是经过眼泪大道到达南门，但我可以尝到虚空蠕虫的气味，它就在南门外。

"艾米丽在空中吗？"伊莎贝拉问。

天空中有许多誓约者穿行而过。她们大部分在城墙之外飞行，但还是有不少留在城市上空，我们不可能辨认出哪一个是艾米丽。而且，没有一艘的高度低到能让德莱文看到我们。

伊莎贝拉的嘴角扯出一个若有似无的微笑，"如果我为了一个信号咒而送命，人们还会为我建造一座雕像吗？"

"也许他会飞到我们附近，然后就能发现我们。"我说，声音中是无法掩饰的绝望。

她抚摸着我的脸，动作缓慢而痛苦，"你真美。我之前看起来是这样的吗？"

然而，并没有誓约者靠近我们。我大喊着德莱文的名字，但是声音在空中迅速散去。太阳落下了，海面上摇曳着些微的火苗，若隐若现。火焰很快就会窜到齐腰高，那些被抢的渔船都会烧起来。

一阵巨大的摩擦声让我咬紧牙关。虚空蠕虫正在撞击城墙，寻找魔法的来源，南门已经摇摇欲坠。城墙确实坚不可摧，但城门却是铁做的。

一艘誓约者飘浮在眼泪大道上空。一定是德莱文在寻找我们。他就不能动动脑子吗？四周除了呼啸的风声和虚空蠕虫撞击城墙的声音，没有别的响动。西门附近的人群沸反盈天，一片混乱。很快就会有弱者被踩在脚下，发出尖叫声和骨头碎裂的声音。海面上，出发的船只已经着火。如果我们靠近一些，甚至能闻到烤肉的味道。

"我爱你。"说完这一句，我施了信号咒语。伊莎贝拉不断地尖叫着。我强迫自己看着她在我面前变老、萎缩。她的眼睛深深陷入眼窝中，变成两块潮湿的黑色石头，然后她的眼睛闭上了。她的脸越来越皱，直到深深的皱纹布满脸颊。她不再动弹，她还活着的唯一证据，来自于她呼在我脸颊上的微不可察的气息。而我身体的每一部分都充满了活力。

当我说出咒语的最后一个字时，我的手里出现了一颗小星星，它冰冷而灿烂夺目，顺着我的手指放射出一道光。但它改变不了什么。德莱文可能会找到我们，但是伊莎贝拉已经没有足够的能量来支撑更多的咒语了。不过，至少这个信号也许能帮助艾米丽和德莱文脱离险境。

南门散发出红光，附近的天空由于虚空蠕虫的出现而乌云密布，黑色的烟雾从门缝里钻了过来。天空越来越黑，直到发光的南门也消失不见。

我向那些伊莎贝拉并不信奉的神明祈祷着，希望德莱文能看见我们，但是艾米丽的身影也被黑暗吞没了。"快来这里！"我大喊着。当然他不可能听到我的声音。眨眼之间，伊莎贝拉的眼睛已蒙上一层白色的薄膜。我回望那片黑暗的天空。"我曾经梦到过他。"她说。

我太过专注地望着天空，过了一会儿才反应过来，"你说什么？"

"每天晚上，我都会梦到同一个男人，"她说，"我不知道他是谁，直到看见他走出飞艇。在梦里，他是我命中挚爱。"

我打了一个寒战。魔法师的梦是预言性的，但这个梦不可能是真的。我从来没有听说过一对魔法师连体人做过同样的梦。"我也做了同样的梦，"我说，"你梦到了他，在梦里你是独立的，不再是连体人。我也还活着。"

她咳嗽了一阵。"不，"她说，"我是独立的，和德莱文在一起，但你死了。"

当星星的光芒闪烁着熄灭时，艾米丽从黑暗中猛冲出来。她身后的黑色烟雾仿佛被一阵狂风驱散，消弭无踪。

虚空蠕虫融化了南门，炽热的铁水流到了路面上。它穿过南门所在的门洞，而体型却大大超过了门洞的大小。它像一场酝酿已久的风暴一样盘旋在城市上空，它的头滑过城门后，身体在滑进大门时不断地变窄。当我直直看向它时，它就无踪无影，我只能用眼角的余光看到它。在夜幕的虚空中，它只是一条隐约可见的模糊管状物。

艾米丽越过建筑物和街道，升上高空。但是他们飞向了燃烧之海，而不是我们这里，虚空蠕虫跟上了他们。我能尝到它的挫折感。我发出的信号吸引了它的注意，但艾米丽的出现又让它困惑不已。因为她也是由魔法创造的。虚空蠕虫掉转了子虚乌有的头颅，跟在她后面。

我再一次念出信号咒语。伊莎贝拉已经奄奄一息，没有时间征求她的同意了。她灰白柔软的头发大把脱落，当她惨叫时，我发现她的牙齿也已经掉光。

她停止尖叫后,眼睛紧闭,成了分不清性别的木乃伊。"对不起。"我轻声说着,她却没有回答。

我手中的星星再次亮了起来。虚空蠕虫不再跟着艾米丽,而是掉头转向眼泪大道。它的咆哮声越来越大,掩盖了周围的所有声响。锡皮屋顶被刮到空中,整栋建筑物轰然坍塌。远处的路面上,人们四处逃散,狂风却将他们拽离了地面。在虚空蠕虫前方,路面上的熔融玻璃化开了,人们身上蹿起了火焰。虚空蠕虫碾过他们,那些烧焦的尸体被嵌进了正在冷却的玻璃中。

它知道我们在哪儿了。虚空蠕虫已经尝到了我的气味。我也慢慢熟悉了它的气味变化,因此也更了解它了。我能尝到它的想法,甚至超过了我对伊莎贝拉的了解。这种讽刺的感觉让我内心深处涌出一阵伤感。虚空蠕虫咆哮着经过眼泪大道,它的气息中带着某种深沉的悲伤。它痛不欲生,这一切让我觉得很奇怪。它是来摧毁魔法的,而这竟然是它悲伤的来源。我试着尝出更多的信息,但是大风吹散了一切。

伊莎贝拉呢喃着什么。我暂时抛开逐渐蔓延的恐慌,把耳朵贴在她的唇边。听了两三遍,我才听清她说的话。

"让我死。"她的声音撕心裂肺。这不是因为她想要获得荣耀,而是源自真切的痛苦。即使在我要念出刚才那个信号咒语的时候,我也不想死,但是她现在,远比那时的我更加接近死亡。我不是一个谋杀犯,而是一个施虐者。

艾米丽飞走了,速度快得足以在几秒钟之内越过城墙。她着火了,火焰在她身后划出了长长的尾巴。但是虚空蠕虫却停了下来,伸长了它那子虚乌有的脖子想要吞下他们。

它阴森地浮现在他们前方,体积比群山还要巨大,但由于离得太远,我们仍然很难看清。它张开嘴,仿佛风暴黑云、肆虐飓风,和世界末日的深渊之底。让他们走吧,神啊,求您了,别让他们被吃掉。

奇迹真的出现了。虚空蠕虫开始撤退。它回到眼泪大道,开始朝国王塔的方向前来。不,这不是奇迹。虚空蠕虫知道了我的想法。就像我能尝出它的想法一样,它也能尝出我的。我张开嘴,伸出舌头。悲伤的气味铺天盖地。那是一种灰烬的味道,葬礼蛋糕的味道,多年的孤独与抱憾后试饮陈年红酒的味道。虚空蠕虫捕食魔法使用者和一切带有魔法的东西。其他的破坏都是附带伤害。它必须做它该做的事,而它为此产生的悲伤让风也带上了悲伤的气息。

一阵咳嗽在伊莎贝拉的胸中翻滚,就像杯子里摇动的骰子。她在我眼前软下去，身体越来越冰冷。"伊莎贝拉！"我大喊着，"德莱文就要来找我们了！他看见星星了！"我把发光的星星高高举起，直至它的光芒渐渐消失。

虚空蠕虫碾过眼泪大道。它周围炽热的空气把艾米丽不断往前推。

伊莎贝拉勉强发出微弱的声音，"把它引出城外，"她说，"想办法进入飞艇内部，再用一次咒语，让它追着艾米丽。"

"不。"如果她在艾米丽里面死去，就没有人知道发生了什么。我答应过，她会得到荣耀。她是我的妹妹，这是她应得的荣耀。

艾米丽沿着弯弯曲曲的路线飞向国王塔上空，底部擦过平台，然后降落了。她的身体被严重灼伤，但是脸上仍没有任何表情。

舱体分离，德莱文走了出来。在如此糟糕的情况下，我的心依然狂跳不止。他手里紧握着一个纸卷。

"我以为我们有更多时间。"他说着，看向艾米丽，抚摸着她尾部燃烧的血肉。他的眼中盈满泪水，他没有看我们，因为他正看着手中握着的纸卷。

纸卷的大部分内容是咒语写就的特殊语言——舌语，但还有些普通的文字。上面写着：

> 玛丽，为了施这个咒语，我耗费了苏珊太多生命力。我知道你不会把伊莎贝拉也弄成这样。她很强大，足以承受咒语。我们可以一起统治议会。

接下来就是咒文。这是艾米丽的作品。如果伊莎贝拉还很强大，国王也还活着，那咒语确实不会要她的命，但是如果我现在施咒的话，她一定会送命。

德莱文低下头。他的连体人也做了同样的动作。在这种姿势下，我突然觉得他的连体人有些眼熟。"艾米丽？"我仔细地看着德莱文的连体人。之前我假设他的连体人是男性，但这个衰弱不堪的生命竟然是女性。

德莱文摇摇头，"不，这是苏珊。"我摸了摸他的连体人的下巴。艾米丽那已死的的连体人？

"我不明白。"

虚空蠕虫绕着国王塔底部逡巡。德莱文紧紧抓住平台，指关节因为用力而发白。"有一次，艾米丽的马车疾驰而过，溅了我一身泥，我骂她小婊子，然后，她就把我变成了誓约者。"

他睁开眼睛，向下望着正在盘旋着爬上楼梯的虚空蠕虫。它不紧不慢，知道猎物已经走投无路。"她把我变成誓约者，以此惩罚我。我成了她的奴隶，她却爱上了我。"他停顿了一下，试着平复他的哽咽，"我告诉她，我也爱她，可我撒谎了，"他说，"本来要由她来施引导咒语，但她却做不到。我让她去找交易者，把我的痛苦和她连体人的痛苦互相交换。我这么做只是想结束我受到的奴役。"

伊莎贝拉睁开眼睛。她的表情突然变得坚毅。她比我想象中更有生命力，也许足以让我施放引导咒语。

虚空蠕虫已经来到了楼梯的顶端。虽然它对于楼梯而言太过巨大，可它竟然能沿着阶梯一路爬上来。我能尝到它的情绪，它必须摧毁魔法，但同时却又自我厌恶。

"快施咒，"伊莎贝拉尽全力喊着，"杀了我！杀了我，拯救你自己！"

虚空蠕虫在我们上方抬起身子，占据了整片天空。纸卷在我手中展开。但我不是一个谋杀者。我是一个骗子，一个伪善者，仅此而已。我朝虚空蠕虫扔出了纸卷。纸卷还没碰到它就着火了。

我背诵着童年那个韵文咒语，就是会改变味道的那个。伊莎贝拉尖叫着，但她活了下来。虚空蠕虫的气味越来越浓，笼罩了我。然后，我和虚空蠕虫连接了起来，我们连为了一体。我能够尝到它的气味，它也能够尝到我的气味。它知道我的想法、我的感受，我也知道它的。

"你捕食魔法师是为了催生新的国王。"我对它说，但是我的嘴并没有动，"如果新国王没有出世，所有人都会死。他不仅为咒语提供能量，还维系着世人的生命。"我知道它在等待，并提防着我必须说出口的话，"但是你不喜欢杀人。你的悲伤太沉重了。"悲哀和解脱的气息充斥在我的嘴里。它千万年地调养着自己的负罪感，却从没有告诉过别人。"去找悲伤交易者吧，"我对它说，"我会得到你的悲伤，你也会得到我的。让一切都继续存在，我来当虚空蠕虫。"

它问我："你的妹妹还活着，你有什么好悲伤的？"

"我爱他。他是我的挚爱。但他也是伊莎贝拉的挚爱。我会把她交给他，成全他们，这就是我的悲伤。"

虚空蠕虫吞下了我。

伊莎贝拉不再是连体人。我让她恢复了健康。现在我就是虚空蠕虫，虚空蠕虫就是我。我们是一体的，肩负着彼此的负罪感，我们已经近乎神。

艾米丽几乎耗尽了苏珊的生命力,她只剩下了一副躯壳。我已经救不了她,只好让她死去,德莱文也失去了连体人。我没法让艾米丽恢复心智,有些事情超出了我的能力范围。也许有一天,她会好起来,到那时,德莱文的负罪感将会更重。

我绕下国王塔。议会的魔法师已经乘坐誓约者逃离了城市。他们中有一些是罪犯,死有余辜。我现在不是一个谋杀者,但将来会是的。我抛下了妹妹,我知道自己将不会再见到她,这将是我永恒的悲伤。而和虚空蠕虫融为一体的我,将承受着双重悲伤,直至永远。

希望之岛

[美] 海蒂·鲁比·米勒 Heidi Ruby Miller 著

罗妍莉 译

纯粹幻想

海蒂·鲁比·米勒在美国历史最为悠久的私立大学之一西东大学教授创意写作,她是获奖的写作指导选集《多种流派,一种技艺》的联合主编,同时也创作了长篇小说《安巴塞多拉》和多部短篇。

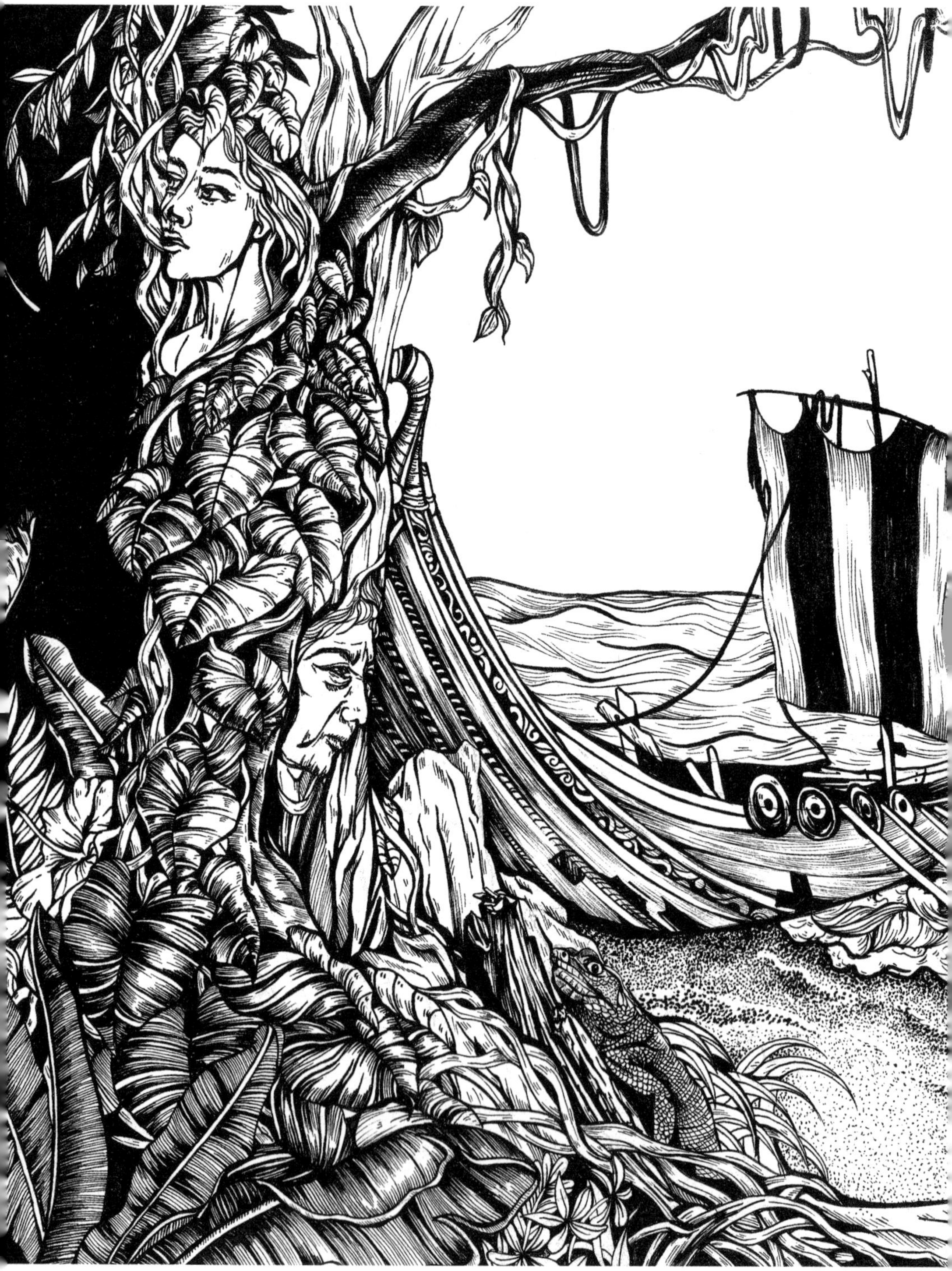

插画／婷婷

"他是从哪儿来的？"芬恩一边问，一边捋着黑色胡须间纠缠的结，"总不可能就这么从大洋中间凭空冒到船上来吧。"

朱利安仰面望着"伊希切尔号"[1]上的桅杆瞭望台，"他叫卡米[2]，是随这艘船来的。"他拿湿衣袖擦了擦鼻子，"总之，船长是这么说的。"

"在海上漂了一个多月，一直在这热带的无风带中间打转，每人只分得了不到半份的口粮，咱们可还得撑到星期天呢。"弗诺哀叹道，"结果昨天，船上怎么就突然多了一张嘴呢？"

"咱们离开约克岛[3]后，这中国佬一直是躲在哪儿的呢？"芬恩问道。

朱利安宁可舍弃自己的左脚，只要能让他的右脚再次触碰到约克岛上的棕榈[4]和白沙。他从来也没多想，只觉得，那不过是去圣克莱尔[5]运送烟草所需航程的一半罢了。而那样的航程绝不该把他们带到如此遥远的北方，进入这片无风的海域。

"他一直都在船长的船舱里，我敢打赌，"弗诺说道，"穿着镶了褶边的衣裳，俯在船长的椅子上。"他那刺耳的笑声和臀部夸张的扭动吸引了卡米的注意力。此时，卡米正身在桅杆的高处。

那曾是属于朱利安的地方。

"别瞎说。船长要是听见八卦，可是不会客气的！"朱利安呵斥道，"何况卡米也不是什么中国佬，他是从更远的岛上来的。"

"我才不管他是打哪儿来的，"芬恩反驳道，"反正甭想再吃我的那份口粮。"他把手伸到胀鼓鼓的腰间，从刀鞘中抽出一把小刀，"我要把那根漂亮的黑辫子连着他的脑袋一起砍了。"

"在你引起恐慌之前，快把那玩意儿给放好。"朱利安扫视着甲板四周，想看看是否有人在窥视。

"一辈子都是船长的哈巴狗，"芬恩讽刺道，"说不定，俯在椅子上的那个人就是你吧。"

---

1. 伊希切尔，玛雅神话中主管水灾、纺织、怀孕和月亮的女神，是位怒气冲冲的老太婆，她的小瓶里盛满洪水，一发怒，就会惩罚人类，向大地倾倒洪水。
2. 卡米与日语的"神"同音。推测此人应为亚洲人长相，故下文中的船员才会误以为他是中国人。
3. 位于中美洲加勒比海的一座岛屿，属于安提瓜和巴布达。
4. 一种棕榈。
5. 位于中美洲加勒比海的一座岛屿，属于特立尼达和多巴哥。

"我敢打赌,他一定会那么干的。"弗诺咧嘴笑了起来,露出那仅存的三颗牙齿。

"你们最好小心点儿。"朱利安警告道。

这小小的威胁足以让芬恩把刀子收了起来,然后他便转身走开了。

朱利安来到甲板下面船长的舱门前。一股熏香的味道飘了出来,这意味着今天应该是见不到船长了。不过,朱利安还是敲了敲门。

隔着那道饱经风霜的柚木门,他能听到里面拖着腿走路的声音,除此之外就再也没有别的回应了。

垃圾。我就知道你是垃圾。你叔叔也知道,所以才会把约克岛这趟没油水的差使交给你。

朱利安再次使劲敲了敲门,那些沮丧的回忆让手上的力气又大了几分。"伊希切尔号"本该听他号令的,但在最后一刻,船队的主人却偏偏挑了自家无能的侄子。朱利安怀疑新船长犯了什么事儿需要赶紧逃离约克岛,但却从来没把这消息透露给船员们。

"船长,我需要跟你谈谈。"

突然,门的内侧传来一阵脆响,原来是玻璃砸在上面碎了。

"又有两座岛屿消失了,"船长喊道,"你听到没?又有两座!"

"好吧,"朱利安喊道,"那我就任由他们哗变好了。"

他横冲直撞地挤开一条路,向船上的厨房走去,因为得确保那儿的口粮能公平地分配,这本该是船长的职责,只不过他已经表现得不太对劲儿了。自从还在尤卡坦半岛[1]的那五天,"伊希切尔号"开启处女航以来,船长就一直如此。"他应该坚持跑自己的商业运输的。当海盗可不是他能干的事儿,根本就没那个胆子。"朱利安啐了一口。

可我却偏偏跟着他来了,就为了得到一艘属于自己的船。

这时,饥饿的船员们朝朱利安迎面走来——他们肚子里的咕噜声比嘴里的嘟囔声更加响亮。距离朱利安最近的三名船员正激烈地争吵着,其中一人把另一人推到了配给台上,被按倒的那人随即拔出一把生锈的匕首。逼仄的空间里,其他船员那怂恿的鼓噪声震耳欲聋。

---

1. 尤卡坦是墨西哥东南部的半岛,位于墨西哥湾与加勒比海之间,在地理上自成单元,历史上也独立于墨西哥的核心部分,这一地带玛雅文化遗迹众多。

朱利安扬起枪口对准了那人的耳朵,"排到队伍最后边去!你们三个都过去。"

他又冲着其余的船员喊道:"要是再闹,就谁都别想吃了!"这么说是有点冒险和冲动,尤其是在大伙儿都饿得半死的情况下,但既然船长不在,就必须得有人树立起一定的权威。

每过一天,船员们都会变得更加咄咄逼人;每过一天,他们都要花上更长的时间才肯让步。总有一天,他们就根本不会听朱利安的了,特别是当他们发现他一直在私藏食物,留给船长和卡米的时候。他本来可以任凭他们饿死,但即便是愚蠢的船长和逃票的乘客,也总该有口饭吃。更何况在卡米身上,总有点说不清道不明的东西,让朱利安感到亲近。

他没日没夜地待在桅杆瞭望台上,让我想起了我自己。

朱利安把装着两份腌甜菜和牛肉干的袋子塞进了外套里。他拿着铁钥匙,在厨房门锁上左右拧动着,直到咔嗒一声把门锁好。船长在躲进自己的船舱之前,交代过要把这道门锁好,这也是他在理智尚存的时候,下达的最后一道命令了。

就在卡米现身之前。

宁静的夜晚没有一丝微风,朱利安回到甲板上,感到心中的恐惧又再次升腾了起来。一轮凸月[1]挂在夜空,照耀着波平如镜的海面。海水看起来就像是黑色冰块或者黑曜石一般,因为那表面是如此的光滑无瑕,却又如此的死气沉沉。

此时,朱利安碰巧抬起了头,往桅杆瞭望台看了一眼。但卡米并不在那里。一阵恐惧令朱利安不由得毛骨悚然。他想象着就在灾难来临的前一刻,一只信天翁[2]从头顶飞过的画面。

他多半只是去船长那里罢了。没什么好担心的。

至少朱利安可以把属于自己的那块地方,给夺回来一小会儿了。他一把抓住绳梯,爬上高处,伸展着四肢,俯瞰眼底黑暗的船身,这感觉真好。

"你已经有些日子没来这儿了。"卡米的英语发音带着德比郡[3]的口音。他

---
1. 天文学术语,满月前后的月相。
2. 在西方国家,看到信天翁预示着好运或者厄运即将到来,同时也象征了做亏心事后心里承受的压力。
3. 位于英国中部。

正盘腿坐着，在这狭窄的木台上，要保持这一姿势可真不容易。

听见这话，朱利安便在绳梯顶端停了下来。

"你一直在看我？"朱利安问道。

"你不也一样？"卡米回答道。

朱利安紧紧抓住绳梯，"每个人都在看你，想知道你究竟是怎样突然出现的。"

月光在卡米那件黑色长袍的褶皱之间，不停地反射着光芒。他看起来既清新又洁净，皮肤白皙而有光彩——这是船上唯一一位模样这么体面、气味又这么好闻的人了。

"你以前老是跟桅杆说话，"卡米说道，"但现在你却不说了。"他并没有看朱利安一眼。

"你这话听着，就跟我喝醉了，或是脑子有毛病似的。"就跟船长一个样。

"我只不过是在大声地说话，也许是对着风说，也许是对着天说。"朱利安突然生出一丝焦虑，仿佛舌头在嘴里变得又厚又沉，"还有，你怎么知道我在干吗？"

"我听见你说的话了。"卡米回答道，"你喜欢到这上面来，因为会想起在德比郡爬树的童年时光。那儿没有海，只有关于海的白日梦。"

谁又知道还有多少人听见过朱利安独自一人时的嘟嘟囔囔？这也可能就是他的权威近来大不如前的原因。不过话说回来，那帮家伙现在除了食物和淡水以外，也不会对别的事情感兴趣了。

"等到时机成熟，我会带你去我的家乡，去我来的那片岛屿，"卡米说道，"如果你想去的话。不过，在建造者去找你之前，你就不能离开那儿了，就像他们去找我之前，我也不能离开那样。"

朱利安的手臂上猛地起了一层鸡皮疙瘩。

"对不起，老弟，我哪儿都不会跟你去的。真是疯了。"他四肢颤抖着，飞快地蹦下了梯子，口粮还揣在身上。

朱利安在吊床上辗转反侧，虽说无论如何都睡不着，但却仍然想找个更舒服的姿势。此时，走廊里突然传来一阵刺耳的磨刀声。于是，他屏住了呼吸。

"笨蛋，"这是芬恩的声音，"别出声。你他妈想把整艘船上的人都吵醒吗？"

"要是有人发现了怎么办？"弗诺的声音有些低沉而嘶哑。

"咱们把尸体丢到海里去,神不知鬼不觉的。这样船上也能少一张嘴。"

"那什么时候干?"

两人渐行渐远,所以也就听不到芬恩的回答了。

朱利安一把抓起手枪,蹑手蹑脚地来到了走廊。这里并没有人。他便向船长的舱门走去,看到烟雾从门缝底下飘了出来。他砰砰地砸门,但却没有回应。于是,朱利安摸索着,掏出了那串从不离身的钥匙。

我向来尊重你的隐私,不过,是时候该你做点儿事情了。

随着门锁咔嗒一响,朱利安推开了船长的舱门。小小的船舱里笼罩着甜丝丝的烟雾。船长正坐在地板中央,衣衫褴褛,那脏兮兮的衣服挂在憔悴的身躯上,就像用来擦洗甲板的破布一样。他四周围了一圈乱七八糟的容器:一口来自墨西哥塔克斯科的银水罐,一只来自英国的镶有珠宝的高脚杯,还有几只来自圣克莱尔的雕花木碗,里面全都被燃烧着的香料填得满满当当的。

"船长。"

坐在地板上的那人完全没有注意到他的这位伙计。他不停地拿手拍打着前额,然后又端详起自己的手掌来,仿佛正在占卜命运一般。

不用多想,他看上去确实很糟。

朱利安在船长身旁蹲了下来,四周弥漫的烟雾把他呛得咳嗽了起来,"船长,芬恩和弗诺正打算——"

"你闻到没?"船长问道。

"什么?"

"柯巴脂[1],它的香气,可以保护我。"船长抓起一只碗,深吸了一口气,然后又把它递给了朱利安。

"船长!芬恩和弗诺要杀了卡米。我也不知道什么时候会动手,可是快了。"

"杀卡米?"船长笑了起来,再次把柯巴脂递给了他。可是,朱利安并没有接,船长便猛地把碗扔向了船舱的另一边,灰烬和阴燃着的熏香在木地板上撒得到处都是,"哈哈!卡米是杀不死的。我们才是很快就要送死的人。"

船长把那张胡子拉碴的脸凑到了朱利安旁边,他的气息闻起来就像柯巴脂一样香甜,"卡米来了,死亡也就在眼前了。这是他们告诉我的。"

"他们……是谁?"

---

1. 指前哥伦布时期,中美洲地区用于仪式烧香和其他用途的芳香类树脂。

船长从朱利安身旁爬过，勉强站起身来，趴在海图桌[1]上。"玛雅巫师，"他说道，"他们向我保证，柯巴脂可以让卡米远离'伊希切尔号'。还说树液的甜味会把我隐藏起来，让建造者找不到我。"

建造者。这名字让朱利安浑身发冷，卡米也提到过。"你在胡说八道。"他说着便向舱门走去。

迷信的混蛋。朱利安会自个儿去收拾芬恩和弗诺的。

但是，有什么东西从背后撞上了他的肩膀。只见那口银水罐掉到了脚边的地板上，于是他转过身去，准备躲避砸过来的其他东西。

"看见没？"船长站在他的身后，用一根手指戳向一张海图。

朱利安拿起那张发白的羊皮纸，草草地扫了一眼。他们的航线以黑色的笔迹描绘出来，在图中蜿蜒前行，直到进入外海。有人在这条航线的末端潦草地写着"希望之岛"。

"这究竟是什么岛？"朱利安问道。

"希望之岛是一片群岛，也是卡米的家乡。"

"是在这儿附近吗？"朱利安以前从没听说过这片群岛的名字。不过，每年都会有人发现新的岛屿，然后再添加到海图中。

"希望总是近在咫尺。"船长颓然地倒在了椅子上，"但是也会消失……就像岛屿一样。当我们第一次起航的时候，还有三十座岛屿。可是现在呢……"

朱利安用手划过光滑的纸面，试图搞明白船长的胡言乱语，"这儿只有五座呀。"

就在这时候，朱利安亲眼看到又有一座岛屿的颜色渐渐淡去，直至从纸上彻底消失。他震惊地把海图扔到了地板上。

"就快来了。"船长说道。

"什么就快来……"

但是，船长已经把左轮手枪举到头上，扣动了扳机。

尸体从椅子上摇摇晃晃地倒了下来，同时，朱利安往后跳了一步。他的手颤抖着，把船长推过来仰面躺着。那开花的脑袋，有一半儿都溅到了木床架上。

这时，船身突然一动，朱利安随即便往船舱的另一边滑去。他砰地撞到对面的墙上，撞落了壁头的一盏烛台。船长的尸体也顺势朝他滚来。朱利安伸出

---

1. 指存放海图、天文钟、航海日志和进行海图作业的专用桌子。

一只脚去挡住，免得撞到自己的身上。

就在此时，他的目光还是落在了另一只脚边躺着的海图上。还剩下一座岛屿了，而且它的边缘也正在渐渐变得模糊。

头顶的甲板上突然传来一片呼喊声，他吓得发麻的四肢终于又重新有了力气。一阵狂风呼啸着，沿着楼梯灌了下来。

起风了！

暴雨和海浪随风打到甲板上，朱利安艰难地往前走，海水里的盐分刺痛了他的双眼。船员们有的互相喊话，确保系紧了每一条绳索；有的则去对付那些因为没有固定住，在柚木甲板上四处滑动的物体。一股巨浪忽地冲上右舷，海水退去时，卷走了四名船员。狂风凶猛地撞向船身，像是被禁锢的恶兽一般，在压抑了三周之后，等待着爆发的那一刻。

朱利安只能用自己的体重去操控那张摇摆不定的主帆。一阵狂风嗖地一下，便把那根控制主帆的绳子从他火辣辣的手中拽走了。随后，一副索具砰地砸到了甲板上，一只滑轮猛地击中了下方的地板，另一只大滑轮则撂倒了芬恩。朱利安不禁护住眼睛，抬头往上面看，料想一定会产生更多的碎片。

卡米从瞭望台上俯视着他。借着闪电的亮光，朱利安瞥见了卡米的脸，那张脸上虽然面色苍白，但却带着微笑……带着希望。

"带我走吧。"海浪剧烈的拍打声淹没了朱利安的话，"带我走！"

下一道闪电划破天际时，卡米已经站在了朱利安的身旁。

"你愿意等待建造者吗？"卡米问道。

"我愿意！"朱利安高喊道，"求你了。"

卡米把一只手放在了桅杆上，然后整条胳膊都没入了木头中。接着，他的腿和胸也进到了里面，直到整个身体都与桅杆融为一体。伴着雷声的轰鸣，一道闪电刺破天空，击中了桅杆，并将它劈成两半。离朱利安更近的一半离船而去，落进了海里。

朱利安也随之跃入海中。

朱利安右半边脸和身体都盖上了一层沙子。他以手撑地，坐起身来，呕出一股盐水和黏糊糊的绿色胆汁，嘴里留下一丝糖浆的味道。他向四周望去，想搞清楚自己身在何处，又是怎么到这儿来的。只见眩目的阳光反射在沙滩上，左右两侧的沙滩绵延至数英里外，边缘还环绕着一片森林。

然后，他就想起来了。

那场风暴，翻滚的大海，还有那根桅杆。

"卡米！"朱利安挣扎着站了起来，朝四面八方大声呼喊卡米的名字。他的视线又落向了那片森林。因为看起来有点儿不太对劲儿，就好像是……假的。当他意识到这个问题的时候，胃里再次一阵翻腾。那一行行高大笔直的树木，排得整整齐齐的，彼此的间距正好是二十英尺。从山核桃树到椰子树，再到香脂冷杉[1]，各种类型的树木应有尽有。

香脂冷杉？怎么会长在这儿？

朱利安摇摇晃晃地走到最近的一棵松树前，伸出一根手指，试探地抚摸了一下松针，那光滑的柔软触感令他不寒而栗。

"希望之岛。卡米的岛屿。"

朱利安连忙从树林边跑开，直到双脚浸泡在宁静的海水中。这番努力让他不禁一阵反胃。他都干了些什么，怎么能跟魔鬼做交易呢？

既然你还活着，那就该有个想活下去的样子。

朱利安深深地吸了口气，然后闭上眼睛，心中暗自希望，等他再睁开眼时，面前的这片苗圃就会消失。苗圃？他的心中充满了丰收和砍伐的欲望。这些念头抚慰着他，让他的思路变得更加清晰了。

他对树木的恐惧渐渐平息了。如果向它们敞开心扉，他几乎就能感受到它们——那是一种微妙的亲切感。

它们是我现在仅有的朋友了，自从卡米……

朱利安任凭一丝关于卡米的扭曲记忆闪进了脑海。那时，卡米与桅杆融为了一体，就在闪电击中之前。随后，那丝记忆便消失了，等到朱利安能理解得更清楚的那天，才会重新浮现出来。

他在苗圃边缘重重地跌坐下来，正好挨着一棵榆树苗。

朱利安很乐意一连坐上好几个小时，甚至是好几天。他的皮肤已经变得黑黝黝的，还结满了痂。当双脚消失在沙里的时候，他一点儿也不惊讶——他的脚趾已经长出了根须，扎到地底。阴云密布的日子里，他会比阳光灿烂的时候更觉饥饿。数月之后，他感觉到周围树木的根系开始触碰自己，并纠缠在脚踝

---

1. 香脂冷杉是一种芳疗植物，产于北美温带。

四周，沿着小腿向上生长。几年之后，他已经变得跟榆树一样高。

然后有一天，地平线上出现了迎风招展的船帆。有四艘船来到了这里。同时，建造者们也终于来了。

当锯齿第一下刺进他的身体时，朱利安很是高兴。建造者们一边砍伐着，一边告诉他如何重返大海。这一回，他终于有属于自己的船了。

黑暗宇宙 01

［美］丹尼尔·F. 伽卢耶 Daniel F. Galouye 著

华 龙 译

我们会在每一期的《银河边缘》连载长篇小说，本期我要给大家隆重介绍的是丹尼尔·F. 伽卢耶的《黑暗宇宙》。这部作品出版于1961年，是丹尼尔的第一部长篇小说，而且获得了雨果奖提名，对于处女作来说可算是前无古人。

但真正让人兴奋难耐的事情发生在1968年的世界科幻大会上，当时我与丹尼尔共进午餐，他告诉我一件轶事：在1962年雨果奖投票时，他其实是给罗伯特·A. 海因莱因的《异乡异客》投了票的。后来我发现，《黑暗宇宙》就差两票没能获奖。如果丹尼尔投给自己，也就是说《异乡异客》少一票，《黑暗宇宙》多一票，那么，他的第一部小说就会与这个领域公认的大师所创作的、六十年代最畅销的小说平分秋色。

丹尼尔写这本书的时候正值二十世纪中叶，冷战带来的核战争貌似一触即发。各地遍布着成千上万的防空洞、地下室、炸弹庇护所，随时准备保护我们渡过大灾难。

话不多说，读读这个故事吧，享受这部科幻经典。

——迈克·雷斯尼克

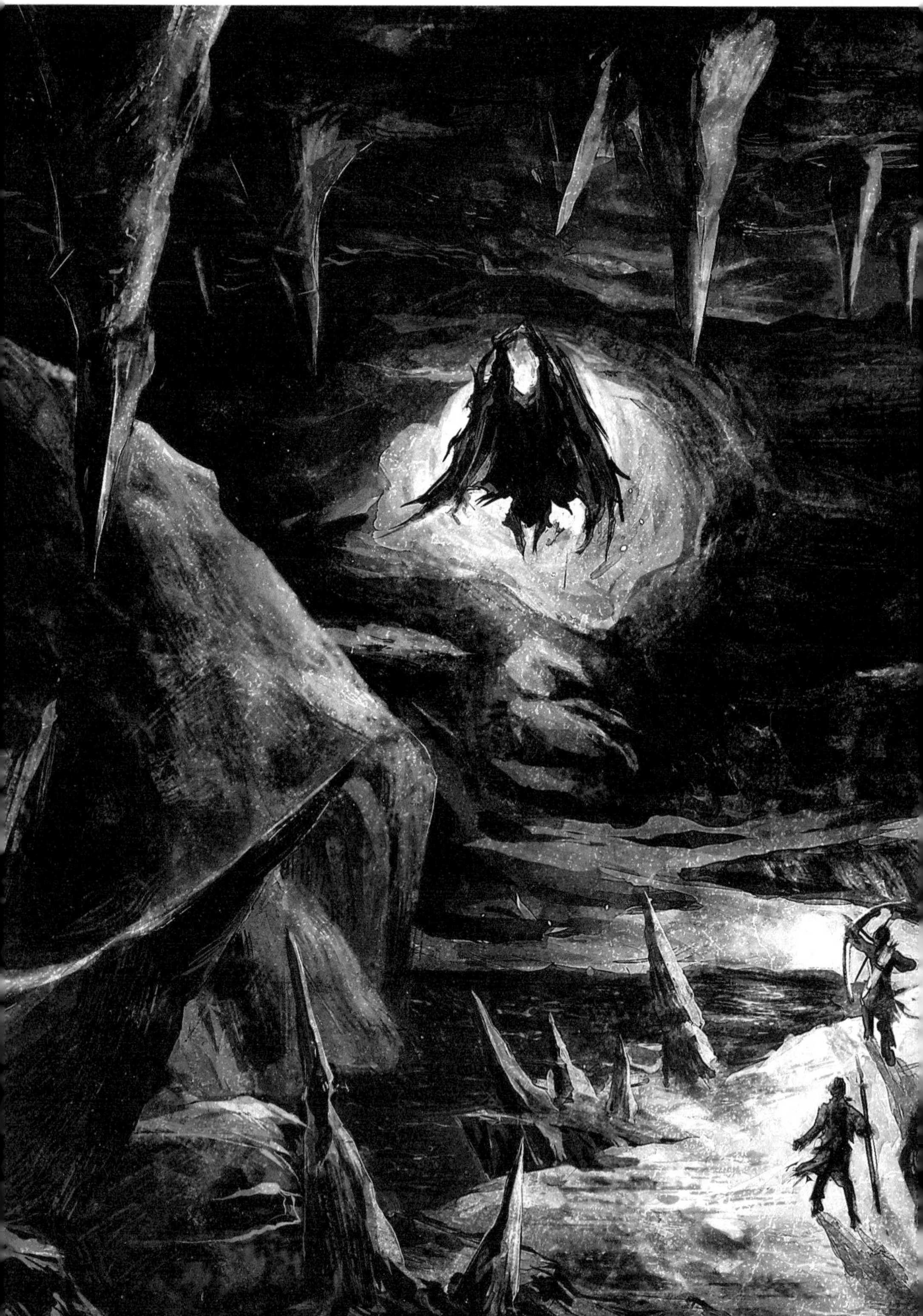

插画/刘鹏博

第一章

贾里德在一块悬垂的钟乳石边停下，用他的矛捅了捅。断续清晰的音调充盈在通道里。

"听到了吗？"他诱导性地说道，"就在前面。"

"我啥都没听到。"欧文往前凑了凑，脚下一绊轻轻撞在了贾里德的背上，"什么都没有，只有泥土和倒垂的石头。"

"没听到井坑？"

"我反正什么都没听到。"

"不出二十步就有一个。最好跟紧我。"

贾里德又捅了捅那块岩石。他侧起一只耳朵，好听清楚每一个微妙的回音。就在那边，好吧——那家伙个头确实不小，而且很邪恶，它伏身在不远处的一道岩架上，听着他们步步逼近。

前方再没有钟乳石可以方便随时敲击了。最后的回音让他很清楚这点。于是，他从小口袋掏出两块叩石握在手心里，相互叩击发出清脆的响声，聚精会神听着反射回来的音调。在右侧，他的耳朵捕捉到密集的岩层，层层堆叠，反射回来的声音图像很杂乱。

他们趋步向前的时候，欧文紧紧抓住贾里德的肩膀。"它太狡猾了。我们永远都追不上它。"

"我们当然能逮住它。迟早它会恼羞成怒，发起攻击。然后，就会少一只恶灵蝙蝠跟我们作对。"

"但是辐射啊！这里一片静默！我甚至都听不出我在往什么地方走！"

"你以为我用叩石是干什么呢？"

"我习惯听中央投声器的。"

贾里德笑了，"这就是你们这些候补幸存者的问题所在。太过于依赖熟悉的事物。"

欧文不屑地哼了一声。说到贾里德，岁数才二十七个孕育期大，资历不过比自己大了不到两个孕育期，而且说到底，他本人也还是候补幸存者呢。

贾里德在岩壁下停住脚，摘下弓，然后他把长矛和石头交给欧文，"待在这里，敲击出一些有分辨力的音调——差不多按着脉搏的节奏就好了。"

他敏捷地往前走去，箭搭上弦。现在岩壁投射的回音很清晰。恶灵蝙蝠在颤抖，它那巨大的革膜翅膀不住地收拢又张开。他停了一下，听了听那邪恶的东西，在光滑的岩石背景下，声音勾勒出清晰的图像：毛茸茸椭圆形的脸——比他自己的脸大两倍。警觉的耳朵拢起来不停地瞄着可疑的事物。紧握着岩石的利爪就像粗糙的岩石一般锋锐。成双成对响起的爆裂回音无法不让人想起裸露在外的一对獠牙。

"它还在那里吗？"欧文焦急地嘀咕着。

"你还没听到？"

"没有，不过我很确定闻到那家伙了。它……"

冷不防那只恶灵蝙蝠爪子一松掉落下来。

贾里德现在不需要叩石了。不住扑动的翅膀已让目标暴露无遗。他拉开弓，箭尾的羽毛贴在耳边，弓弦一松。

那动物一阵尖叫——刺耳狂暴的叫声回荡在通道里。

"光明无上士保佑！"欧文欢呼起来，"你灭掉它了！"

"就射中了一只翅膀。"贾里德又抽出一支箭来，"快！再给我制造一些回音！"

但是太迟了，恶灵蝙蝠拖着带伤的翅膀跑到一条岔道里去了。

听着不断远去的声音，贾里德心不在焉地抹了抹自己的胡须。他的胡须剃得很干练，只在下巴蓄着，胡子很密，向前隆起一大丛，让他的面孔有了一种自信的气质。他的身材比弓稍高，身姿挺拔犹如长矛，筋骨强健。他的头发在脑后一直垂到肩膀，不过前面修剪得很仔细，双耳毫无遮挡，整张脸都露在外面。这个样子对于喜欢大睁双眼的他来说十分清爽。这种偏爱并非是基于宗教信仰，而是因为他不喜欢紧闭双眼的时候带来的那种面部紧绷的感觉。

又走了些时候，岔路通道越来越窄，一直通到了一条从大地里冒出来的河流，能落脚的只剩下逼仄而滑溜的岩石石壁了。

欧文抓着他的胳膊问道："前边有什么？"

贾里德敲了敲叩石，"没有低垂的岩石。没有井坑。水流回岩壁，通道又变得宽阔起来。"

他更专注地倾听着那些几乎消失的回声——那些滑进河里的小东西发出的微弱回声，它们几乎被各种石子的干扰声淹没了。

"给这地方做个标记。"他说，"这里有四处爬行的猎物。"

"火蜥蜴？"

"成百上千。这表明有个头不小的鱼和成群的虾米。"

欧文笑了起来，"我都听得到首席幸存者授权来这里进行一场狩猎远征了。以前还从没有人到过这么远呢。"

"我到过。"

"什么时候？"欧文满腹狐疑地问道。

他们蹚过水，重新上到干燥的地面。

"八九个孕育期之前。"

"辐射啊——那时候你不过还是孩子呐！而且你到这里……从底层世界跑到这么远？"

"不止一次。"

"为什么？"

"为了追寻某种东西。"

"是什么？"

"黑暗。"

欧文呵呵直笑，"你不必寻找黑暗。你就身处其中。"

"卫道者也是这么说的。他高呼，'人类的世界最丰饶的便是黑暗！'而且他说，这意味着罪恶与邪恶盛行于世。但我相信那话并不是这个意思。"

"那你又信什么？"

"黑暗肯定是某种实实在在的东西。只是，我们无法辨认出它。"

欧文又笑起来，"要是你无法辨认出它，那你又怎么能指望着找到它？"

贾里德没有理会对方的嘲讽，"有一条线索。我们知道，在原始世界——在人类离开天堂之后居住的第一个世界——我们与光明无上士更为亲密。换句话说，那是一个美好的世界。现在让我们设想一下，罪恶、邪恶，它们与黑暗这种东西存在着某种关联，那就意味着在原始世界里，黑暗更少。对吗？"

"我觉得是这样。"

"那我要做的,就是找到那种在原始世界中缺乏的东西。"

叩石的回音反映出前面有一处巨大的阻碍,贾里德放慢了步子。他走到障碍物跟前,用手指摸索了一番。岩石,好多块堆在一起,横在那里完全挡住了通道,高及他的肩膀。

"就是这里了,"他郑重其事地说,"……屏障。"

欧文紧紧抓住他的手臂,"是屏障?"

"我们不费什么力气就能翻过去。"

"但是……有法令啊!我们不能越过屏障!"

贾里德拽着他上前,"来吧。又没有怪物。没什么好怕的……顶多有一两只恶灵蝙蝠。"

"可他们说那比辐射本尊还要可怕!"

"他们不过是说说罢了。"此时,贾里德已经爬上了半坡,"他们甚至还说,你会发现有钴锶双生魔等着把你拉到辐射深处去,直至全身烂掉!成为花肥!"

"但是想想惩戒井吧!"

贾里德一转眼已经翻到了对面,意带双关地把叩石敲得咔嗒作响。不但压住了欧文争辩的声音,叩击声还探出了他们前方的通道。欧文好歹也跟上来了,近处的回声清晰地勾勒出那个矮墩墩的身形,紧张兮兮的,双臂张开四下摸索着,想要保护自己。

"看在光明的份儿上!"贾里德骂了一声,"把手放下!如果你要撞上东西我会告诉你的。"

下一个回声的波峰显示对方耸了耸肩,愤愤地说:"所以叩石对我来说没什么用。"然后怒冲冲地迈步就走。

贾里德跟着欧文,挺欣赏他的勇气。小心翼翼,亦步亦趋,他勉强能辨出事物。但是,如果最后一声咔嗒声表明他们已经无可逃避地遭遇了自然界的敌手或是氖刺者,他身边可没有什么坚强的战士。

氖刺者、恶灵蝙蝠还有无底洞,贾里德心念如电,那都是对生存的挑战。如果没有这些东西,底层世界以及它那密如蛛网的通道可就跟很久以前的天堂一样美好了——就像传说里讲的那样,那时人类背弃了光明无上士,来到了如今人类与氖刺者存身的这些截然不同的世界。

这时,他的注意力全都集中在了恶灵蝙蝠身上,特别是那一只——那只恶毒而凶狠的生物曾经鼓荡着翅膀飞进底层世界，抓走了一只绵羊。

他啐了一口，想起他的箭术导师很久以前经常挂在嘴边的那句粗话："光明就是辐射放的臭屁！臭不可闻！"

"那恶灵蝙蝠又是什么？"一个年轻的箭术学徒曾问他。

"它们一开始就跟那些无害的小蝙蝠一样，我们收集它们的粪便种庄稼。但是不知何时，它们跟恶魔做了交易。不是钴魔就是锶魔，把那些蝙蝠中的一只带进辐射里，把它变成了超能生物。从那一只开始，恶灵蝙蝠铺天盖地而来，如今成了我们的死敌。"

贾里德让急促的回声填满通道进行探察。欧文呢，一直顽固地领着路，现在走得更小心翼翼了，几乎是蹭着往前挪。

同伴紧闭双眼的癖好总是让贾里德忍俊不禁。那是永远都无法改变的习惯。这种习惯源于一种信仰，认为眼睛本身需要保护，当伟大的光明无上士返回这个世界、现身于眼前的时候，眼睛就可以感知得到。

但是这对欧文并没有什么不好，贾里德倒是很肯定这一点，只是他太容易受那些传说故事字面意思的影响了。比方说，有一个传说声称，光明无上士对于人类发明吗哪植物这件事十分恼火，便将人类逐出天堂投入永恒的黑暗，诸如此类。

一声咔嗒，欧文还在那里——就在前面几步远的地方。接着又一声咔嗒传来，他却不见了。就在这电光石火的一瞬间，前面传来痛苦的惨叫声，还有肉体撞击岩石的声音。然后：

"看在光明的份儿上！快把我从这儿弄出去！"

重重的回音表明，那是一口不算太深的井，之前一直被走在前边的欧文挡住了，所以听不到。

贾里德站在洞口边，垂下长矛，对方一把抓住，用力往上爬。但是贾里德突然使劲一扭，把长矛甩脱出来，猛地扑倒在地。恶灵蝙蝠狂扑而下，他奋力躲避着它的利爪。

"我们要逮住恶灵蝙蝠了！"他兴奋地大叫起来。

在恶灵蝙蝠的尖叫声中，他趁它盘旋回身的空档摸清了它的路子——先是一个拔高，然后直冲而下，尖叫着再次发起攻击。贾里德翻身跃起，把长矛抵在一条石缝上顶住，让自己的身体顺着矛杆站定不动，矛尖瞄准了那个狂躁的家伙。

当那团三百磅重的怒火狠狠砸在贾里德身上的时候，犹如世界上所有的辐射一股脑儿倾泻而出在他跟前爆发了，他一下子被撞翻在地，一骨碌爬起来的时候，手臂被爪子豁开了一道口子，淌出的血水暖暖的。

"贾里德！你怎么样？"

"待在下面别动！它还会回来的！"他探出一只手，在地上摸回自己的弓。

但是一切重归平静。恶灵蝠鲼又逃走了，这一次，长矛可能在它的伤口上又撒了一把盐。

欧文爬出了井口，"你受伤了？"

"就是给抓了几下。"

"你逮住它了吗？"

"辐射啊，没有！但我知道它在哪儿。"

"我可没问它在哪儿。咱们回家吧。"

贾里德用弓敲了敲地面，听了听，"它往原始世界飞过去了——就在前面。"

"咱们回去吧，贾里德！"

"不把那家伙的獠牙装进我的口袋，可不算完！"

"那你可以去别的地方逮它们呀！"

但是贾里德继续前进。欧文只得勉为其难地跟在后边。

过了一会儿，他又问："你是不是真的决心要找到黑暗？"

"我决意找到它，哪怕拼上我后半辈子。"

"为什么要费那个心思去追寻恶魔？"

"因为我真真切切地渴望着别的东西。而黑暗也许就是通往那条路的一步。"

"那你到底在追寻什么？"

"光明。"

"伟大的光明无上士，"欧文为了提醒他，背诵起一句教义，"存在于善良人的灵魂之中，且……"

"想象一下，"贾里德粗声粗气地打断了他，"如若光明并非神灵，而是别的什么东西呢？"

对方那颗对宗教极为虔诚的心一颤。听到欧文屏住呼吸时那片刻的寂静，听到他突然加速的心跳，贾里德感受得到他心中所产生的震动。

最终欧文问道："那光明无上士还能是什么？"

"我不知道。但我肯定是某种美好的东西。而且如果我能找到它，对于全人类来说，生活都会变得更美好。"

"你怎么会这么想？"

"如果黑暗与邪恶有着千丝万缕的联系，如果光明是它的对立面，那光明必定是美好的。而且如果我找到了黑暗，那我可能就会获得某种关系到光明本质的思想。"

欧文哼了一声，"太荒谬了！你是说，你认为我们的信仰都是错的？"

"不全是，可能就是有些缠杂不清。你知道的，当一个故事口口相传之后会怎么样。那你再想想，当它被一代又一代人传讲之后又会怎样。"

叩石的回音显示出在他右侧的石壁中有一片巨大而空旷的空间，贾里德又把注意力放回了通道。

他们站在通往原始世界的拱形入口前，贾里德的叩石声淹没在空阔的寂静之中。他取出了他那对儿最大、最坚硬的叩石——要让这对石头发出足够大的声音，传出去撞击在最远的岩壁上再反射回来，描绘出这其间的地形地貌，他必须双手握住它们用力一拍。

首先——那只恶灵蝙蝠就在这里。那种徘徊不去的恶臭表明，这家伙就在这里的什么地方。但是，返回来的回音里听不出有皮膜翅膀或是软乎乎、毛茸茸的身体。

"是恶灵蝙蝠吗？"欧文不安地问道。

"它藏起来了。"贾里德在两声敲击之间答道，他得想办法分散朋友的注意力，让他的心别总揪着，"你怎么样？你听到什么了？"

"这个世界真他辐射的大。"

"没错。继续走吧。"

"前边那片空间……很柔软。有那么一两坨……"

"吗哪植物。生长在一眼热泉周围。我还听得到有不少空井……那些井里曾经充满了滚开的水，滋养着成千上万饥渴的吗哪。不过，继续。"

"在左边那里，有个池塘……好大一个。"

"太棒了！"贾里德赞道，"有一股水流进去。还有什么？"

"我……辐射啊！好诡异的东西。有好些诡异的东西。"

贾里德足不停步地走上前去，"那是生活洞室……顺着墙壁绵延不绝。"

"可我不明白，"欧文糊涂了，他跟上前去，"它们可都是在外面开放的空间里!"

"人们生活在这里的时候,没有必要去洞窟里藏什么隐私。他们在外面开放的空间修筑起墙壁把自己围起来。"

"四四方方的围墙?"

"他们很有几何学的天赋,我猜是。"

欧文往后一退,"咱们离开这儿吧!他们说辐射距离原始世界可不怎么远!"

"也许他们那么说,只不过是不许我们到这里。"

"我怎么觉得你其实是什么都不相信的?"

"我当然相信……我相信任何我听到、闻到、尝到或是感觉到的一切。"贾里德换了个位置,他手里石头产生的回声显示,此时自己正对着一个生活洞室的开口。

"恶灵蝙蝠!"当一串叩击声传来的影像显示有东西挂在小室里的时候,他低声说道,"你拿着长矛。我们这次可要做好准备。"

他小心翼翼地走向那栋建筑,一直到弓箭射程之内,停下了叩石。现在他用不着叩石了——那家伙的呼吸就像发怒的公牛喘气一样清晰可辨。

他箭搭上弦,又抽出一支别在腰带下面,这样便于出手。在身后,他听到欧文把矛杆戳在了地上。然后他问:"准备好了?"

"让它飞起来吧。"欧文跃跃欲试,他的声音里一丝颤抖都没有了。贾里德最后叩了一下,把弓拉满。

瞄准那个嘶嘶不绝的呼吸声,他一松弓弦。

羽箭尖啸着飞出去,重重刻在了什么硬邦邦的东西上——太硬了,不可能是动物的肉体。暴怒的嘶叫声陡然而起,恶灵蝙蝠朝着他们疾冲而来。贾里德射出第二支箭,赶在那团怒火扑着双翅冲来之前撤步闪开。

他任由它上下翻飞。

那只猛兽痛苦地嘶嚎着,在头顶上方横冲直撞;然后是重重的一声撞击,紧接着最后一口气从巨大的肺里喷出。"看在光明的份儿上!"那个熟悉的惊慌失措的叫喊声在耳边响起,"快把这臭烘烘的东西从我身上弄开!"

贾里德呵呵直笑,用手里的弓敲了敲脚下的坚石,反射回声影明白无误地告诉他,地上躺着一堆乱糟糟的东西——恶灵蝙蝠、人、折断的长矛,还有一支箭杆支棱着。

最后欧文总算是爬了出来，"好了，我们总算灭掉这该死的东西了。现在我们能回家了吧？"

"等我弄完就回。"贾里德已经在动手取獠牙了。

恶灵蝙蝠和忎刺者。算起来，底层和上层世界的人们可能希望先消灭前者。不过，还有什么东西会比后者更厉害吗？还有什么东西能胜过那种不使用叩石却对周遭一切都了如指掌的生物吗？那是一种谁都无法解释的诡异力量——他们是被钴魔或锶魔附了体，只有这一种解释了。

噢，好吧，贾里德陷入了沉思，预言说人类会战胜所有的敌手。他猜想那也包括忎刺者，尽管一直以来，他心里认为忎刺者似乎也是人类——勉强算是。

他撬下了最大的獠牙，突然心头涌起幼年学习时一段久远的记忆：

光明是什么？
光明是精灵。
光明在哪里？
若不是因为人类中间的邪恶，光明将无处不在。
我们能感受或是听到光明吗？
不行，但是在来世，我们人人都能看到他本尊。

屁话！不管怎样，谁都没法解释那个词——"看到"。那么当你"看过"他之后，你又该如何对待"无上士"？

他把獠牙放进小口袋里站起身来，听了听四周的动静。这里缺失一些东西，比别的世界中更为缺失——这种缺失之物人类称之为"黑暗"，并且将其判定为罪恶与邪恶。但那到底是什么？

"贾里德，过来！"

他用叩石确定了欧文的位置。回音显示，他的朋友正站在一根粗大的杆子旁边，杆子斜着，几乎倒在地上。他感知到有件物品悬在顶端——是个圆滚滚的很轻巧的东西，回音很脆，犹如铃声。

"是圣球泡！"欧文嚷起来，"就像卫道者保存的那个光明无上士的遗物一样！"

贾里德心中又浮现出一些关于教义的记忆：

  无上士悲天悯人（卫道者的声音仿佛响在耳边），于是在他（祂）将人从天堂驱逐时，他令本尊的一部分陪伴我们度过了一段时光。他便是栖身于许多这圣球泡一样的小容器之中。

  那一片生活室中间的什么地方传来一阵响动。

  "光明啊！"欧文惊道，"你闻到了吗？"

  确实，贾里德也闻到了。气味很浓，很怪异，让他后脖子的汗毛都竖了起来。他猛敲了一阵叩石，脚下不住地后退。

  回声带来的影像令人惊诧，更令人迷茫——像是人类，却又不是人类；邪恶的样子令人难以置信，因为那样貌是如此与众不同，却又引人好奇，它似乎长着双臂、双腿、一个脑袋，而且也是直立的样子。它正步步逼近，想要出其不意地抓住他们。

  贾里德伸手摸了摸箭筒。箭没有了。然后，一阵惊恐，他扔出手中那张弓转身就逃。

  "哦，光明啊！"欧文哀号一声，朝着出口狂奔而去，"见鬼的辐射，那是什么？"

  可是贾里德答不上来。他拼尽全力寻找出去的路，同时耳朵始终注意着那个不祥的威胁。它散发出的恶臭比一千只恶灵蝙蝠还恐怖。

  "准是锶魔现身了！"欧文信誓旦旦地说，"传说都是真的！双生魔就在这里！"他转回身奔向出口，他自己的胡言乱语正好为他提供了指引方向的回音。

  贾里德只是站在那里，一种超乎认知的感观让他浑身僵硬、无法动弹。那个诡异的形体带来的声波影像十分清晰：似乎那东西浑身上下遍生着无数不停颤动的血肉。不过还有别的东西——一种混沌的、超越了回声的感知跨越过他们之间的距离，一直钻入了他的意识深处。

  声音、气味、味道，他周围的岩石和那些有质感的东西——所有这一切似乎都在强行涌入他的身体，带来无比的痛楚。他双手捂住自己的脸，跟在欧文后边拔腿就跑。

  头顶传来一阵嗤嗤的响声，随即欧文发出痛苦而惊恐的尖叫。紧接着，贾里德听到他的朋友跌倒了，就摔在原始世界的入口处。

  他跑到欧文倒下的地方，用肩膀架起那具已经失去意识的躯体一路狂奔。

  嗤嗤。

有什么东西刮过他的手臂，黏糊糊的东西粘在了身上。紧接着他跌跌撞撞往前跑去，跌倒了，立刻又爬起来驮着欧文死沉的身子继续一路狂奔。他被某种突如其来却又无法解释的东西吓坏了。

几乎完全失去了听觉，他摇摇晃晃地靠在通道左壁层层堆叠的岩石上，在一块巨大的岩石周围摸索着路。然后他磕磕绊绊地摸进两块突岩中间的裂缝里，一头栽倒，失去了意识。欧文就压在他身上。

第二章

"光明啊!咱们快从这儿出去吧!"

欧文的低语让贾里德猛然警醒过来,他奋力挺身站起。然后,他回想起了原始世界以及它的恐怖,连忙一路蹒跚着往回跑。

"现在它不见了。"同伴很肯定地说。

"你确定吗?"

"是的。我听到它在外边听了一阵,然后它就走了。该死的辐射那到底是什么……钴魔?锶魔?"

贾里德从乱石中爬过,掏出一对叩石,但是随即想到最好别出声儿。

欧文浑身颤抖,"那气味!它形体的声音!"

"我还感知到了其他东西呢!"贾里德心有余悸,"就像是某种……心灵感应!"

他轻轻地打了个响指,仔细倾听返回的声音,一块巨大的钟乳石优雅地穿出重重的褶皱悬垂而下,一直垂到一束拔地而起的石笋上,那石笋犹如正要挺身站起的巨人。他们绕过这堆钟乳石缓缓前行。

"还有什么感观?"欧文问道。

"就像所有的辐射一下子倾泻进你的脑袋里。那种感觉既不是声音,也不是气味或触摸。"

"我没听到任何那样的东西啊。"

"那不是听到的……我想不是。"

"那他怎么放过咱们了?"

"我不知道。"

他们转过一个弯。现在他们已经走出很远了,贾里德开始使用叩石。"光明啊!"他松了口气,叹道,"现在我觉得恶灵蝙蝠都可爱多了。"

"没有武器你才不会这么想呢。"

他们越过屏障顺着那条宽阔的河流一路行进,贾里德不由揣测为什么他的朋友没有体验到他所感受到的那种诡异的感觉。他的思绪纠结其中,百思不得其解,当时的那种状态甚至比怪物本身都更加恐怖。

他的双唇逐渐紧绷起来,一种可能性浮现而出:假定他在原始世界的那种经历是来自于伟大的无上士对他亵渎信仰而实施的惩罚呢?他不是认为光明根本就不是神灵嘛?

他们一路跋涉,回到了熟悉的地盘,他郑重地说:"我们恐怕得向首席幸存者汇报这件事。"

"不行!"欧文坚决反对,"我们这么做违反了法令!"

这可真是贾里德没有考虑到的麻烦。显而易见,在欧文看来,这番经历不亚于上个时段让牛群闯进吗哪种植园所惹的乱子。

过了几百次呼吸之后,贾里德领路来到了分界地——一口巨大的深不见底的井。他突然放下手里的石头,嘘了几声示意安静,然后把欧文拽进岩壁的一处凹龛里。

"出什么事了?"欧文叫道。

"炱刺者!"

"我什么都没听到。"

"几次心跳之后你就会听到了。他们正顺着前方的主通道一路走过来。如果他们转到这条路上,我们就得玩儿了命地跑。"

现在,另一条隧道里的声音更清晰了。一只绵羊咩咩叫着,贾里德辨出来了。"是我们的一只牲口。他们突袭了底层。"

当这群劫掠者经过通道交叉处的时候,炱刺者的喊叫声响到了最大,然后渐渐弱了下去。

"行了。"贾里德焦急地说,"他们现在没法炱刺我们了。"

然而他还没跑出三十步便收住了脚,压低声音小心翼翼地说:"别出声!"

他屏住呼吸听了听。除了他自己强劲的心跳和欧文微弱的心跳之外,还有第三个心跳——不太远,很柔弱,但因为恐惧跳得很剧烈。

"是什么东西?"欧文问道。

"一个炱刺者。"

"你只不过是捕捉到了那群匪徒残留的一点气味罢了。"

但是贾里德探步向前,努力分辨着那个声音的影像,嗅出了其他的线索。那是炁刺者的气味,绝对没有错,不过很淡——那是个小孩子!他又抽了抽鼻子,让气息在鼻腔里停留了片刻。

是一个炁刺者小女孩!

在他叩响石头,辨出她藏身其中的那条裂缝的细节之后,她的心跳更加清晰了。在响声中她身子一缩,但是并没有想逃走。相反,她哭了起来——哭得好可怜。

欧文放下心来,"就是个孩子嘛!"

"怎么了?"贾里德关切地问道,但是没有得到回答。

"你跑出来到这里做什么?"欧文试探着问。

"我们不会伤害你的。"贾里德郑重许诺道,"出什么事了?"

"我……我不会炁刺。"最终她抽抽搭搭挤出了几个字。

贾里德跪到她的身边,"你是个炁刺者,对吗?"

"是的。我是说……不是,我不是的。那个……"

她大约有十三个孕育期大小。不会更大了。

他让她从缝隙中出来,走到通道里,"现在么……你叫什么?"

"艾丝泰尔。"

"那你为什么要藏在这里?艾丝泰尔。"

"我听到摩根和其他人来了。我跑进这里,好让他们没法炁刺到我。"

"为什么你不想让他们找到你?"

"那样他们就不能把我带回炁刺者世界了。"

"可你本来就属于那里啊,不是吗?"

她抽了抽鼻子,贾里德听到她在脸蛋上抹了抹眼泪。

"才不是,"她委屈地说,"那里的每个人都能炁刺,除了我。而且在我准备成为一个女幸存者的时候,没有任何炁刺的幸存者愿意要我。"

她又开始抽泣起来,"我想去你们的世界。"

"那可不行,艾丝泰尔。"欧文试图解释一番,"你不懂,传统的观念反对……我是说……喔,还是你跟她说吧,贾里德。"

欧文说话的回声告诉他,小女孩的头发垂到了她的脸颊上,于是,贾里德伸手把头发拂开。"从前在底层世界我们有一个小女孩——跟你差不多一样大,她很伤心，因为她不会听。她想要逃走。然后，到了一个时段，突然之间她会听了！她高兴极了，觉得自己真聪明，没有在那之前逃走迷失掉。"

"她是个异类，是吗？"小女孩问道。

"不是的，关键就在这里。只是我们认为她是异类。如果她逃走了，那我们就永远都不会知道，其实她并不是的。"

艾丝泰尔不说话了，贾里德带着她往主通道走去。

"你的意思是说，"过了一会儿她开口道，"你认为我可能会开始炁刺？"

他笑了，在一眼汩汩冒泡的热泉旁停下，旁边是一条更宽阔的走廊，暖暖的潮气缭绕在他们四周，"我肯定你会开始炁刺的——就在你的期待值最低的时候，然后你就会跟那个不寻常的小女孩一样开心。"

他听了听那群炁刺者劫匪的方向，轻而易举辨认出他们远去的叫喊声，"你打算怎么办，艾丝泰尔？想回家吗？"

"喔，那好吧……如果你这么说的话。"

"好姑娘！"他轻轻拍了拍她，朝着其他炁刺者的方向轻轻推了她一把。然后他双手拢成喇叭状大喊起来，声音在通道里隆隆作响："这里有你们的一个小孩儿！"

欧文紧张地挪了挪身子，"咱们赶紧离开这里吧，别等着被群殴。"

但贾里德只是轻轻一笑，"我们会安然无恙的，时间足够确保他们找到她。"他听着小女孩朝着返回来的炁刺者摸索过去。"不管怎么说，他们现在炁刺不到我们。"

"为什么？"

"我们正好站在这口热泉边上。他们在距离沸腾井太近的地方，无法炁刺到任何东西。那可是我亲身学到的，在好几个孕育期之前。"

"热泉对炁刺有什么影响？"

"我不知道，但确实有影响。"

"好吧，如果他们不能炁刺我们，那他们也会听到我们的。"

"关于炁刺者的第二个秘密：他们太依赖于炁刺了。所以根本连个屁都听不见、闻不到。"

不一会儿，他们就到了底层世界的入口。贾里德听着欧文回他自己家那边去了，然后他径直走向理事厅。他早就打算好了，要汇报原始世界的那个恐怖

231

威胁，但不牵扯他的朋友。

看起来一切如常——可也太如常了点儿，特别是氽剌者才刚刚进行过一次突袭。但是话说回来，这次攻击可不太寻常，情况发生的时候，幸存者们都不知道是怎么回事。

在他左边飘来兰戴尔的气味，听得出他正爬上高杆，把回音投声器的滑轮绳索缠绕到位。然后，那些敲击石头的机械装置开始急速敲打起来。贾里德利用渐强的回音听清楚了所有的声影。他分辨出在吗哪园里有一队人正在施撒肥料，另一队人正在挖掘一座新的公共洞厅。远处的岩壁下，一些女人正在河边洗衣服。

最让他心中一凛的，是相对而言的寂静，这证明确实有事情发生过。甚至连孩子们都被一小群一小群地聚拢在一起，悄无声息地聚在居住区的前面。

他右边传来一阵呻吟——是从医护厅传来的——他脚下转了方向。中央投声器带来的回音，告诉他有人正在入口前面。等他走近了些，他听到了泽尔达那副女性躯体的线条。

"有麻烦了？"他问道。

"氽剌者。"她简洁明了地答道，"你去哪儿了？"

"追一只恶灵蝙蝠。有人受伤吗？"

"阿尔班和幸存者布莱德雷，就只是挨了顿揍。"她的声音透过垂在面颊上的几缕秀发传了出来。

"有氽剌者受伤吗？"

她笑了——有点怨怒，就像从鼻子里发出一声拨弦乐，"你开玩笑？首席幸存者早就等着听你了。"

"他在哪儿？"

"跟长老们开会呢。"

贾里德继续往理事厅走去，但是接近门口的时候他放轻了脚步。长老哈弗迪正在发言。他那高亢略带颤抖的嗓音很容易辨认。

"我们要把入口封起来！"哈弗迪不住地敲打着台面，"那样不管是氽剌者还是恶灵蝙蝠，就都不会给我们添麻烦了。"

"请坐，长老。"首席幸存者威严的声音传来，"你这话毫无意义。"

"嗯？怎么讲？"

"祖辈告诉我们，很久以前就有人试过这么做，可那只会让气流循环受阻，本就闷热的区域温度会更高。"

"我们要尽力而为之，"哈弗迪很坚持，"至少一定程度上封闭起来。"

"按说应该扩大。"

贾里德蹑手蹑脚来到洞厅入口，侧身驻足一边，确保自己不会遮挡来自投声器的声音。那样的话会暴露自己，哪怕是最不敏感的耳朵都听得出来。

首席幸存者用指甲心不在焉地敲着台面，制造出一些琐碎的回音。

"然而，"他说道，"我们还是有些事是可以做的。"

"嗯？什么事？"长老哈弗迪问道。

"我们自己可没法做，那计划太庞大了。但是我们可以将其作为一个合作项目，与上层世界一起进行。"

"我们以前从未与他们有过合作。"长老麦克斯威尔的声音加入了讨论。

"的确没有过，不过他们知道，我们将不得不分享我们的资源。"

"目前什么情况？"哈弗迪问。

"有一条通路我们可以将封闭起来，上层和底层的气流循环都不会受影响。不过，据我们所知，这还是能将我们与炁刺者世界隔开。"

"主通道吧。"麦克斯威尔猜道。

"正是。那可是个大工程。但是由两个层级世界共同进行，我们大概用半个孕期就能完成。"

"那炁刺者呢？"哈弗迪想要知道，"他们对此难道会没有意见？"

贾里德听到首席幸存者耸了耸肩膀才开口说："两个层级世界的人口远远超过炁刺者。我们会让障碍物这一侧填料增加的速度，远远超过他们从另一侧挖走的速度。最终他们会放弃的。"

台子周围一阵沉默。

"听上去不错。"麦克斯威尔说，"现在我们要做的，就是说服上层同意这个想法。"

"我认为我们做得到。"首席幸存者清了清嗓音，"贾里德，进来吧。我们一直在等你。"

贾里德迈步进去的时候不由暗想，首席幸存者的岁数也许是有点大了，但他的耳朵和鼻子可一点都不显老。利用始终都没有间断的指甲敲击声，贾里德听出围坐在台边的每一张面孔都转向了他。首席幸存者身后还站着一个身影，他感觉得到。

那个人挪到了清晰的位置，贾里德立刻辨清了他的身形——身材不高，有点驼背，与他那颇显年轻的呼吸声不太相称；长发从前额垂下，很随意地散在脸颊周围，露出双耳和鼻孔。这张面孔算得上底层世界被长发遮蔽得最严实的面孔了——这位是洛梅尔·芬顿-庶子，他的哥哥。

识别见礼已毕，首席幸存者清了清喉咙，"贾里德，差不多是时候申请你的幸存者资格了，你觉得呢？"

贾里德一阵冲动，想要将眼前这套无聊的事务抛在一边，直奔主题说说在原始世界发现的那个潜在威胁。但是他的讲述必须要令人信服，于是他只得先不提这茬。"我想是的。"

"考虑过联姻吗？"

"辐射啊，没有！"然后他压住声调，"不，我还从未考虑过这事。"

"当然，你很清楚，每一个人都必须成为幸存者，而幸存者最根本的责任就是要存活下去。"

"那正是我所受到的教诲。"

"而存活并非意味着仅仅维持你自己的生命，更要使其一代又一代传承。"

"我对此了然于胸。"

"而你却尚未找到一个你乐于联姻的人？"

他考虑过泽尔达，但她喜欢垂发掩面。他也考虑过露易丝，在叩石面前她能大睁双眼，而且她也裸露着面庞，但她总是喜欢傻笑。"还没有，幸存者大人。"

洛梅尔嗤笑一声，像是在看笑话，台子周围对此流露出不满的声音。对于贾里德来说，这个嘲讽的笑声让他回忆起早些时候的日子。洛梅尔常常喜欢恶作剧，比方从一块砾岩后边甩出一条绳子，缠住他的脚踝把他绊倒。这种兄弟间作对的情绪还在，只不过现在是以另一种成年人——好吧，算是成年人——的形式表现出来。

"太好了！"首席幸存者大喜过望，站起身来，"我想我们已经为你找到了一个联姻的伴侣。"

贾里德心头一窒，紧接着不顾尊重破口而出："别做我的主，你们不能这样！"

他怎么跟他们讲呢？他可没时间去联姻。他必须无牵无挂地继续做那件在许久之前就已经开始做的事情。而且，他对于他们的宗教信仰也心存疑虑。他想要穷尽一生去证实光明是某种实质的东西，在现实世界中是可以获得的——

而不是要到来世才能知晓的神秘之物。他要怎么开口？

洛梅尔笑了，说道：“那要由长老们决定。”

"你又不是长老！"

"你也不是。而且，贾里德，你要好好想想《资历法典》。"

"去他辐射的法典！"

"够了！"首席幸存者喝道，"正如洛梅尔所说，你的联姻要由我们决定。长老们意见如何？"

麦克斯威尔提出自己的看法："让我们先具体听一听这个方案。"

"很好。"首席幸存者继续说道，"我和舵手都尚未对此做出决定，不过我们俩对于两个世界联手的想法所见略同。舵手认为，贾里德和他侄女联姻有助于此项成果。"

"可我不想那样！"贾里德坚定地说，"舵手就是想安插个亲戚做探子！"

"你亲耳听过她吗？"首席幸存者问道。

"没有！那您呢？"

"没有，不过舵手说……"

"我才不在乎舵手说什么！"

贾里德一撒身，侧耳听着。长老们不耐烦地发出声响。他的顽固让他们挺不高兴。如果他不赶快做点什么——任何事都行——他们就会把他架去联姻了！

"在原始世界有一只怪物，"他脱口而出，"我当时追一只恶灵蝙蝠跑了出去，而且……"

"原始世界？"长老麦克斯威尔满腹狐疑地问道。

"没错！而且这东西……它就像辐射一样散发着恶臭，而且……"

"你知不知道你都干什么了？！"首席幸存者肃然说道，"越过屏障是严重的罪行，仅次于谋杀和错置巨物！"

"但是那个生物太可怕了！我想要告诉你们，我听到了十分邪恶的东西！"

首席幸存者的怒吼甚至盖过了中央投声器的声音："以光明无上士之名，你究竟想要在原始世界发现什么？你认为我们为何要有法令？要有屏障？"

洛梅尔说道："这要处以严厉的刑罚。"

首席幸存者怒喝一声："你别多嘴！"

"惩戒井？"麦克斯威尔立刻补充道。

"嗯？什么？"哈弗迪声音干脆，"我想用不着。联姻的方案悬而未决呢。"

贾里德还想开口，"这东西……它……"

"判处七个活动时段的隔离与奴役如何？"哈弗迪继续说道，"如果他再犯……那就判处入井两个孕育期。"

"够宽大了。"麦克斯威尔表示同意。但是他并没有提及一件众所周知的事情，一个囚犯只有先在井里关押超过十个活动时段，再被捆绑整整一个孕育期，才会变得正常起来，不再有危害。

首席幸存者开口了："我们将对贾里德实施象征性的惩罚，视其对于联姻接受与否而定。"

长老们迫不及待地拍打着台面，以示通过。

"在服刑期间，"首席幸存者告诉贾里德，"你可以让自己适应一下，要前往上层世界进行为期五个时段的拜访，做联姻意向宣布的预备。"

洛梅尔·芬顿-庶子一直窃笑不止，跟着长老们出去了。

等到旁人走尽，贾里德对首席幸存者说："这是在用你的亲生儿子搞他辐射的鬼把戏！"

老芬顿只是耸了耸肩。

"为什么要跟上边那伙人拉关系？"贾里德恼怒地继续说道，"一直以来我们都是自己跟炱刺者战斗的，不是吗？"

"但是他们的人数正在激增，他们的食物储备正在增加。"

"我们要设置陷阱！我们会生产更多食物！"

贾里德听到对方郁郁地摇了摇头，"恰恰相反，我们的生产正在减少。你忘了，那三眼热泉在三十个时段之前就枯竭了。那意味着，吗哪植物会死掉——牲口和我们自己的食物也都不充裕了。"

贾里德对首席幸存者有了几分关切。他们现在站在洞厅的入口处，父亲反射来的声音勾勒出他枯瘦的四肢，在之前那些欣欣向荣的日子里，他可算得上是肌肉颇为强健的。他头发稀疏，但仍然很自豪地往后梳着，显然是很顽固地拒绝对面部的保护。

"那不必非得是我不可。"贾里德咕哝着，"怎么不是洛梅尔？"

"他是庶子。"

贾里德不明白私生子在这种情况下会有什么不同。但是他没再纠结于此，"好吧，那随便什么人都行啊！还有兰戴尔和玛尼，还有……"

"舵手和我商讨，觉得要有更近一层的关系，而你有这个身份。而且我已经在他的权衡中把你捧得很高，让他认为你几乎相当于一个忝刺者。"

寂静也许是对贾里德最严酷的惩罚。
寂静，还有苦役。
从幼年蝙蝠生活的世界历尽艰辛地把粪便搬运到蟋蟀区，用以收集昆虫的身体，以此作为吗哪园的肥料。将沸腾井涌出的热水引流改道，让灼人的蒸汽用于生产过程。照料家畜，亲手喂养小鸡，直到它们能自己摸索着找吃的。

而在这整个期间，绝不允许说一个字。也没有一个字传进他的耳朵里，除非是予以指导。不允许用叩石带来清晰的听觉。完全与其他人隔绝联系。

第一个时段就像是永久；第二个时段，变本加厉；第三个时段他照料园子，还要听命于该死的辐射的每一个人，他们来就是为了下命令的——只有一个除外。

那就是欧文，他传达指示，要开始挖掘一座公共洞厅。贾里德听到了他脸上愁眉不展的线条。"如果你认为自己应该在我身边工作，"贾里德违反了禁语规定，说道，"那你最好别再自寻烦恼了，是我让你越过了屏障。"

"我一直也在为那事儿担心，"欧文心神不定地应着，"但是最近，有些别的事情更让我不安。"

"什么？"贾里德在吗哪植物的根部又撒上一层肥。

"要成为幸存者，我一点戏都没有。在外面那个原始世界有了那么一番经历之后，我觉得自己彻底没戏了。"

"忘掉原始世界吧。"

"我忘不掉。"欧文离开的时候，声音里充满自责，"越过屏障之后，我的勇气就荡然无存了。"

"该死的笨蛋！"贾里德柔声骂了一句，"那就离那边远点儿！"

第四个时段他几乎就是在孤独中煎熬，甚至都没有人来传达一句指示。第五个时段他苦中作乐，庆幸自己至少没进惩戒井。但是在整个第六时段里，他累得浑身酸痛，几乎无力支撑，他意识到自己宁可承受更严厉的惩罚。在让人痛不欲生的苦役就要结束之前，他向辐射许愿：他宁愿被判处入井！

他费尽力气，终于为一座新洞厅安置好最后一张台子。这时投声器被夹住，不再发声，以示进入睡觉时段。筋疲力尽、浑身麻木，他拖着疲惫的身躯走向芬顿洞室。

洛梅尔已经入睡了，但是首席幸存者仍然醒着，他躺在那里说："终于结束了，我很为你高兴，儿子。"他安慰道，"现在好好休息吧。明天你要被护送到上层世界，去进行为期五个时段的拜访，为联姻意向的宣布做准备。"

贾里德已经没有力气争辩，他一头瘫倒在自己的石铺上。

"有些事情你得知道，"他父亲继续严肃地说，"炁刺者可能还会抓俘虏。欧文在四个时段之前出去采集蘑菇，从那之后就杳无音讯。"

贾里德猛然醒了过来，他的疲劳一下子烟消云散。等首席幸存者沉沉入睡之后，他找出叩石偷偷溜出了底层世界，欧文不长脑子、自以为是的行为让他怒不可遏，可他却更挂念朋友的安危。

一路上，他努力克制着想要倒身便睡、一觉不起的冲动，一路走过先前遇到那个炁刺者女孩儿的地方，顺着蒸汽缭绕的那道堤坝走进那条更小些的隧道里。依着声音映出的路上每一口深浅不同的井，他到了屏障，毫不停歇径直翻了过去。刚到另一面，他的脚就触到了什么熟悉的东西——欧文的箭筒！

箭筒旁边是一根折断的长矛和两支羽箭。至于那张弓，他的叩石告诉自己，就撒在墙边，几乎断成两截。原始世界生物的气息缭绕在鼻端，他赶紧朝着屏障退了回去。

欧文几乎都没机会让他的武器派上用场。

第三章

在上层世界入口处，中央投声器那陌生的音调让贾里德对这个与自己的世界很相似的地方有了一个粗糙的印象：这里有洞厅、活动区域，还有牲口场。特别明显的是，这里还有一道自然形成的岩架顺着右侧岩壁一路向下，直通附近的地面上。

他无聊地等候着前来迎接自己的扈从，思绪不由自主延伸到了在屏障外面发现欧文武器的事情。那时他满脑子都是疑窦，认为那种邪恶的生物肯定是光明本尊发来的天谴，必然是因为自己亵渎了崇高的信仰。显然他大错特错。说到底，建立屏障唯一的目的就是保护人类免受怪物之害。然而他知道，他绝不会放弃探寻黑暗的信念。他也不会让欧文扑朔迷离的命运成为永远的谜。

"是贾里德·芬顿吗？"

从左边一块砾石后传来的叫声让他一惊，立即回过神来。那人迈步走进中央投声器的音场之下。"我是洛伦兹，舵手安塞尔姆的谏官。"

洛伦兹的嗓音透露出此人身形短小，肺活量不大，胸腔干瘪。在这副躯体之上，声音勾勒出一张不甚清晰的面庞，枯皱干硬，听不出有柔软、湿润的眼珠暴露在外。

贾里德正式问候道："需要行十抚相知之礼吗？"

但是那位谏官谢绝了，"我无须如此。我从来不会忘记声影。"他轻车熟路地顺着一条穿过热泉区的小路走了下去。

贾里德跟了上去，"舵手在等我吗？"有这么一位脚下生风的带路人，这问题实属多余。

"如果不是，我可不会到这么远的地方来接你。"

察觉到谏官话中带刺，贾里德开始把注意力全都放在了这家伙身上。他怨气十足的表情经由投声器的反射显得非常刺耳。

"你不想让我到上边来，是吧？"贾里德索性直言相问。

"我谏言反对这么做。我听不出与你们的世界拉近关系，能让我们有什么收益。"

谏官阴沉的态度让他一时间有些困惑——最后他意识到，上层世界与底层世界联合会影响洛伦兹的地位。

残破不堪的小径笔直向前，顺着右侧岩壁引着他们一路前进。用于居住的洞室反射出沉闷而间隔有序的声音图像。不用听，贾里德也能清晰地感知到那一小群聚在一起、好奇地听着他从这里经过的人。

这时，谏官一把抓住他的肩膀，把他向右一转，"这就是舵手的洞厅。"

贾里德脚下一顿，确认了一下方位。这座洞厅很深，有很多置物的搁架。入口前面有一张巨大的石台，四周凿刻出了足够的凹槽，能让人放脚进去。从台面上传来吗哪壳做的碗发出的声音影像，碗是空的，对称摆放着，这场面显然是精心安排的一场宴会，有不少人要入席。

"欢迎来到上层世界！我是诺里斯·安塞尔姆，舵手。"

贾里德听到身形匀称的主人张开双臂，绕过台子迎上前来。那只手一探触到他，他就对舵手的感知力心里有数了。

"我对你早有耳闻，我的孩子！"他用力握了握贾里德的手臂，"十抚一下？"

"悉听尊便。"贾里德顺从地让那些手指有条不紊地抚过他的脸、他的胸口，一直摸到他的手臂。

"太好了，"安塞尔姆赞道，"体型干练……身姿挺拔……敏捷灵活……充满力量。首席幸存者可真不是夸口啊。感知我吧。"

贾里德的双手触碰到的是一副结实却并不臃肿的身躯。上身的衣服紧衬利落，须发剃得很整齐，显示出他很不服老。眼皮不住眨动着不愿被触摸，这表明那双眼睛喜欢睁着。

安塞尔姆笑了起来，"这么说，你是怀揣着联姻意向来的喽？"他引着贾里德来到桌边的一张凳子跟前。

"是的。首席幸存者说……"

"啊……首席幸存者芬顿，有段时间没听到过他了。"

"他派……"

"这个老埃文啊！"舵手一点都不见外，"他真是想出了个好主意——能让两个层级世界更亲密。你怎么想？"

"起初我……"

"你当然会如此了。费不了多少脑筋就能听得出其中的好处，对吧？"

贾里德不再指望能说一句整话了，索性默认舵手只是自说自话，并不需要他应答。与此同时，他注意到从身后洞厅口飘来了一个轻巧的身影。有人悄悄挪到入口外，默不作声地在那里听着。清脆的回声勾勒出那是一个年轻女子。

"我是说，"安塞尔姆重复道，"费不了多少脑筋，就听得出两层联合的益处。"

贾里德的心思赶紧收回来，说："那是一定的了。首席幸存者说会收益良多。他……"

"说到这次联姻，据说你已经为此做好了准备？"

贾里德终于说出了一句完整的话："是的。"但这话对于他的诉求根本起不到什么作用。

"好孩子！黛拉将会成为一个出色的女幸存者。也许她有一点点任性，但你要把我的联姻……"

舵手开始一番长篇大论，贾里德的注意力又回到那个悄无声息的姑娘身上。至少他知道她是谁了——就在"黛拉"这个名字被提起的时候，她的呼吸一顿，他听到她的脉搏一阵急促。

舵手清晰明快的声音产生了清脆的回音，那个姑娘的形象在贾里德心里愈发清晰：高高的颧骨愈发突显了她那充满自信的翘下巴；她的双眼大睁，头发以一种他从未听到过的样式梳理着；一头长发向后梳得整整齐齐，在脑后扎成一束，垂到她的腰间。他心中描绘出一幅赏心悦耳的声影，黛拉在大风吹拂的通道里一路奔跑，一头秀发在身后随风飘逸。

"……不过莉迪亚和我没有儿子。"那位喋喋不休的主人现在又开始了另一个话题，"我还是认为，让舵手头衔保留在安塞尔姆的族系中是最好的，你觉得呢？"

"毫无疑问。"说实在的，贾里德都不知道他说到哪儿了。

"唯一能让双方如愿以偿、又不会惹出麻烦的法子，就是让你和我侄女联姻。"

贾里德估摸着，这话恐怕会让那个姑娘从藏身之处走出来。但是她一动不动。

上层世界已经从他到来所引发的小小的混乱中恢复了正常。现在，他听到了一些再寻常不过的声音——小孩子叫喊着在玩耍，女人在打扫洞厅，男人在干手里的活儿,牲口圈那边的场地上,正在进行一场撞球比赛。

舵手拉着他的手臂,说道:"好了,我们过些时候再加深了解。现在要举行正式的宴会,你正好可以跟黛拉好好认识一下。不过,首先么,方便起见,我已经让人为你准备了住处。"

贾里德被他拉着,顺着那排居住洞厅走了下去。不过,没走多远就停下了。

"首席幸存者说,你有一双敏锐的耳朵,我的孩子。让我们听听它到底有多棒。"

这让贾里德多少有些尴尬,他把注意力转向周围的事物。片刻之后,他的耳朵就被沿着对面岩壁伸展的那道岩脊吸引了过去。

"我听到那边的岩架上有东西。"他说,"是个小男孩躺在上边正在听世界之外的声音。"

安塞尔姆大吃一惊,不由深吸一口气。然后他叫喊起来:"迈拉!你家孩子又跑到岩架上面去了吗?"

附近一个女人的声音大喊了起来:"迪米!迪米,你在哪儿?"

一个微弱的声音遥遥传来:"我在上面呢,妈妈。"

"不可思议!"舵手赞道,"太不可思议了!"

宴会临近尾声,安塞尔姆把饮酒的果壳在台子上敲了敲,向各位宾客郑重地说道:"真是无与伦比!在世界的另一端,藏着那么一个小家伙,贾里德居然清清楚楚听到他了。你是怎么做到的,我的孩子?"

贾里德真不想提这事儿了。他到现在都还浑身不自在呢,每一位客人来的时候都要与他十抚。

"岩架后边是光滑的穹顶,"他有些不耐烦地解释着,"它会放大中央投声器的声音。"

"别说废话了,我的孩子!你这本事太绝了!"

台子周围传来充满敬意的低语议论。

谏官洛伦兹笑了,"听到舵手谈及此事,我几乎都要怀疑我们的这位客人没准儿就是一个炁剌者了。"

一阵尴尬的沉默。贾里德听到谏官洋洋自得地笑起来。"这本事无与伦比。"安塞尔姆对此倒是很坚定。

众人一时沉默起来,贾里德赶紧把话题从自己身上转开,"这龙虾的滋味我很喜欢，不过火蜥蜴尤其好吃。我以前还从没吃到过这么美味的东西呢。"

"你当然没这口福，"安塞尔姆夸口起来，"这都要感谢女幸存者贝茨。跟我们的贵客说说你是怎么做的，贝茨。"

台子对面，一位身材结实的女人开口说道："那是我突然产生的一个想法，如果让肉与沸水隔绝开炖熟，味道可能会更好。于是，我们试着把肉块放在果壳里密封好，沉到热泉里去。这样一来，肉没有过水就熟了。"

在贾里德的耳音边缘，他感觉到黛拉正在倾听着他的一举一动。

洛伦兹插话道："女幸存者以前料理火蜥蜴的方式更好呢。"

那个女人又说："那时候我们还有那口大沸腾井呢。"

贾里德有了兴趣，"在还有那口井的时候？"

"前些时候它干涸了,还有另外两口井,跟它一起干了。"安塞尔姆说道，"不过我估计就算没有它们，我们也能过好日子。"

接着，其他宾客纷纷开始离席，回各自的洞厅——除了黛拉。但是，她依然对贾里德恍若不闻。

舵手抓住他的肩膀，低声道："祝你好运，我的孩子！"然后他便回自己的洞室去了。

有人关掉了投声器，结束了这个活动时段。贾里德坐在那里，听到那个姑娘的呼吸急促起来。他漫不经心地用一个指甲轻轻叩击着台面，借着回声细细端详这张女性的面孔。他听得出她因为担忧而眉头紧皱，嘴唇紧闭。

他挪近了些，"十抚一下好吗？"

她的声影猛地一变，把脸转向了一边。不过，她并没有反对进行相知礼。

他探出的十指先是触到了她的侧脸，然后摸到了她紧绷绷的颧骨。他摩挲到了她那种怪异的发型，水平的肩膀。肌肤温软，肩带生硬地横在光洁的皮肤上，让人心有不爽。

她退后一步，"我相信下一次你会认得出我。"

贾里德心中暗道，如果他被联姻捆住手脚，那么有这么一个伴侣真是雪上加霜。

他等候着她手指的触摸。但并没有。相反，她从凳子上起身，漫不经心地朝一个自然形成的洞室走去，空荡荡的洞室映着她脚步的回声。他跟了上去。

"被迫联姻的感觉怎么样？"她终于开口问他道，话语里透着一股愠怒。

"我并不怎么在乎这事。"

"那你为什么不拒绝？"她坐到了洞厅里的石铺上。

他停在外面，听着她说话的回音勾勒出这间洞室的细节，"那你为什么不拒绝？"

"我没有选择。舵手做了决定。"

"那确实很难办。"她的态度表明整件事都是舵手的主意，但是他猜她有权力要耍脾气。于是又说道："我猜，在这类事上咱们俩的状况都不怎么样。"

"也许你的状况的确不怎么样。不过，我在上层世界有一打中意的男人可以选呢。"

他有些不忿，"你怎么知道？你甚至都没有十抚。"

她拾起一块小石头远远丢了出去，咕咚一声。

"我不想被人十抚。"她说，"我也不想做那种事。"

他怀疑就算是说到她的痛处都不会让她的口气软下来，"我还不至于那么让人反感！"

"你……令人反感？天呐！不！"她反唇相讥，"你可是底层世界的贾里德·芬顿！"

她又丢出去一块小石头，咕咚一声。

"我听到那边的岩架上有东西。"她嘲弄地重复着他先前说的话，"是个小男孩，躺在上边正在听世界之外的声音。"

黛拉又扔了几块石头，他站在那里，耳朵始终仔仔细细谛听着。那些小石头落下之后无一例外，都是咕咚一声。

"这番举措可都是你叔叔的主意。"他提醒她说。

但是他的话并没有得到回应，她只是继续把小石头丢进水里。她让他处于被动的地位。如果他选择回击，只会让他显得对于这场联姻十分热衷，而事实绝非如此。联姻以及随之而来的责任将会意味着，他对于光明的追寻就此为止。

黛拉起身走到洞室的岩壁旁，那里有一簇钟乳石从顶上倒悬而下。她轻轻敲打着它们，富有旋律的音调带着柔和的震动充盈着这座岩洞。这音调引人遐想，令人愉快的曲调里包含着深深的眷恋。这姑娘所表现出的音乐天赋对他的震撼，丝毫不逊于她那敏锐到不可思议的感官天赋。

她一阵烦躁，在几块石头上又胡乱拍打了几下，然后又拾起一块小石子。随着微微一阵风声，她挥动手臂，把那块石头远远丢了出去，随即一转身，头也不回地迈步出了洞厅。

咕咚。

他好奇心大起，摸索着去找那块小石子。有件事情让他很是不解，他并没有察觉到这个洞穴里有积水形成的那种柔软的液体表面。他花了点工夫才找到那个水坑。这眼泉挺深，水面还没有他的手掌大，而且几乎是静止的。

然而，远在三十步开外，黛拉随手一丢就扔进去了十几块石头——百发百中！

之后那个时段的庆典里，贾里德发现自己大部分时间都在想着那个女孩。对于她的傲慢他并没有多么放在心上，更让他牵肠挂肚的是她丢小石头的那番举动，那很可能暗藏玄机。她纯粹就是为了鄙视他的本事吗？要么这番表演确确实实就像看起来那样，只是无意而为之？不管是哪种情况，这种绝活儿本身就令人费解。

舵手安塞尔姆在他的宝座上往贾里德这边挪了挪，伸手拍了拍贾里德的脊背，"那个德雷克很不错啊，你觉得呢？"

贾里德自然是很赞同，尽管底层世界也有几个幸存者九箭能射中不少于三个目标。

他留心听着中央投声器产生的回音，听到德雷克又抽出一支箭。走廊立刻一片寂静，气氛颇有些紧张，贾里德徒劳地搜寻着黛拉的呼吸和心跳。

德雷克弓弦一响，羽箭嗖地飞了出去。但是箭支沉闷的撞击声表明并没有射中靶子，而是戳进了土里。

过了一会儿，官方记分员叫道："偏右两掌。计分：十中三。"

立刻爆发出一阵喝彩声。

"很不错，对吧？"安塞尔姆夸道。

洛伦兹朝着贾里德转过身来，贾里德立刻注意到了这位谏官靠近的呼吸声，果然听谏官开口说道："我窃以为你很想在这些比赛上露一手。"

贾里德仍在为黛拉讥讽他狂妄自大而耿耿于怀，于是随口应道："随时恭候。"

舵手听在耳中，连声高叫："太棒了，我的孩子！"他起身宣布说，"我们的贵客将要参加长矛投掷比赛！"

又是一阵欢呼。贾里德耳边仿佛听到了一个女孩不屑地呼了口气。

洛伦兹带着他走到长矛架前，他花了点时间挑选趁手的矛。

"靶子是什么？"他问道。

"编织的圆垫蒙上外皮——两巴掌宽——五十步远。"

谏官抓住他的手臂向远处一指，"它们靠在堤坝上。"

"我听得到。"贾里德自信地说，"但是我想让我的靶子飞在空中。"

洛伦兹一撇步，"我看你准是想听听你自己是个多么大的大傻瓜。"

"这是我的赛场，"贾里德把选好的长矛收拢起来，"你只管扔垫子就是了。"

所以黛拉肯定认为他是在夸夸其谈了，对吧？一阵恼怒，他叩响手中的叩石退到热泉地带的边缘。然后，他让左手里的小石头发出一声干脆利落的敲击声。这熟悉而优雅的音调与投声器的回音相得益彰。现在他清晰地听到了周遭的事物——右边是那道岩架，身后是空洞洞的通道，洛伦兹站在那里准备投掷垫子。

"扔靶子！"他向谏官喊道。

第一个吗哪织垫刷的一下飞向空中，他随即投出一支长矛。枝梗在锋利的矛尖下破碎开来，垫子被长矛扎在了地上。

就在这一瞬间，他感觉到好像有什么事情不对劲。但他拿不准到底是什么。"扔靶子！"

又是一击命中。然后又是一下。

走廊里爆发出的喝彩声让他有些分神，没击中第四个。他等到安静下来才发令再扔垫子。接下来的五次没有令人失望。然后他停了停，用力听了听周围的动静。他怎么都无法对那个模糊的疑虑置若罔闻，确实有什么事情不对劲。

"那是最后一个靶子了！"谏官喊道。贾里德却说："再来一个。"说着把手里的长矛放在了地上。

走廊里一片寂静，充满了敬畏感。然后，安塞尔姆大笑着吼起来："光明保佑！九击八中！"

"他居然有这种能力，"洛伦兹在远处接道，"肯定是个炁刺者。"

贾里德心念如电。就是这个——炁刺者！他意识到自己在几次心跳之前就已经捕捉到他们的气味了！

就在这时有人喊叫起来："炁刺者！在岩架上！"

世界里登时一片混乱。女人尖叫着去找她们的孩子，幸存者们朝着武器架狂奔而去。

贾里德听到一支长矛从高处破空而下，径直戳在了宝座上。舵手惊慌失措地祈祷着。

"所有人待在原地别动！"一个声音突然响起来，这声音自从上次遭到突袭之后，贾里德就再也没忘记——摩根，炁刺者的首领。"否则，舵手的胸口就要插上一支长矛了！"

这时候贾里德才把耳边的局势拼凑成完整的画面。摩根带着一队炁刺者顺着岩架排开，居高临下，中央投声器的音调清晰地反射出他们高举着长矛。单独有一个炁刺者把守着入口，紧挨一块巨大的砾石站着。

贾里德小心翼翼行动起来，他俯身摸到他的长矛——但是立即有一支长矛破空而下，扎在他面前的地上。

"我说了，谁都不许动！"摩根威胁的声音响了起来。

贾里德意识到，就算他能抓到长矛，岩架也超出了射程之外。而身后入口处的那个卫兵就不一样了。在他和那个家伙之间，除了沸腾井和吗哪植物之外什么都没有。如果他能挪到第一口热泉那里，那么那些入侵者就无法透过高温区域炁刺他的一举一动了。

他追踪到岩架上又飞出一支长矛。这次击中了投声器的高杆，扎到了滑轮。上层世界随即陷入一片死寂。

"拿走你想要的东西好了，"舵手颤声叫道，"不要伤害我们。"

贾里德悄无声息地偷偷往第一口热泉走去。

"有一个炁刺者失踪二十个时段了，你们对此知道多少？"摩根问道。

"一点都不知道！"安塞尔姆信誓旦旦地答道。

"你这辐射一样的蠢货不知道？！不过我们离开之前会自己动手找出来的！"

暖暖的潮气涌到贾里德的胸口上，他一个猛冲扑进了蒸气里。

"我们对此一无所知！"舵手反复重申着，"我们也丢失了一名幸存者——是在五十个时段以前！"

贾里德正轻轻磕着牙齿，制造出一点回声，蹑手蹑脚穿行在热泉区域里。他听到这话猛然一惊。一个炁刺者失踪了？还有个上层世界的人也不见了？这两件事之间有没有联系？欧文又是出了什么事？难道原始世界的那个怪物终究越过了屏障？

摩根大叫一声："诺顿、塞勒斯……搜他们的洞厅！"

贾里德绕过最后一口沸腾井，悄无声息地走向那块砾石。现在，他和那名守在入口的入侵者之间就只隔着那块大石头了。那家伙的呼吸和心跳声将他的位置暴露无遗。还从没有人能占据如此优势，给一个炁刺者带来这么意外的惊喜呢！但他出手必须要快。诺顿和塞勒斯已经马不停蹄地下了斜坡，再过三四次呼吸就会走到距离这块砾石几步远的地方。

然而接下来发生的事，瞬间让他应接不暇。正当他绕过岩石、准备投掷长矛的时候，他捕捉到了来自原始世界那东西散发出的令人恐惧的恶臭。然而，他已经来不及收手了。

就在他绕过岩石，准备出手的那一刻，一束巨大的锥形的轰鸣无声地从通道里爆发出来。那种难以置信的感觉以一种无声的力量硬生生砸在了他的脸上，就好像是在他脑海里打开了一片莫名的新空间——从未感受过剧烈刺激的无数敏感神经，突然将一阵阵陌生的脉冲倾泻进了他的大脑。

与此同时，他听到了先前在原始世界里，欧文倒下之前听到的那种嗤嗤声。然后，他先是听到面前的那个炁刺者缩起了身子，接着身后传来一片惨叫声。

面对着怪物，以及那种既无法听到也无法感知到的恐怖噪声，贾里德转身就逃，他只是模模糊糊意识到，炁刺者的一根长矛正尖啸着朝他飞来。

在最后一刻，他尽力一闪身。

但是太迟了。

第四章

叩石引路，贾里德小心翼翼地顺着通道走了下去。周围种种的矛盾令他不安。这条通道既熟悉又陌生。他很确定自己以前到过这里。比如，那块纤细的石头上滴下冰冷的水珠，落在一个小水坑里发出悦耳又单调的声音。他已经在旁边站立过很多次，让自己的双手抚摸着石头光滑潮湿的表面，听着那美妙的水滴声。

然而现在，他将叩石声对准它，它居然像活生生的东西一样发生着变化，不断生长，直到它的尖端真的触到水面，然后又缩回了回去。附近不远处，一个井口不怀好意地一张一合。而通道本身也不断地一舒一张，犹如巨大的肺。

"别怕，贾里德。"一个温和的女性声音打破了寂静，"只不过是我们忘记了如何让事情井井有条。"

她熟悉的声调很是令人感到安慰，同时却又十分陌生，让贾里德有些不安。他发出几下精确的叩石声。从身边传回的声影仿佛只是一个剪影——就像是他只能听到那个女人的背影。她没有形象，没有线条。当他伸出手去的时候，她根本就不在那里。然而她确实在说话：

"时间太久了！贾里德！我的细节全都已经消失了。"

他犹犹豫豫向前一探身，"是仁慈女幸存者吗？"

他感觉到她似乎乐了，"你这话听上去真太见外了。"

童年一段早已消失的记忆，突然间清晰地闪现在了他的脑海里，"但是你……甚至都不是真的！你和小倾听者还有永恒者——你们除了是一场梦，还能是什么？"

"听听你的周围，贾里德，这里有什么听上去是真实的？"

悬在头顶的石头仍在蠕动。右边的岩壁靠近他的时候，岩石扫过他的手臂，然后又退缩开。

他只是在做梦吧——就像他以前的梦一样，噢，那么多次，那么多孕育期之前。一股怀旧的思绪涌上心头，仁慈女幸存者是如何手牵手带着他出去。那是一只他永远都无法感受到的手。而且她并不是真的带着他去了什么地方，因为从始至终，他都是在自己的石铺上沉睡着。

然而，突然之间他就可能是在一条熟悉的通道里，或是附近的一个世界里仓皇而逃，和小倾听者一起，那个男孩只能听到小虫子发出的无声的声音。而仁慈女幸存者会对此加以解释："贾里德，你和我能让小倾听者远离孤独。想一想他的世界多么可怕吧——所有的音域都一片寂静！但是我能带他进入这条通道，正如我带你来一样。每当我这么做的时候，他仿佛就不再耳聋，而你们也可以一起玩耍。"

现在，贾里德完完全全回到了那条既熟悉又陌生的通道里。

仁慈女幸存者又道："小倾听者已经是个大人了。你不会认出他的。"

贾里德心中一阵迷乱，"梦中的事物不会长大！"

"我们是不寻常的梦中之物。"

"小倾听者在哪儿？"他疑惑地问道，"让我听听他。"

"他和永恒者都很好。永恒者现在老了。他并不是真的永恒，你知道的……只能算是永恒。不过现在没有时间去听他们了。我很担心你，贾里德。你得起来！"

有那么一会儿，他几乎感觉自己就要从梦中挣扎出来了。但是紧接着，他的思绪又宁静地回到了自己的童年。他还记得仁慈女幸存者如何说起，他是唯一一个她能接触到的人……尽管如此，也只有在他入睡之后才能接触。但是，他不会在旁人跟前对她绝口不提。她很害怕，因为她知道，其他人正开始怀疑他是不是一个异类。她不想让降临在所有异类身上的命运也降临在他身上。于是她不再出现。

"你必须醒来，贾里德！"她打断了他的追忆，"你受伤了，而且你失去意识太久了！"

"这就是你回来的目的……就是为了叫醒我？"

"不。我想要警告你，那种怪物，还有所有那些我所听到过的你的梦——那些追寻光明的梦。那种怪物十分恐怖，十分邪恶！我探出去触摸到了其中一只的思维。它心中净是些令人恐惧的怪异东西，我在里边连一次心跳的时间都待不下去！"

"怪物还不止一个？"

"有很多个。"

"追寻光明又怎么了？"

"你没听到吗？贾里德？你只是在追踪另一个梦中之物。根本没有诸如黑暗和光明那种你所想的东西。你只不过是在逃避责任。幸存者的职责、联姻……这些实实在在的事情才需要你考虑！"

他一直坚信，如果他的母亲还活着，肯定就和仁慈女幸存者一模一样。

他开始回答她的话。但是她消失不见了。

贾里德在软软的吗哪织垫上一翻身，感觉到脑袋上缠着绷带。

在背景声影中，远远的什么地方，一位父亲说话的声音透过单调的日常投影声渐渐走近，那话语声令人胸中涌起一股暖意：

"……我们在投声器下方这里，儿子，听到有多响了吧？注意咔咔声的方向——正上方。我们正在世界的中心。听听回声是如何从所有的岩壁几乎同时返回来。这边走，孩子……"

贾里德用一只胳膊肘支起虚弱的身子，有人扶住了他的肩膀，扶他重新躺下。

是谏官洛伦兹，他把头转向一边赶忙吩咐："快去告诉舵手，他醒过来了。"

贾里德捕捉到一丝黛拉渐淡的气息，她正在离开这间洞室。他要拼尽全力才能从萦绕在周围每一件事物上浓重的气味中，分辨出这一缕气息来——这些浓重的气味表明，这是舵手安塞尔姆的洞厅。

外面传来那位滔滔不绝的父亲正在教导儿子的声音，话语声在贾里德的脑海中不住回荡，让他努力想要恢复的意识总是有些恍惚。

"……那边，就在你正前方，儿子……你能不能在声影中听到那个空阔的所在？那是进入我们世界的入口。现在，我们要去家禽饲养场。注意！孩子！在你前边五步远的地方有块凸岩。咱们停在这儿，感觉一下，感受一下它的尺寸大小和它的形状。尽力听到它。记住它到底在什么方位。这样，你才不会总是把你的小腿磕得青一块紫一块的……"

贾里德尽力排除噪音，理顺自己的思绪。但是刚才的梦境仍然挥之不去。

最令人难解的是，仁慈女幸存者从他那早已遗忘的幻境中不期而至，犹如他回到了往昔的深渊之中，令他感受到了童年记忆的一丝温馨。但是他也很清楚这意味着什么——其实不过是一种他久未品味过的安全感，自从父亲拉着自己的手，带着他认知他们的世界之后，自己就再未有过这种感觉了。如今外面那个父亲正在悉心做着同样的事，让他心生感触。

"该死的辐射到底发生什么事情了？"他开口问道。

"你的额角中了一矛。"洛伦兹说道，"你整整一个时段都像息了声的投声器一样人事不省。"

他突然间记起来了——每一件事都历历在目。他摇摇晃晃爬起来，"有怪物！氘刺者！"

"他们走了——全都走了。"

"出什么事了？"

"我们只知道，有个怪物在入口处抓走了一个氘刺者。另外两个氘刺者想要救他，但是他们跑到半路就倒地不起了。"

中央投声器传来的敲击声透过中分的隔帘从谏官脸上反弹过来，将他那糅杂着复杂心情而焦虑不安的神态显露无遗。皱起的面孔里还隐藏着别的东西，给他紧闭的双眼平添了几分紧张——紧张中又透出不安。谏官像是有话要说，却不知从何说起。

然而此时，贾里德的心思却在怪物入侵上层世界的这件事上。在此之前，他都十分确定屏障足以将那种生物阻挡在外。他和欧文违反了禁忌，无论遭受什么都罪有应得。但是事情并没有到此为止。更有甚者，那怪物居然越过屏障，进入了人类的一个世界。贾里德再一次疑虑起来，他的罪孽是否是这一切的根源？是他先入侵了原始世界，不是吗？那怪物不正是在最恰当的时间再次发起攻击的吗？就在他想要继续寻觅光明、这种亵渎信仰的念头再次萌芽的时候。

谏官深吸一口气，斟酌一番后开口问道："你被那根长矛击中的时候在做什么？"

"想方设法接近守在入口的氘刺者。"

他听得出，洛伦兹语气强硬起来："那你要承认了？"

"承认什么？我听到了一个抓住人质的良机。"

"噢。"谏官语气中隐隐透出一丝失望，然后又心怀疑虑地问道："舵手听到这话会高兴的。我们很多人都怀疑你为什么要偷偷溜走。"

贾里德双腿一摆，伸出石铺，"我听不明白你在怀疑什么。难道你是觉得……"

但是对方紧接着逼问道："所以说，你是打算攻击一个焄刺者？这让人有点难以相信。"

一开始，洛伦兹对他是公然敌对的姿态，然后他戏谑地——或者说貌似戏谑地——提起贾里德的本事很像焄刺者，现在他又在欲言又止地影射什么。如此种种，肯定有什么隐情。

他一把抓住那家伙的手腕，"你到底在怀疑什么？"

但就在这时，门帘一挑，舵手安塞尔姆迈步进来。"攻击焄刺者到底是怎么一回事？"

黛拉也跟着他走进来，贾里德听到她几乎无声无息地走到了石铺跟前。

"当时他鬼鬼祟祟去往入口处，就是想攻击对方来着。"洛伦兹颇为不屑地解释着。

但是安塞尔姆没有理会谏官的弦外之音，"他心里想的不正是我说的那样吗？你现在觉得怎么样了？贾里德我的孩子。"

"感觉就像是被一支长矛击中了。"

舵手豪爽地大笑起来，然后正色道："你比我们中的任何人都更接近那东西。该死的辐射，那到底是什么东西？"

贾里德思考着要不要跟他们讲讲之前与怪物的遭遇。但是，屏障的法令在这里和在底层世界一样严苛。"我不知道。在我被长矛击中之前，没有太多时间听它。"

"钴魔，"谏官洛伦兹咕哝着说，"肯定是钴魔。"

"也可能是钴魔和锶魔，"黛拉冷冷地提醒众人，"有人感觉到有两个怪物。"

贾里德一下子呆住了。在梦里，不是也暗示说那种匪夷所思的生物不止一个吗？

"光明啊——太可怕了！"安塞尔姆表示赞同，"一定是双生魔。还有什么别的怪物能把那么恐怖的东西像那样投进你的脑袋里呢？"

"情况可不像您所说的那样，'把东西投进'每个人的脑袋里。"谏官忍不住插言说。

"确实如此。并不是所有人都感受到了我所感受到的。比方说，那些长发掩面的家伙都不记得有那么诡异的东西。"

"我也不记得，而我并非是长发掩面的。"

"除了长发掩面的那些人之外，确实还有几个人没有感受到那种知觉。那你呢？我的孩子？"

"我不知道你们在谈论什么。"贾里德假装不知，以免自己谈论到更多细节。

安塞尔姆和洛伦兹一时间陷入了沉默。黛拉伸出一只手轻轻放在贾里德的额头上，"我们正在给你准备吃的东西。你还有什么事情需要我做吗？"

他心神一乱，不禁支棱起一只耳朵对准这个女孩——她之前还从未说过这么贴心的话呢。

"好了，我的孩子，"安塞尔姆一边往外走一边说，"剩下的日子里，你都不用操什么心了——直到你准备好回家，去进行联姻前的闭关冥想。"

隔帘一摆，他和谏官离开了。

"我要去听听食物怎么样了。"黛拉说着，也跟着他们走了出去。

贾里德躺回石铺，绷带下的伤口隐隐作痛。他和那只怪物的遭遇记忆犹新——或者说是怪物们。它们出现的时候，他所体验到的与在原始世界所经历的别无二致。有那么一会儿，他回忆起投射在脸上的那种可怕的压力，似乎是他的眼睛承受了绝大部分的压力。但是为什么？而且令他很困惑的是，欧文并没有体验到那种怪异的感觉。难道是因为他的那位朋友喜欢紧闭双眼的习惯吗？这与感觉不到那种心灵压力之间又有什么关系？

黛拉回来了，他听到她端着一只果壳做的碗——他听到浓稠的液体，闻到了淡淡的香味——盛满了吗哪块茎熬的粥。但是他感受到的不止于此。她的另一只手里还拿着什么东西，他分辨不出。

"来点这个感觉会好些吧？"她伸手把碗递过来。

她的话里带着些许关切，他摸不准为什么她的态度突然有了这种变化。

热乎乎的东西滴到他的手上。"里面的粥，"他提醒道，"你洒出来了。"

"噢，"她把碗端平，"真抱歉。"

但是他仔细听着女孩。她甚至都没听到液体流出果壳边沿，就好像她是聋的！

他心念一动，故意压低声音咕哝了一句："这是什么粥？"

她没有回答。她的听力根本就不好！然而，在那次正式的宴会之后的相处中，她的耳音显得那么好，把那么小的一汪水当作靶子投石子，那一小汪水静得连他都听不出所在。

她把碗放在旁边的搁架上，递过另一只手里的东西，"你对这东西有什么想法，贾里德？"

他探察了一番。上面还散发着怪物的气味,是管状的,就像是两端都切齐了的吗哪秆。粗的那头表面光滑,但是有些破碎。他伸出一根手指摸到碎裂的地方,感觉到里边有一个硬硬的圆形的东西。抽出手指的时候,他被什么锋利的东西割了一下。

"这是什么?"

"不知道。我是在入口处找到的。我敢肯定是一只怪物掉落的。"

他又摸了摸藏在破碎的表面后边的那个圆形事物。这让他想起了……某个东西。

"在我捡起来的时候,粗的那头……是暖的。"她坦言说道。

他仔细地让耳朵关注着女孩。为什么她在说"暖的"之前会犹豫?她是不是知道了,炁刺者炁刺到的是热量?她是不是偷偷摸摸拿来这个东西,好听听他的反应?也许没准儿是在试探谏官那个含沙射影的猜测,说他可能是炁刺者?如果她是这么打算的,那可真是隐藏得太好了。

他心中一惊,挺身坐起。现在他记起来了,管状物碎裂的一端里面,那个圆形的东西让他想起了什么!那就是一个缩小了的、在宗教仪式上用的圣球泡!

他一阵困惑,又摇了摇头。这愚蠢透顶的悖论能意味着什么?难道圣球泡不是光明的代表么?不是善良和美德的象征么?怎么会与丑陋而邪恶的怪物为伍?

在上层世界剩下的时段里,他的生活波澜不惊,单调无味。他发现人们一点都不友好。与怪物的遭遇让他们惶惑不安,愈加疏远。不止一次,他说的话对方都恍如不闻,回应他的只是一阵因为恐惧而加速的心跳。

如果不是因为黛拉的存在,他可能不等到议定的时间结束,就早早回家去了。尽管如此,那个姑娘仍然是一个充满了挑战味道的谜团。

她一直都跟随在他左右。她展示出的友好情谊甚至让他觉得,是她的手主动滑进他的手里,带着他游走在这个世界,将他引见给这里的人们。

有一次,黛拉停下脚步神秘兮兮地悄声问他:"贾里德,你是不是隐瞒了什么事情?"

"我不懂你说的是什么意思。"

"我是个神投手,你不觉得吗?"

"扔石头……没错。"他决定引她继续说。

"而且只有我发现了被怪物丢下的那个东西。"

"那又怎样?"

她的面孔猛地转向他,他仔细聆听着她在中央投声器下的声影。他没再多说一个字,却听到她的呼吸因为恼怒变得粗重起来。

她转身便走,可他一把拉住了她的胳膊,"你觉得我隐瞒了什么,黛拉?"

但是她的情绪已经变了,"你究竟会不会宣布联姻意向。"

她是在顾左右而言他,这再明显不过了。

然而在最后的两个时段里,她似乎对他说的每一件事都津津有味,仿佛他要说的下一句话正好就是她想要听到的那句话。甚至在他就要离开的时候,她满腹期待的样子简直溢于言表。

他们站在吗哪种植园旁边,他的扈从人员候在入口那边,这时候她气鼓鼓地说:"贾里德,私藏不露可不公平。"

"比如什么?"

"比如你为什么……听力那么好。"

"首席幸存者费了老大的功夫训练我……"

"这些你都告诉过我,"她不耐烦地说,"贾里德,如果在撤销暨决意仪式之后我们心思一致,那我们就会联姻。到时候再保守秘密可就不对了。"

就在他揣摩她言下之意的时候,洛伦兹走了过来,肩头上挂着一把弓。

"在你离开之前,"他说,"我想请你指点指点我的箭术。"

贾里德接过弓和箭筒,他不明白洛伦兹为何会突然想要提高一下自己的武艺。"很好,我听到这片地方没有人。"

谏官倒不那么认为,"哦,不过几次心跳之后,会有孩子们在那边玩耍。先听听种植园,你能不能听到那棵很高的吗哪植物?就在你正前方,大概四十步远。"

"我听到了。"

"最高的枝干上有一颗果子。那应该是个不错的靶子。"

远远避开最近处那口沸腾井的蒸气,贾里德叩响了叩石。"对付固定的目标,"他口中解说着,"你首先要用声响清晰地辨出它。中央投声器是无法给你精确影像的。"

他又搭上一支箭,"然后,保持脚下不要移动,这一点至关重要,因为只有保持位置你才能定向。"

弓弦一响,他听到羽箭从果壳上方超过两臂远的地方飞了过去。

他很惊讶,自己不应该差这么多的,他又叩了叩石头。但是在耳朵的余音里,他察觉到了洛伦兹的反应。谏官的脸上流露出难以克制的兴奋,黛拉的面容神色则近乎狂喜。

他并没有击中果子,为什么他们会这么兴奋?他心中有些不解,却又射了一支箭出去。

羽箭偏出同样的距离。

现在,谏官和那个姑娘听上去更加高兴了。不过洛伦兹是喜形于色,而黛拉听上去似乎十分欣慰。

他又射失了两箭,然后对他们这个莫名其妙的把戏有些恼了。一气之下,他丢下弓和箭筒朝着出口走去,扈从正等在那里。走了几步,他猛然意识到为什么自己丢了准头。这里标准的弓弦张力比他那个世界的要大!就这么简单。他现在甚至都能想起来,那弓弦摸上去更硬一些。

然后他足下稍稍一顿,一切突然在他耳中豁然开朗。他知道洛伦兹为什么在他射失目标之后会有如此反应了——甚至也明白了为什么箭术演示一开始要安排在那个地方。

为了保住自己谏官的地位,洛伦兹打定了主意要让他和黛拉的联姻做不成。除非证明他是个氽刺者,还能有什么更好的办法?

谏官肯定知道,氽刺者在种植园的热泉区无法氽刺。而且,由于贾里德已经在这里连续射失目标,洛伦兹现在肯定更加确认他就是氽刺者了。

但是,那姑娘的关注点又是什么?显然她知道氽刺者的局限性。她也早就意识到了这测试的目的,即便她可能并不全然知晓这番安排的真正用意。

可那样的话,他没射中果壳时,她的欣喜之情却又是确凿无疑的。这都是为什么呢?

"贾里德!贾里德!"

他听到黛拉跑上前来截住他。

她抓住他的手臂,"你现在不必告诉我。我懂。噢,贾里德,贾里德!我从未梦想过真会有这样的事情!"

她一把搂住他的脑袋,吻上了他。

"你懂……什么?"他问道,一把将她推开。

她迫不及待地接着说道："你没听到吗？我总是在怀疑你。从你投出长矛的那一刻就开始了。当我拿给你怪物丢下的那根管子，我几乎就是直截了当地说，我是靠着热量发现它的。我没法主动迈出第一步，尽管……除非我确定你也是一个炁刾者。"

他心中一阵惊惧，迷乱之中他张口结舌地问道："也是？"

"是的，贾里德。我是炁刾者——跟你一样。"

官方扈从的队长从入口处过来了，"我们准备好了，随时恭候大驾。"

第五章

　　严苛的自律是闭关冥想的规矩。如此至关重要的决定当然需要再三斟酌。一旦选择联姻，则意味着将得到一整套幸存者资格——既是责任，也是义务。一个致力于此的人，还必须投身于繁育和培养后代的义务之中。

　　接下来的几个时段里，贾里德一直待在自己那间垂着厚厚的隔帘、寂静无声的洞厅里冥想，他并没有真正去考虑这些正事。他想着黛拉——不过，却并非在考虑通常意义上的联姻。他更为关注她身为炁刺者的这件事。她怎么能将这个事实隐藏如此之久？她又有什么意图？

　　就这一点来说，其实不无一种讽刺的意味。洛伦兹——他一直在捕杀炁刺者。可从始至终就有一个炁刺者在他耳根子底下！就贾里德的考量来看，如果这位谏官打算将他指认为炁刺者，那么，黛拉就是驳斥这种指控的现成力证。

　　如果谏官胆敢那么干，自己可以随时揭露她的真面目。可这样一来，自己又能得到什么呢？不管怎样，事实是她认为他也是炁刺者，而这造成了一种有趣的局面，他倒是很想听听，事情究竟会怎样发展下去。

　　顺着这条思路，他自然而然地开始思考起炁刺的本质属性。那是什么样的一种魔力，能够让人在一片寂静之中，在没有气味的时候，知晓和掌握事物的位置？或者说，类似于他幻想中的小倾听者，是不是炁刺者能够听到某种无声的声音？不论物体是否有生命，都会发出这种声音？然而他又突然想起，他们炁刺到的根本不是声音，而是热量。

　　每当心思萦绕在这些莫名其妙的事情上，他就知道自己并没有聚精会神地在进行联姻冥想。不过他设想着在种种特殊的条件下，潜藏在这门联姻里的各种可能。

　　他有些心神不定，因为他并没有向首席幸存者说起怪物侵袭上层世界的事情。那只会让人重新提起他前往原始世界，并受到惩戒的经历。

回来之后的第四个时段,外面世界里的一阵骚乱让他从冥想中警醒过来。起先他以为是怪物来到底层世界了,但涌向种植园的人流中,并没有多少惊恐的声音。

人们全都离开了居住区,于是他也决定暂时中断闭关冥想。他起身跟在他们后面一路过去。但是走到半路,他发现中央投声器投射出首席幸存者和长老哈弗迪的身影,他们正朝他走来。

"你指望把那个秘密隐藏多久?"哈弗迪问道。

"至少到决定好我们该怎么应对这件事情的时候。"首席幸存者郁郁地答道。

"嗯?什么?我是说,这样的事你能怎么办?"

但是对方已经发觉了贾里德。"所以,你中断冥想了?"他聆听着,说,"我看这样也无大碍。"

哈弗迪告退,说是要去听听长老麦克斯威尔是否有什么办法来应付这种局面。

待他走后,贾里德问道:"出什么事了?"

"刚刚我们又有九口热泉干涸了。"首席幸存者带路朝他们的洞厅走去。

贾里德松了口气,"噢,我还以为是恶灵蝙蝠,或是尜刺者。"

"向光明发誓,我倒宁愿是他们。"

在父子俩那间用隔帘遮蔽的私人洞室里,首席幸存者来来回回踱着步子,"现在的情况很严峻,贾里德!"

"也许泉水会重新喷涌出来。"

"可另外那三口早就干涸的热泉,根本就没有重新涌出过水来。我担心它们是永远干涸了。"

贾里德耸耸肩,"那我们就只能不依靠它们来生活了。"

"你没听懂这件事的严重性吗?我们这里存在着一种严格而微妙的平衡。发生的这些事情,也许意味着我们中的一些人将无法生存!"

贾里德正打算好言安慰父亲一番,但是突然间,他心里冒出一些念头,挥之不去。这是否也是他激怒原始世界的怪物所带来的惩罚?上层世界和底层世界的热泉接二连三干涸,邪恶的东西越过屏障——这一切都是因为他触怒了光明无上士,从而带来了实实在在的报复,不是吗?

"您这是什么意思?'我们中的一些人将无法生存'?"

"你自己琢磨吧。每一口热泉滋养一百二十五株吗哪植物,顶多了。九口沸腾井干涸，那就是将近一千两百株。"

"但那只是一小部分……"

"减少任何一小部分潜在的生存资源，都是极为残酷的事实。如果用公式好好算算，你就该听得出来，在少了九口热泉的情况下，我们就只能供应三十四头牛，而不是四十头。其他所有的禽畜都要相应减少。长远来看，这就意味着生活在这里的人要减少十七个。"

"那就用别的方法来弥补差距。"

"没有多少别的方法——要知道，在通道里飞舞的恶灵蝙蝠比以往更多了。"

首席幸存者停住了脚步，他站在那里，呼吸沉重。不需要叩石也听得出他有多沮丧，也听得出他脸上的皱纹更深了。

想着人们对于吗哪植物无以复加的依赖，贾里德心里久久无法摆脱那种强烈的无助感。确实，它们就矗立在幸存者与死亡之间，为人类和牲畜一视同仁地提供着食物、浓郁的果汁，以及让女人捻线制衣、搓成绳索、编织渔网的纤维。它的果壳劈成两半能用作容器，茎秆晾干晾透还可以削制成长矛或是箭。

现在，他几乎是苦涩地回忆起父亲很多个孕育期之前的声音，当时他所背诵的一段传说，此时在贾里德心里有了从未体味到过的深意：

"依照天堂里的光明士所创造的神奇植物，我们仿造出了吗哪树——但是仿造得实在很差。光明士所创造的那些植物，冠着无数姿态优雅、缀满碎花的饰物悬垂而下，在微风中轻轻摇曳，它们与无上士畅谈的时候，发出窸窣的低语声。它们啜饮着他的精华，将其善加利用，令它们饮下的甘泉、松软的土壤，还有人类和动物呼出的气糅合在一起，然后将其为人类和动物转化成食物和纯净的空气。

"但是光明的植物并不完美。我们种下的吗哪树，似乎必然是一种失去了优雅的树冠、不会沉吟低语的东西——相反，它们生长出无数粗笨的触手，深深扎根在沸腾井里。它们从那里汲取来自水中的热能量，并将我们的世界和通道里的污浊空气，通过肥料的元素加以转化，生成纤维和块茎，生出果实和新鲜空气。"

那就是吗哪植物。

"针对热泉的情况，我们要怎么办？"贾里德最后问道。

"你又是怎么考虑决意联姻仪式的？"

"我觉得已经考虑周全了。"

"这就行，大有裨益。"首席幸存者伸出一只手放在他的肩头，"我有个想法，用不了多久，就需要上层世界大力伸出援手了。你当然明白，对于决意仪式你没有太多选择。在这种局面下，这场联姻不可能是不明智的。"

"没错。我觉得很有道理。"

首席幸存者温和地拍了拍他的手臂，"我相信，一等到七个时段的冥想期过去，你就将做好返回上层去的准备了。"

洞室之外，光明祷的第一句颂词打破了笼罩着这个世界的寂静。卫道者那充满激情的声音，透着无比的敬意响了起来。他高声念颂着经文，信众的吟唱更为克制一些，却不失谦恭虔诚。

头三口泉眼干涸之后，重生大典也曾隆重地上演过，却并未奏效。念及于此，贾里德一挑隔帘，走向集会区，也加入了仪式。这对于他少得可怜的宗教热情来说，算是值得大书特书的一笔。

他站在教众边缘。这些孕育期以来，他参加大典仪式从来都是早早退场，这一直让卫道者和幸存者们十分不满。此时，他听到附近一个耳音敏锐的小孩紧紧抓着母亲的手臂说："是贾里德，妈妈！是贾里德·芬顿！"听到这话，他开始觉得有些不好意思。

那个女人斥责道："安静，听卫道者的话。"

卫道者菲拉在他们中间游走着，他握于胸前的那件东西清晰地反射着他讲话的声音：

"感触一下这圣球泡，"他劝诫众人道，"追随美德之路，领悟其精髓。让我们唾弃那黑暗。只有与邪恶决裂，我们才能尽忠于我们作为幸存者的义务，并前瞻那伟大的时刻，听到我们与光明无上士重新归于大一统的日子！"

贾里德确信，就算卫道者不是底层世界最憔悴瘦削的人，那他至少也离这个目标不远了。中央投声器从他的身体上反射出回声，清晰勾勒出他皮肤下突起的嶙峋骨骼。他的胡须少得可怜，勉强能听到几根。但是在那张形容枯槁的脸上，最引人注耳的却是那双深陷在眼窝里的眼睛，眼皮紧紧合在一起，让人不由得寻思，那双眼睛是否从未睁开过。

他走到贾里德跟前停下脚步，声音一沉，其中的热情却并未减弱半分："这世间的一切之中，我们的圣球泡是仅存的、曾与光明密不可分的事物。感受一下吧。"贾里德稍一犹豫,却听他厉声喝道,"感受一下!"

他颇不情愿地把手伸出去,触摸到了它那冰冷、圆润的表面。除了大小比例相差巨大,它与怪物掉落在上层世界那件东西里那小小的球泡别无二致。而且他怀疑……

但是他没敢再往下想。难道不就是自己的好奇心——对于球泡,对于其他很多东西的好奇心——让这世界陷入了如今的困境吗?

卫道者继续前进,身形不住摇晃,口中念念有词:"总有人否认光明曾安居于这件遗迹之中。可如今,触怒无上士所带来的天谴,已然降临在他们身上!"

贾里德垂下了头,意识到对于这番谴责指向谁,周围人人心知肚明。

"因此,我们在如今这个复兴期所面临的精神挑战,"卫道者归入正题,"是个人的挑战。如果我们每个人都不弥补自己的过失,可以料想得到,将幸存者从自己面前驱逐的光明无上士,会用他的力量轻而易举地将所有幸存者彻底毁灭!"

他将圣球泡重新放回圣龛,面对众人,伸展开双臂。一位老妇人恭顺地走上前去站到他的面前,贾里德听到菲拉的双手开始进行最后的仪式。

"你感知到他了吗?"卫道者问道。

那妇人咕哝着失望地回答了一声,走开了。

"要有耐心,女儿。福祉降临在每一个坚定对抗黑暗的人身上。"

又有一个女幸存者、两个孩子以及一个幸存者依次谦卑地走过卫道者菲拉面前,然后,光明觉醒仪式才迎来第一个响应。这响应来自一个年轻的女人。卫道者将笼在她面颊上的头发掠到一旁,将指尖刚刚一触在她的眼皮上,她便立刻狂喜大呼起来:

"我感受到他了!噢,我感受到他本尊了!"

这女人声音里有一股做作的味道,让贾里德起了一身鸡皮疙瘩。

卫道者很赏识地拍了拍她的头,转向下一位。

贾里德故意落在队伍最后面,努力不让自己去想象那所谓的福祉降身,充其量不过是卫道者的手压在眼睛上带来的压迫感而已。相反,他尽量让自己接受这一切,好让自己参加第一次仪式的感受,不会因为长久以来的偏见而大打折扣。

终于轮到他了,其他人都已经从集会区散去,只剩下他和卫道者。他低垂着头等着,听着菲拉严厉的表情。关于贾里德公然蔑视屏障,给底层世界招致灾祸这件事上，卫道者的态度毫不隐讳。

瘦骨嶙峋的双手探到了贾里德脸上。那双手从他的面颊摸索到他的眼睛，然后指甲按在下眼皮下面那处柔软的凹坑里。

一开始，什么……都没有。然后，卫道者施加的压力几乎让人疼痛起来。

"你感受到他了吗？！"他喝问道。

但贾里德只是莫名其妙地站在那里。两轮模糊不清的半环状寂静之声在他的脑海里舞动起来。他感受到的位置并非是卫道者施以压力的地方，而是靠近他眼球上部的什么地方！这所谓的福祉，和他两次遭遇怪物时的感觉一般无二！

光明士是否注定要让他感受到自己的本尊？如果是这样，那为何要让他在接近双生魔的时候，以一种稍显不同的方式意识到无上士的存在？如果光明是善，那为何光明本尊还要有邪恶的生物辅佐？

贾里德压抑住这些亵渎神灵的念头，将它们连同勾起它们的那些记忆一同驱出脑海。

他沉醉于这感受之中，倾听着那些舞动的圆环。它们在卫道者不住变化的指甲压力下忽而鲜艳，忽而黯淡。

"你感受到他了吗？"

"我感受到了。"贾里德颤声应道。

"我本不期望你会如此，"对方的话语中略带失望，"但是我很高兴，你还是有救的。"

他放下手，走到圣球泡龛下的石台上坐下，声音不再那么严厉："我们在这里往往听不到你，贾里德。你父亲对此忧心忡忡，而我很理解他。终有一个时段，这个世界的命运将会掌握在你手中。那是一双善良的手吗？"

贾里德在台子上坐下来，脑袋耷拉着。"我感受到他了，"他不住低声呢喃，"我感受到他本尊了。"

"你当然感受到了，孩子。"卫道者同情地伸手握住他的手臂，"你本可以早早感受到的，你很清楚。那样的话，对于你来说事情也就不同了……也许，对于整个世界都不同了。"

"是我导致了热泉干涸吗？"

"除了违反屏障的禁忌，我想不出还能有什么事情会触怒无上士。"

贾里德的双手紧紧绞在一起，"我能做什么？"

"你可以赎罪。然后我们将听到之后会发生什么。"

"但是你不明白。可能不止是违反屏障禁忌！我曾想过，光明士也许并非无上，他……"

"我很理解，孩子。你自有你的困惑，就像时不时会出现的那种幸存者一样。但是记住……长远来看，一个人不会因为他的多疑而被下定论。一个重新皈依的幸存者才是真正忠贞的，他终将与自己的不忠决裂。"

"忠贞，您是否认为我能找到其真正的意义？"

"我肯定你能……现在我们已经有了如此一番交谈。我心中毫不怀疑，等你的时代到来，我们与光明大一统的誓言必将实现，你将为此做好准备。"

卫道者伸出自己的耳朵，仿佛在倾听着无限的未来。"那将是多么美妙的时代啊，贾里德……光明在我们身边无处不在，抚摸着每一件事物，与无上士亲密无间，人类从他身上获得万物的真理。而黑暗将完全消失。"

这个时段剩下的时间，贾里德都躲在自己的洞室里，然而他的心思根本没有在联姻这件事上。相反，他重新审视着自己新的信仰，小心翼翼不去勾起任何可能冒犯无上士的念头。

在独处的时间里，他下定决心放弃对于黑暗与光明的寻觅，并对此绝不反悔。他横下心，发誓再也不越过屏障。

新的信念牢牢扎下根来，他倍感轻松，一切都会好的——不论是精神还是肉体。这一切看似如此理所当然，即使是十二口干涸的泉水重新喷涌，他也一点都不会感到惊讶，就仿佛是他和光明立下了一份盟约。

当首席幸存者进来的时候，他仍在反复审视自己的决心。"卫道者刚刚告诉我说，你听到了他，儿子。"

"我听到很多之前不曾听到的东西。"最令人期待的话语融化了父亲脸上的线条，那张脸露出一副笑容，散发出带着赞许和骄傲的暖意。

"我期待你说出这番话已经很久了，贾里德。这意味着，我终于可以执行下一步的计划。"

"什么计划？"

"这个世界应该有年轻的、富有活力的领导者。在泉水干涸之前，我就已经毫无应对之机了。面对这样的挑战，我们更加需要一位年轻领导者的胆识和魄力。"

"你想让我成为首席幸存者？"

"越快越好。那要予以充分的准备。不过我会尽我所能给予你帮助。"

在六个时段之前,这事儿贾里德连想都不敢想。但是现在,似乎只是将他决意挑起的担子加上了些许砝码,便有了如此翻天覆地的变化。

"我没听到任何辩驳。"首席幸存者心情舒畅地说道。

"你不会听到的。如果这就是您所期望的,那就绝不会有任何反对。"

"太好了!再过两个时段,我要告诉你一些必须要做的事情。然后,当你从上层世界返回的时候,我们将开始正式训练。"

"长老们对此有什么看法?"

"在听到你和卫道者之间的谈话之后,他们就完全没有任何反对意见了。"

接下来的那个时段一早——甚至连中央投声器还尚未开启呢——贾里德就在睡梦中被人粗暴地晃醒了。

"快醒醒!出大事了!"

是长老埃弗里曼。不管出了什么事,对他来说一定很严重,不然他不会这么贸然闯进私人洞室。

贾里德一挺身蹿到地下,他察觉到旁边石铺上的哥哥在梦中身子一颤。"怎么了?"他问道。

"是首席幸存者!"埃弗里曼向出口跑去,"来啊——快!"

贾里德随着他奔了出去,同时听到洛梅尔正醒转过来,而父亲的石铺是空的。他在世界入口附近赶上了长老,"我们要去哪儿?"

但埃弗里曼只是喘着粗气。他一呼一吸大口喘气的声音,被他那垂在脸前不住抖动的头发扰得七零八落。

不只是这位长老行为怪异,聚集的人群也一小撮一小撮地聚集,正不安地议论着什么,话语中流露出难以压抑的焦虑。贾里德听到还有几个人正朝着入口跑去,他们显然一听到有事情发生就从梦中起来了。

"是首席幸存者!"埃弗里曼上气不接下气地说着,"我们一早出去散步,他正谈到如何让你接过他的位置。我们经过入口时……"他脚下一绊,贾里德一头撞进他双臂乱舞的怀里。

有人打开了中央投声器,这个世界毫微毕现地呈现在了耳朵里,贾里德迅速确定了一下自己的具体方位。这片声影中,洛梅尔正迈着沉重的步子从他们身后跑上来。

长老埃弗里曼平复了一下呼吸，"太可怕了！那东西就从通道里冲了出来，浑身上下飘忽不定，散发着难闻的气味！你父亲和我只能站在那里，吓得目瞪口呆……"

怪物的气味仍然弥漫在空气里。循着它，贾里德冲了出去。

"然后是一种嗤嗤声，"埃弗里曼上气不接下气的声音落在了后边，"首席幸存者就在原地跌倒了。他无法动弹……甚至那东西过来抓他的时候，他都一动不动！"

贾里德赶到入口处，用胳膊肘推开几个议论纷纷的幸存者。

通道里的气味更加刺鼻了，通往原始世界方向那种味道也愈加浓烈。首席幸存者熟悉的气味混杂其中。似乎有一团恶臭就聚在左近。贾里德耸着鼻子一路追踪，走到那处地方，捡到一块软软的、毫无生气的东西。

那东西大约有他的手掌两倍那么大，感觉像是吗哪布。只是这种织物无比精致，而且每个角上都坠饰着同样材质的丝带。

这是必须深入研究的东西。不过上边也浸透了怪物的味道，他要是把这东西带回世界，肯定会引起骚动。于是他把它放回地上，拨了些土盖在上面，并把这个地方牢牢记在心里。

返回的路上，他差点跟顺着通道一路摸索而来的哥哥撞个满怀。

"听起来，你要比预期更早地当上首席幸存者了。"洛梅尔的声音里透出浓浓的嫉妒。

（未完待续）

幻想书房

刘皖竹 译

《羊毛战记》

[美] 休·豪伊

出版社：Simon & Schuster, 2013

休·豪伊的《羊毛战记》也许算得上是科幻界自出版的一个成功案例。一开始，豪伊在网上发表了五个中篇小说，它们都相互关联。后来他将这五个故事合并成了我们今天看到的版本，读者可以自行购买电子版，或是按需印刷纸质版。这本书装帧精美，经专业人士审稿，文字十分流畅，是一部不可多得的优秀作品（由于这本书的火爆人气，Simon & Schuster 出版公司于2013年3月正式出版。经过了重重阻碍，这本书终于得到了出版商的青睐！）。

《羊毛战记》会让读者回想起二十世纪五十年代的后启示录小说，在那些作品中，人们要么生活在洞穴隧道，要么在废弃建筑的地下室里苟延残喘，等到遍布地球的放射性尘埃云平息之后，他们才能回归正常的生活。回想丹尼尔·F. 伽卢耶的《黑暗宇宙》(1961)、菲利普·威利的《凯旋》(1963) 和许多其他故事，这些都是冷战以及对核战争的恐惧的产物。

《羊毛战记》讲述了一小群人的冒险故事。作者并未对故事背景作过多交代，但可以知道的是，那时地球陆地已经被毁，人们都生活在极深的地堡之中，从地堡中唯一一个用来观察外界的监视器里，可以看到地面上充斥着毒气。为了维持人们的生命，地堡内有几条严格的公约，其中一条便是任何想要离开地堡的人，哪怕只是稍微动了一下念头，都将被"请出去"。

他们之所以被驱逐，是因为在地堡中，产生离开的想法便是一种犯罪。第一个故事围绕一个自愿走出地堡的保安官展开。几年前，他深爱的妻子抑郁症发作，离开了地堡。如今他的情绪已经濒临崩溃，因此也决定离开，这是他为自己施加的死刑。

那些离开地堡的人将得到一件防护衣（但没有氧气罐）和一小块羊毛布，他们得用这块布去清理监视器的镜头。显然，"羊毛"一词在这里蕴含了某种隐喻意义。外面的世界正陷入一场可怕的生态危机，哪怕白天也很难见到太阳的踪影。直到最近，雾蒙蒙的夜空中才依稀可见几颗明暗不定的星星。远处依然有城市矗立，但那儿早已是一片黑暗的废墟。这便是整个冒险故事的开端。

豪伊的写作风格干净利落，在描述地堡和控制人类的掌权者时，整个故事没有一丝拖沓之处，显然在写这本书前豪伊做了大量功课，避免了这类故事中经常出现的陈词滥调。书中有许多意想不到的转折，但作者从未失去对整个故事的掌控。随着情节的发展，事态变得愈加复杂，尤其是当新任保安官茱莉叶开始追查前任保安官自行离开的原因时……好了，剧透就到此为止。此前我从未听过休·豪伊的大名，但他显然创作了一部精彩纷呈的后末世小说，为科幻文学注入了新的活力。

荐书人：[美] 保罗·库克

《米德拉斯之剑》

[美] 崔西·西克曼 & 理查·盖瑞特

出版社：TOR Books, 2016

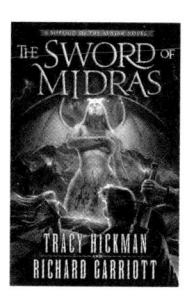

《米德拉斯之剑》这部小说构思巧妙，语言精练，不愧是两位大师的联袂之作。小说作者崔西·西克曼与理查·盖瑞特虽身处不同领域，却都是奇幻界当之无愧的标杆。西克曼是一位资深的奇幻小说家，也是畅销书《龙枪编年史》的原作者之一，这是首部以"龙与地下城"为创作背景的奇幻小说。在过去近四十年来，他笔耕不辍，为读者呈现了众多奇妙的幻想世界。而盖瑞特这个名字，想必对角色扮演游戏爱好者来说并不陌生，他正是大名鼎鼎的"不列颠之王"。作为一位著名游戏制作人，他设计制作了经典角色扮演系列游戏《创世纪》。此外，他也是大受好评的科幻网游 Tabula Rasa 的制作人之一。不仅如此，盖瑞特还是一位才华横溢的小说家，也是我所知的唯一一位到过太空的科幻作家，他曾登上俄罗斯的"联盟号"飞船，前往国际空间站。

在这个故事中，魔法神剑的执剑人掌控了整个星球，并建立起了强大的帝国。但随后，帝国在顷刻之间轰塌，无人知晓其中缘由，人人都在黑暗时代中苦苦挣扎。接着，成百上千位领主入侵这颗星球，在贸易、法律以及文明都早已消失殆尽之时，妄图填补权力的虚空。数百年后，在陨石魔力的滋养下，一个崭新的帝国逐渐崛起。

新帝国致力于在这颗星球上重建秩序，同时迫使这片大陆上的其他王国纷纷投降。帝国的卫士深知自己为正义和秩序而战，身处正确的阵营当中，但在数百年的扩张之后，贪婪与腐朽逐渐蚕食了帝国内部。

亚伦·贝尼斯上校手握整个西岸军队的实权。除了征服邻近王国和城市之外，他还得时刻注意那位资质平平又大浮夸的将军，免得让所有人都命丧黄泉。在攻陷又一座城邦后，亚伦在一张神秘图纸的指引下，来到了废弃的地下神庙。在那早已陷落的帝国首领米德拉斯的陵墓之中，他找到了一把古剑。随后，亚伦一面四处征战，一面处理军队内部的钩心斗角。在这种种复杂的事务当中，上校也逐渐发现，那把古剑实际上蕴藏着某种不寻常的力量：佩戴古剑的人，将能洞穿人心，无论他注视着谁，都能了解对方的想法。对于一位在无情的沙场上杀伐决断的将军来说，拥有这样的能力并不是一件好事。

在这个故事中，两位作者提出了许多道德问题，《创世纪》的忠实粉丝也一定能因此回想起游戏中的诸多细节，诸如短期决策是如何对剧情发展产生深远的影响。在这个游戏中，你可以偷窃 NPC 的财物，甚至是杀害他们，但在之后，你也会为你的行为付出代价，游戏将变得困难无比。为了扩张整个帝国，亚伦需要不断做出抉择，却也无法阻止帝国变得腐朽不堪、专政独裁。

这位上校的困境贯穿了这一系列中的第一个故事，使得人物刻画更加立体深刻。倘若你熟悉其中一位作者，或是对这两位大师都有所了解，他们二人的合作一定会让你感到振奋。倘若你热爱奇幻小说、军事科幻小说和军事奇幻小说，倘若你想要阅读一个语言优美又不失深度的英雄故事，那么这本《米德拉斯之剑》绝对值得一读。

荐书人：

［美］乔迪·林恩·奈 & 比尔·福西特

《氢之奏鸣曲》

［英］伊恩·M. 班克斯

出版社：Orbit, 2012

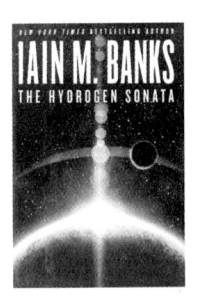

《氢之奏鸣曲》是伊恩·M. 班克斯"文明"系列的又一重磅作品。在这本书中，一个名为吉尔特的文明决定进行升维，而许多其他文明在此时蠢蠢欲动，有的想在吉尔特离去之后搜刮一番，有的想赶在升维之前实施报复，还有的想趁机俘获储藏于神秘方块中的罪犯思维。就在这时，维尔·克桑特出场了。她用四条手臂弹奏着一把拥有十一根弦的竖琴状乐器（维尔试图学习"氢之奏鸣曲"，这首无法被弹奏的传世佳作是本书中反复出现的隐喻）。

让克桑特担忧的是，无人知晓升维之后整个文明将去往何处，更有证据表明他们也许根本无处可去，一切可能只是个骗局。克桑特既是"文明"宇宙的一员，也是吉尔特的族人，她并不想升维。此外，不少"舰脑"（"文明"成员，进行星际旅行的飞船正由它们驾驶）对吉尔特文明产生了浓厚的兴趣，试图探明为什么所有人都想在它们升维后分一杯羹。

这本书语言幽默、背景宏大、角色生动，

是班克斯"文明"系列小说中不可多得的佳作。我尤其喜欢书中"舰脑"的设定,它们拥有思维,看上去比人类还要关注吉尔特文明。这些"舰脑"之间的对话为读者带来不少乐趣,很显然,班克斯在创作《氢之奏鸣曲》时相当享受。

我认为,如今太空歌剧领域是班克斯和英国著名科幻小说家阿拉斯泰尔·雷诺兹的天下。尽管这一领域不乏佳作,但相比这两位大师的作品还略显逊色。班克斯笔下的文明是个组织松散的大杂烩,跨越了整个银河系,在足足十一部小说之后,书中的角色依然让人充满惊喜,妙趣横生。这本书中我个人十分喜欢的另一个设定是"星环城"。这座城市足有两百公里长,沿赤道环绕着整个吉尔特文明,里边居住着上千万人。书中有一两个场景发生在一座飘浮于太空的宫殿当中,它像巨型飞艇般浮在星环城与赤道的空隙之间。这个典型的巨大沉默物体着实令我印象深刻。

《氢之奏鸣曲》节奏轻快,更为难得的是,从故事情节来说,它是一部独立作品,而非系列小说的一部分,读者无须了解"文明"系列的其他作品也能获得良好的阅读体验。在班克斯精妙的引导下,你将轻松理解书中的信息,并想要阅读这一系列中的其他小说。我早已被它深深吸引了。

荐书人:[美]保罗·库克

《陷落之后,陷落之前,陷落之时》

[美]南希·克雷斯

出版社:Tachyon Books, 2012

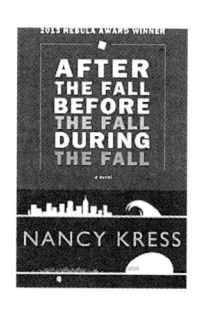

这部《陷落之后,陷落之前,陷落之时》是星云、雨果双奖作者南希·克雷斯的作品。整个故事情节紧凑,作者使用三线叙事的手法描述了正在遭受人为生态灾难侵袭的地球。故事围绕着一个名叫彼得的男孩展开。彼得来自2035年,他的任务是从现代"抓获"幼童回到未来,好保证"壳子"里的人类能够继续繁衍。"壳子"是一个由名为特斯人的外星人建造的封闭式建筑。在毁灭地球后,特斯人将二十六个人类幸存者关进"壳子"里,并为他们提供了"抓获机",让他们从过去抓获幼童,好让人类在未来继续繁衍。

书中的主要成人角色是数学家朱莉·坎恩,她利用特殊的算法发现:近期发生的一连串儿童失踪事件遵循着某种特殊模式,她决定自己查明真相。与此同时,地球上的某种微生物发生了变异,开始侵蚀所有的植物,地壳板块不断变化,黄石公园的巨大火山正处在喷发边缘……

这本书的写作手法十分巧妙,三条主线——"灾难前""灾难中""灾难后"——也达到了平衡,使得整体阅读体验相当流畅。

然而,这部小说也存在一些缺陷。尽管在书中克雷斯的确塑造了一些个性鲜明的角色,尤其是朱莉·坎恩,但整个故事的科学性还有所欠缺。克雷斯描写了一连串毁灭人类的灾难事件,同时将所有的灾难归因于大地女神盖亚,这实在站不住脚。变异微生物和毒性污染是一回事,而火山爆发和摧毁欧美海岸线的大西洋海啸(由毫无关联的地质作用造成的)又是完全不同的概念。若说这些灾难都是大地女神造成的,整个故事就带上了一些宗教色彩,和科幻反而关系不大。

小说结尾处还有一个角色谴责了人类对地球犯下的罪行。这让我十分惊讶,因为它违背了创作的首要原则——展示,而非说教。我们并不需要书里的角色来告诉我们人类的所作所为都是在自断后路。从整个故事里我们已经清楚知道这一点了。

尽管如此,我依然十分喜爱书中的特斯人,它们就像尼古拉·特斯拉一样,实施一场电光圈实验。他们究竟是谁,从哪里来,又为什么要圈养二十六个人进行繁殖?这一点克雷斯并没有在书里解释。我十分欣赏她的做法,因为这将使她有更多发挥余地,如果她想的话。我很想知道,彼得和他全新的家庭将会如何在特斯人为他们创造的未来中生活。

荐书人:[美]保罗·库克

原创小说征稿启事

本征稿启事长期有效

YUAN CHUANG

银河边缘，这里是不折不扣的故事发源地。从基地到川陀，从塔图因到绝地圣殿，无数传说在此演绎……

2018年，八光分文化联合人民文学出版社共同推出"银河边缘"丛书，这是一套由东西方科幻人联合主编的幻想文库，作品主体部分选自由美国科幻大师迈克·雷斯尼克主编的科幻原版杂志《银河边缘》，但也有相当篇幅展示国内优秀的原创科幻小说。在此，我们向国内原创科幻作者约稿。

我们以"惊奇畅快"为原则，着力呈现中外名家及新人作者的中篇佳作，展示更具野心的科幻作品，呼唤长篇时代的到来。

投稿邮箱
tougao@8light-minutes.com

投稿邮件格式
作品名称+作者名

审稿周期
初审十五个工作日回复（长篇除外）

稿费
150~200元/千字（长篇另议），优稿优酬。

字数
不限字数，以2万~4万字中篇为宜，接受长篇来稿。

审稿标准
① 想象力：想象力是科幻小说的核心与灵魂，也是审稿的首要标准。
② 代入感：作者通过剧情、人物等元素，使小说易读，令读者沉浸其中。
③ 剧情逻辑：在人物动机、事件逻辑上没有明显的漏洞，不会让读者产生"跳戏"的感觉。
④ 技术细节：非常欢迎但不强求。

投稿注意事项
① 务必保证投稿作品为本人原创，从未发表于任何平台。
② 切忌一稿多投。
③ 小说请以附件的形式发送邮箱，注意排版，合理分段。
④ 请在邮件末尾提供个人联系方式，如真名、QQ、手机等。同时欢迎加入我们的QQ写作群：494290785。

《银河边缘》编辑部　2018年8月